「学校小説」の残光と残影

明治・大正・昭和の34編

藤尾 均

fujio hitoshi

新評論

まえがき

私は二〇二四年一一月の某日に満七〇歳を迎えた。日本人全体の平均寿命が大幅に延びているので稀少価値は乏しくなったが、それでも、杜甫（とほ）（七一二〜七七〇）の詩のなかにある「人生七十古来稀」に由来する「古稀」を大過なく迎えられたことを、素直にうれしく思っている。

古稀を過ぎて改めて振り返ると、私は、小学校・中学校・高等学校・大学・大学院生活を児童・生徒・学生として送り、その後、長らく教員生活を続けてきた。人生の大半を学校現場で過ごしてきたことになる。

幸い人間関係にも恵まれ、学校での生活が嫌になったことはほとんどなく、非行に走ったり、強烈ないじめを受けたり、自殺念慮に悩まされたりすることもなかった。しかし、それでも、ライフステージごとに、人並みにいろいろと悩みを抱えたことはあった。とりわけ、幼少時代から身体に軽い障害を抱えていたこともあり、運動会や体育実技の時間はしばしば苦痛であった。

そんな折、読書に救いを求めることが多かった。とりわけ、日本の近代以降の小説をよく読んだ。それも、学校現場を舞台とする小説や、生徒同士の葛藤が描かれている小説など、いわゆる

「学校小説」を読むことが多った。それらのなかには、悩みを抱えながらも健気（けなげ）に生きている人物がウヨウヨいて、私は大いに励まされたものである。

むろん、小説の中身には事実ではなく非事実（フィクション）が多いと知りつつ読んでいたわけだが、さすが定評のある小説家たちの手になる作品には、「事実」ではなくても「真実」だと思えてしまうものが多かった。

定年後になって改めて読み返してみると、初めて読んだ少年時代や青年時代、さらには教員時代があざやかに蘇ってきた作品が多く驚いたが、若いときには思いも及ばなかった新たな視点から感銘を覚える作品も少なくなかった。

本書は、そんな私の長い読書遍歴をふまえ、まず第一部において、それらの「学校小説」のうち、明治・大正・昭和を舞台とするものを網羅的に概観した。その数は一〇〇編を優に超えており、我ながら、いろいろな作品に出遭ってきたものだと感心している。むろん、平成や令和の時代にも「学校小説」は陸続（りくぞく）と刊行されているが、作品や作家の評価がまだ定まっていないものが少なくないので、ひとまずは明治・大正・昭和という「近代」にこだわることにした。

続く第二部では、多数の小説のなかから、現役の生徒・学生のみなさんや教育関係者のみなさん、さらには保護者の方々にこれらの本の存在を知っていただき、できれば読んでいただければと思えるものを三四編厳選し、とくに印象的だと私が思ったシーンを中心に引用し、各作品から感じ取ったことなどをエッセイ風にまとめ、ささやかな読書案内をしてみた。むろん、私と同じ熟年世代の方々には、昔の学校時代を偲ぶよすがとして本書を利用していただけたら幸いである。ちなみに、各節のタイトルは当該小説の引用文から取っている。

とはいえ、平成を経た令和の教育現場においては、明治や大正はおろか、昭和と比べてさえ、ほとんど姿を消してしまった問題もあれば、新たに湧き起こってきた問題も少なくない。たとえば、昭和の時代には若者の悩みの種として「入学試験」がよくクローズアップされていたが、少子化の影響もあって、近年では「受験地獄」という言葉はほぼ死語となっている。また、昭和以前の時代は、黒板とチョークを使った「一斉授業」が主流であったが、現在ではさまざまな工夫がなされている。

逆に、昭和期には存在しなかったパソコンやスマホだが、今や教育現場にAIすら導入されているという時代である。「国際化」も大きな特徴となっており、現代では一〇代で海外留学を果たす若者も少なくない。「ジェンダーフリー」関連の教育や「LGBTQ」関連の教育も、昭和の時代には俎上に乗ったことすらほぼ皆無であった。そして、「不登校」や「登校拒否」の児童・生徒が通う「フリースクール」も、現代ではすっかり市民権を得ている。さらに、大学が「レジャーランド」と揶揄されていたのは昔の話で、現代の学生は総じてよく勉強をする。

そうなると、現役の生徒・学生や教員の方々には、昭和の「学校小説」、ましてや明治・大正の「学校小説」は、古臭いだけで、読んだところで大した感銘は受けないのではないかと思われるかもしれない。いや、決してそんなことはない。そこには、現代の学校現場に依然として好影響を与え続けている「正」の側面や、しつこく残り続けている「負」の側面、つまり「光」と「影」が明瞭に見いだされるのだ。それらを感じ取ったうえで、かつての私と同じく、悩みを緩和する糧としたり、何らかの教訓としたりしていただければ幸いである。

「光」と「影」を扱うわけであるから、当初、本書のタイトルを『近代「学校小説」の光と影』にしようかとも思った。しかし、所詮、明治・大正・昭和という「近代」が平成・令和の「現代」にもたらす「光」と「影」であるから、もはや薄れてしまっている「光」や「影」も少なくないと判断して、あえて「残光」と「残影」とした次第である。とはいえ、「いじめ」や「差別」など、むしろ現代の教育現場のほうが昭和以前よりも陰湿になっているものが少なからず存在していることを忘れているわけではない。

なお、第二部の作品はほぼ古い順に並べているが、各節は一つのキーワードのもとに独立した内容となっているので、どういう順序で読まれても差し支えはない。むしろ、坪内逍遥・内田(うちだ)魯庵(ろあん)・国木田独歩などといった古い時代の作品は、文体が現代と大きく異なっているため、後回しにされたほうがよいかもしれない。

もとより私は、前述したように、さまざまな教育現場で児童・生徒・学生として長らく教育され、また教員の端くれとして長らく教壇に立たせていただいた身ではあるが、専門の教育学者ではないし、日本近代文学の研究者でもない。本書は、そんな私が書いた専門書ならぬエッセイである。思いがけない不備もあると思われるが、忌憚のないご批判やご叱正を頂戴できれば幸いである。

最後に、一つお断りをしておきたい。

本書では、文学作品をしばしば引用しているが、引用にあたっては、現代の若い方々にも理解できるように、表記の仕方を現代風に改めた個所が少なくない。旧漢字・旧仮名遣いを新漢字・新仮名遣いに改めたのはもちろん、「丁度」を「ちょうど」、「這入る」を「はいる」と仮名書きに改めるといった措置も施している。底本を選定する際にも、すでにそのように改変されているものをなるべく選ぶようにしたが、それでもなお、私の判断において新たに改変したところも少なくない。また、ルビの採否についても同様であるし、古い法律などの引用にあたっても、片仮名を平仮名に改めるなどして分かりやすくしている。

しかし、改変個所をそのたびごとに断ると煩瑣(はんさ)になるので、その記載は原則として避けることにした。生硬な学術論文ではないという本書の性質に鑑み、ご容赦願いたい。

前述したように私は、現役の生徒・学生・教員の方々、そして保護者の方々への「読書案内」として本書をしたためたわけだが、ここには、「古稀」を過ぎた者の半ば「遺言」のような想いも込めている。このような覚悟をご理解いただいたうえで、本書を楽しんでいただければ幸いである。

繰り返しておこう。言うまでもなく、小説はフィクションである。しかし、鋭敏な作家の眼を通して描かれた作品には、「事実」を超えた「真実」が照射されていることも少なくない。

もくじ

第5期（一九四六年〜一九六九年）　208

「学校小説」の残光と残影

明治・大正・昭和の34編

藤尾　均

第一部「学校小説」を概観

「学校現場」といっても、小学校・中学校・高等学校・専門学校・予備校・大学など、実にさまざまである。したがって、「学校小説」の内容もさまざまとなる。第一部では、それらを極力分かりやすくするために、テーマ別に分類することにした。

なお、作品名のあとに括弧内で示した年号は、原則として、短編小説の場合は、その作品が最初に雑誌に掲載された年、長編小説の場合は単行本化された年である。また、太字で紹介した作品とその作者については、第二部において詳しく扱うことにする。

1 六つの時代区分

明治初年（一八六八年）から大正を経て昭和の末年（一九八九年）に至る一二〇余年の日本史を論じる場合、政治・経済・軍事・外交史などもふまえつつ教育史・教育制度史を念頭に置くとしたなら、大まかな時期区分としては、次のようにほぼ二〇年ずつの六つに分けることが妥当となるだろう。

まずは、明治維新から自由民権運動を経て「大日本帝国憲法」発布（一八八九年）までの時期である。教育史的には、一八七二年の「学制」発布によって国民の皆学が目標に掲げられ、その後、初等・中等・高等教育にわたってそのあり方が模索され、それが一八八六年制定の「学校令」（具体的には「帝国大学令」、「師範学校令」、「中学校令」、「小学校令」など）に結実し、一応の制度的規定が整った時期となる。この間、三年制あるいは四年制の義務教育制度がスタートしているが、就学率は伸び悩んでいた。これを「**第1期**」と呼ぶことにする。

次は、明治期後半の、日清戦争（一八九四年～一八九五年）・日露戦争（一九〇四年～一九〇五年）を経て明治末年（一九一二年）に至る日本資本主義確立期、換言すれば「国威発揚期」である。教育史的には、この時期の一八九〇年に「教育勅語」が発布され、やがて義務教育の修業年限が六年になり、就学率がほぼ一〇〇パーセントを達成したとされる時期である。中等教育も急速に拡充されていったが、高等教育となると、「帝国大学令」に見るように大学は官立の帝国大学のみであり、大学生は「エリート中のエリート」であった。これを「**第2期**」と呼ぼう。

次の「**第3期**」は、第一次憲政擁護運動（一九一二年～一九一三年）で幕を開けた大正期である。第一次世界大戦（一九一四年～一九一八年）、ロシア革命（一九一七年）を背景として労働運動・大衆運動が高揚した時期であり、政治的には、いわゆる「大正デモクラシー」の時期となる。このような雰囲気は昭和初期の満州事変（一九三一年）の直前まで続いたと見ることができるので、本書ではそこまでを「第3期」に含める。

教育史的には、初等・中等教育が大きく充実し、高等教育も拡充期にあたっていた。私立の高等教育機関が整備され、官立の専門学校とともにその多くが、一九一八年に公布された「大学令」によって大学に昇格している。

次の「**第4期**」は、日本が満州事変を経て日中戦争（一九三七年～一九四五年）から米英などとの太平洋戦争（一九四一年～一九四五年）へと突き進み、各地への大空襲、沖縄地上戦、広島・長崎への原爆投下を経て破局を迎えた時期となる。

教育の面では、戦争遂行のために徹底的な思想統制が図られた。学徒出陣（一九四三年以降）によって少なからぬ若者が犠牲となり、また多くの学徒が勤労動員され、学童は集団疎開を余儀なくされた時期である。なお、この時期末期の一九四一年に義務教育年限は八年となったが、結局、それが実現することはなかった。

続く「**第5期**」は、いわゆる戦後民主主義の確立期である。平和と民主主義を基本理念とした「日本国憲法」および「教育基本法」が施行され（一九四七年）、義務教育年限は前期中等教育までの九年間に延長された。さらに、後期中等教育（高校教育）の拡充が図られ、高校進学率が急速に上昇した時期でもある。

自由と民主主義を基盤に、大学生の政治的運動・政治活動がタブーではなくなり、むしろ彼らのステータス・シンボルとなった。彼らの一部は、社会主義革命・共産主義革命さえ志向していた。この種の学生運動は、一九六八年から一九六九年の、いわゆる「大学紛争」でクライマックスを迎える。高等教育は急速に拡充されていき、一九六三年には大学・短大進学率は一五パーセントを超え、大学生が「エリート」から「マス」になった時期ともなる。

最後の「**第6期**」は、高度経済成長晩期にあたる一九七〇年代を経て昭和の終焉に至る約二〇年間である。高校進学率は九〇パーセント以上を達成し、大学生はもはや「エリート」どころか「マス」ですらなくなり、「ユニバーサル」にかぎりなく近づいていった。それと歩調を合わせたかのように、若者の政治的無関心が急速に増大していった。

以上を整理すると以下のようになる。

第1期——明治初期の「学制」発布から「大日本帝国憲法」発布に至るまでの時期。
第2期——日清・日露戦争を経て、明治の末年までの時期。
第3期——憲政擁護運動にはじまるいわゆる「大正デモクラシー」の時期で、終焉は昭和初期の満州事変の直前。
第4期——満州事変から日中全面戦争を経て、太平洋戦争の敗北に至るまで。
第5期——戦後民主主義の高揚期で、大学紛争が終焉を迎えた一九六〇年代末まで。
第6期——高度成長晩期の一九七〇年代を経て、昭和の終焉まで。

2 大学生像の六つのパラダイム

約一二〇年の間に、質的にも量的にも、時代とともにもっとも大きく変容したのは、初等・中等教育よりも高等教育である。そこで、手はじめに、第1期から第6期の典型的な大学生像を描いた六つの作品を取り上げ、六つのパラダイムとして提示することにする。

第1期の典型は、坪内逍遥（一八五九～一九三五）の『当世書生気質』（一八八五年）である。この作品は近代小説の先駆けとされており、当時、唯一の大学であった官立「東京大学」（この大学はほどなく「帝国大学」と改称され、さらには、第2期において「東京帝国大学」と改称されることになる）の学生がモデルである。時あたかも、自由民権運動が盛り上がりを見せるなかでの中央集権国家体制の確立期で、のちに早稲田大学・中央大学・日本大学などに発展する私立の専門学校も東京を中心に続々と誕生していた。

この時期は、日本の近代教育、とりわけ初等教育の揺籃期にもあたるが、高等教育はまだ制度的には明確な像を結んでいない。ちなみに、この作品を読むかぎり、戦後昭和期にしきりに批判されることになった大学生の不勉強ぶりや放蕩ぶりが、この時期からの伝統であったことが分かる。

第2期の典型とも言える作品は、夏目漱石（一八六七～一九一六）の『三四郎』（一九〇九年）である。日露戦争直後の国力高揚期あるいは充実期に、日本の国運を担うべく運命づけられた東京帝国大学の学生、その理想と現実が、一人の学生「小川三四郎」に象徴されて描かれている。エリート中のエリートのみが通えた東京帝国大学であったが、大学の授業のつまらなさや退屈さに対する嘆きは、当時から昭和末期までさほど変化がないように見える。とはいえ、恋愛にせよ、友情にせよ、全編を覆うのどかな雰囲気は、当時のエリートのみが味わえる特権であった。

第3期はいわゆる「大正デモクラシー」時代で、この時期、とりわけ私立高等教育機関の地位と価値の向上には眼を見張るものがあった。尾崎士郎（一八九八～一九六四）の『人生劇場』は、作者の体験を交えて戦後まで書き継がれた、いわば自伝的大衆的大河小説である。このうち「青春編」（一九三三年）は、第一次世界大戦中に早稲田大学で起こった学園紛争、いわゆる「早稲田騒動」のなかにおける主人公たちの、粗野ではあるが、健康的な言動の数々を生き生きと描出している。

この騒動からしばらくあとに「大学令」が公布され、早稲田・慶應をはじめとする私立の高等教育機関が正式に大学として認められることになった。

第4期は、こうした自由な雰囲気がほとんど影を潜め、日本全体が戦争一色に彩られる時期であり、文学にもそれが色濃く反映している。阿川弘之（一九二〇～二〇一五）の『雲の墓標』（一九五五年）には、太平洋戦争末期に海軍予備学生に志願した大学生たちの苦悩が、彼らの遺稿に基づいて描かれている。主人公たちは、学業も恋も捨て、運命に身を託して死ぬことだけが自分たちに残された道だと諦念する。

第5期は、平和と民主主義が謳歌されつつも、左右のイデオロギー対立（社会主義・共産主義陣営と資本主義・自由主義陣営）が激しかった時代である。この時期が象徴的に描かれている作品となれば、五木寛之（一九三二〜）の自伝的大衆的大河小説『青春の門』の「筑豊編」に続く第二弾から四弾、つまり「自立編」、「放浪編」、「堕落編」（一九七一年〜一九七五年）であろう。大学としては早稲田が主な舞台であり、いわば『人生劇場』「青春編」の戦後版と言える。

まだ敗戦の混乱を引きずりながらも「サンフランシスコ平和条約」によって日本が一応の独立を勝ち得つつあった一九五二年から一九五五年頃が作品の背景となっている。主人公たちの政治への積極的なコミットメントは、言論・集会・結社などの自由が憲法によって保障されはじめたこの時代ならではの、エネルギーの発露であったと言える。こうした特徴は、一九六〇年を見据えた「日米安全保障条約」改定阻止闘争を経て、いわゆる「大学紛争」で頂点を迎える。

その後、大学生たちの多くは政治的無関心へと行き着くわけだが、これは高度成長の晩期にはじまる第6期のことである。戦後三〇年を経て大学生は、とうの昔に「エリート」から「マス」になっていた。

そのマスを象徴するような平凡な大学生で、政治にはまったく関心がなく、そもそも名前からして平凡な「山本太郎」を主人公としているのが、曽野綾子（一九三一〜）の『太郎物語（大学編）』（一九七六年、原題は『太郎物語・青春編』）である。これは『太郎物語（高校編）』（一九七三年、原題は『太郎物語』）の姉妹編にあたり、太郎のモデルとなったのは作者の子息である。舞台は、都会のいわゆる難関大学ではなく、堅実な教育方針で定評のある東海地区の某大学である。

以上の六作品は、以下の叙述において、各時期の空気を象徴する太い軸として機能するであろう。しかし、ここで注意しておくべきことは、上記作品のうち『当世書生気質（とうせいしょせいかたぎ）』は描かれている時期と執筆時期がともに第1期、『三四郎』はともに第2期、『太郎物語（大学編）』はともに第6期であるが、ほかの三作品は、描かれている時期と執筆時期に「ずれ」があることだ。『人生劇場』「青春編」は、第4期になってから作者自身の第3期における体験をふまえて書かれた作品であるので、これを「第3Ⅳ期」の作品と表現することにする。最初のアラビア数字が作品に描かれている時期であり、次のローマ数字は、作品が実際に執筆された時期を表している。同じく、『雲の墓標』は「第4Ⅴ期」、『青春の門』「自立編」「放浪編」「堕落編」は「第5Ⅵ期」の作品と表記できる。逆に、これらにならって『当世書生気質』は「第1Ⅰ期」、『三四郎』は「第2Ⅱ期」、『太郎物語（大学編）』は「第6Ⅵ期」と表すことで、表記の統一性が保たれる。

しかも、こう表記すれば、アラビア数字とローマ数字とで数値がずれている作品、たとえば「第4Ⅴ期」の作品は、作者の執筆環境としての「第Ⅴ期」というフィルターを通して「第4期」を描いた作品と捉えることができ、作者の記憶あるいは思い出のなかで美化された部分などを多分に含む小説であり、時代相を等身大に写し取った作品ではない可能性があるという点に注意が向けられることになる。

以下、作品への言及にあたってはこの表記を用いることにする。また、描かれている時期や執筆時期が複数にまたがる作品に関しては、「第1 2 Ⅲ期」とか「第3 Ⅳ Ⅴ期」などと表記することにする。

時代区分とそれに対応する大学生像を見てきたが、いささか単純に図式化しすぎていると批判されるかもしれない。各時期の内部に踏み込めば、どの時期であれ、該当する「学校小説」のストーリーや人物像はかなり多岐にわたるので、具体的に見ていくことにする。

3 戦争と青春

学校教育の変転が著しく、その影響で多くの若者たちが大きく翻弄されたのは、何といっても日中戦争および太平洋戦争の時期、つまり第4期となる。少年期あるいは青年期がこれらの戦争と重なった人々のなかには、勉学や恋愛の機会を奪われたり歪められたりした人、若くして死んでいった人、親元を離れて疎開を余儀なくされた人、そして生き残っても、戦争体験をトラウマとしてのちのちまで引きずってゆかざるを得なかった人などが大勢いた。以下において、特徴的な作品を挙げていく。

全国の旧制中学・高等学校に現役将校が配属され、軍事教練が正課として行われるようになったのは一九二五年のことであるが、野上弥生子（のがみやえこ）（一八八五〜一九八五）の『**哀しき少年**』（一九三五年、第4 Ⅳ期）は、外国の悲惨な戦争映画を観た翌日、軍事教練に耐え切れなくなってエスケープする旧制中学の生徒が主人公となっている。

前述したように、阿川弘之『雲の墓標』（第4Ⅴ期）には、太平洋戦争末期に海軍に志願した大学生たちの悲惨な運命が描かれているが、沖縄出身の石野径一郎（けいいちろう）（一九〇九〜一九九〇）の『**ひめゆりの塔**』（一九四九年、第4Ⅴ期）には、一九四五年の沖縄地上戦に看護要員として駆り出された沖縄の県立師範学校女子部と県立第一高等女学校の生徒たちの悲劇が描かれている。ご存じのように、この作品はこれまでに何度も映画化・テレビドラマ化されている。

学童疎開を描いた作品には、高井有一（ゆういち）（一九三二〜二〇一六）の『少年たちの戦場』（一九六七年、第4Ⅴ期）があり、この分野の秀作と評されている。さらに阿部牧郎（まきお）（一九三三〜二〇一九）の『それぞれの終楽章』（一九八七年、第6Ⅵ期）は、学童疎開から数十年後に再会した旧友に対する主人公の違和感をテーマにしたものである。

4　学生・生徒の政治的運動・政治活動

現在では隔世の感があるが、前述した五木寛之の『青春の門』（「自立編」「放浪編」「堕落編」）がよく雰囲気を伝えていると思われるのが、第5期における学生・生徒の政治的運動・政治活動である。それらの動きは戦前にもあったが、大半は非合法であった。戦前の作品として有名なのが、前衛政党に指令された大学生の非合法革命運動を描いた広津和郎（ひろつかずお）（一八九一〜一九六八）の『風雨強かるべし』（一九三三年、第3Ⅳ期）である。また、旧制高校の生徒といえば年齢的には現在の大学低学年の学生に相当するが、野上弥生子の『若い息子』（一九三七年、第4Ⅳ期）は、左翼革命運動にのめり込みはじめる旧制高校生と、それを心配そうに見つめる母親の姿を描いたものである。

戦後、学生運動といえば、まず全学連（全日本学生自治会総連合）の運動が挙げられるが、それが極限に達したのが、一九六〇年を見据えた「日米安全保障条約」改定阻止闘争であった。この闘争をほぼリアルタイムで描いた作品に、舟橋聖一（一九〇四～一九七六）の『エネルギイ』（一九六〇年、第5Ⅴ期）がある。

それからほぼ一〇年を経た一九六八年から翌年にかけて、政治的スローガンと合わせ「学園民主化」要求などを掲げて全国の大学で吹き荒れたのが全共闘（全学共闘会議）の活動である。この時期における、ある大学紛争のなかの教員・学生たちの生態を描いてみせたのが、三浦朱門（一九二六～二〇一七）の『**竹馬の友**』（一九六九年、第5Ⅴ期）である。作品の舞台は「明倫大学」という架空の大学であるが、三浦は当時、日本大学の教授として実際に紛争現場の真っただ中にいた。

このほかに、大学紛争を扱った作品、あるいはそれを社会背景にした作品として、伊藤整（一九〇五～一九六九）の『同行者』（一九六九年）、倉橋由美子（一九三五～二〇〇五）の『夢の浮橋』（一九七〇年）、柴田翔（一九三五～）の『われら戦友たち』（一九七三年）などがある。これらの作品は、第5V期あるいは第5VI期に属する。

大学紛争後、まだ余燼（よじん）はくすぶってはいるが、多くの学生が政治的運動からすっかり身を引いた時期に、新たな生き方を模索しつつ醒めた眼で書かれた作品に、三田誠広（まさひろ）（一九四八〜）の『僕って何』（一九七七年、第6VI期）がある。やや遅れるが、学生運動への挫折から出発した点では同じ系譜に属すると見なせる作品として、増田みず子（一九四八〜）の『麦笛』（一九八一年、第6VI期）を挙げることができる。

ちなみに、大学に端を発した紛争は、一九七〇年当時、一部の高校や中学校にまで飛び火したが、政治活動歴を内申書に書かれたために志望高校に不合格になった少年とその保護者が起こした裁判を題材にしたのが、小説家というよりは評論家として知られる小中陽太郎（一九三四〜）がまとめた『**小説　内申書裁判**』（一九八〇年、第6VI期）である。この裁判は、結局、原告側の敗訴に終わっているが、近年に至るまで教育界に大きな問題を突きつけてきた。

選抜の基本とすべきは、ペーパーテストか内申書（調査書）か、あるいは面接か。内申書には、何をどこまで記載すべきなのか。それらの資料を、どのようなウエイトで評価するのか。すでに事実上の義務教育となっている高校教育の入り口において、そもそも選抜は必要なのか、などである。

5 大学生の恋愛事情

青春に恋愛はつきものである。というより、むしろ恋愛は青春の本質そのものであろう。大学生の恋愛を扱った作品は枚挙にいとまがない。前述の『三四郎』もこれに該当するが、これは、片思いあるいはプラトニックラブの類である。小杉天外（一八六五〜一九五二）の『魔風恋風（まかぜこいかぜ）』（一九〇三年、第2Ⅱ期）も帝大生を主人公としている。ヒロインのほうは袴（はかま）姿で自転車に乗って通学するハイカラな女子大学生、正確には「女子大学」という名の女子専門学校の生徒である。そういう意味での斬新さはあるが、ストーリー自体は、当時においてはありきたりの恋愛風俗小説である。

これに対して、同じく帝大生と通称「女子大学」生を主人公にして、同じ時期に書かれた小栗（おぐり）風葉（ふうよう）（一八七五〜一九二六）の『**青春**』（一九〇五年、第2Ⅱ期）は、当時としては極めてセンセーショナルな作品であった。結婚願望のまるでない自立志向・独身主義の女学生が、生活力もなく、観念の世界に生きる帝大生と交際して妊娠し、困り果てた男は……という筋立てである。

不本意な妊娠といえば、そのモチーフは第二次世界大戦後になると多くの文学に登場するが、とくに有名なのが、妊娠した愛人から結婚を迫られたエリート大学生が殺人者に転落するという石川達三（一九〇五〜一九八五）の『青春の蹉跌（さてつ）』（一九六八年、第5Ⅴ期）である。さらに、既成倫理に反逆する無軌道な若者（のちに「太陽族」と呼ばれることになる）が青春を謳歌する石原慎太郎（一九三二～二〇二二）の『太陽の季節』（一九五五年、第5Ⅴ期）が、今なおあまりにも有名である。

逆に、性のモラルを貫いて純愛を貫こうとした婚約中の男女（男は東大生で、女は大学傍の古本屋の娘）が危機に陥り、結局、それを乗り越えてゴールインに至るというのが三島由紀夫（一九二五～一九七〇）の『**永すぎた春**』（一九五六年、第5Ⅴ期）である。さらに、純愛の手前、片思いの段階で足踏みする大学ボート部の学生を描き、やるせなさの極致を感じさせる作品といえば、田中英光（一九一三～一九四九）の『オリンポスの果実』（一九四〇年）がある。これは、国全体が戦争に彩られていた第4Ⅳ期の作品であり、男も女もストイックであらざるを得なかった当時の雰囲気が如実に反映されている。ちなみに、主人公は、大学生であるとともに国威発揚を宿命づけられたオリンピック参加選手であった。

昔も今も、大学生には硬軟取り混ぜていろいろいるということである。ちなみに、「青春の蹉跌」、「太陽族」、「永すぎた春」は、いずれも当時の流行語となっている。

6　大学教員の生態

大学生だけでなく、教える側の、「大学教授」と称される人々もいろいろである。前述の『三四郎』、『人生劇場』「青春編」、『雲の墓標』から片鱗がうかがえるように、総じて戦前・戦中の大学教授は威厳があり、矍鑠としていたと言えるが、戦後になるとすっかり様相が変わる。

前述した『太郎物語（大学編）』に登場する太郎の父親は大学教授であるが、息子には友達のように接する軟弱なパパであり、威厳というのものはほとんど感じられない。軟弱ならまだしも、総じて戦後の小説に登場する大学教授には、そもそも品行方正な人物があまりいないように思える。

石川達三『青色革命』（一九五二年、第5V期）では、イデオロギー対立のなかで左右に揺れ動く無節操な教授が描かれている。前述した『太郎物語』の作者である曽野綾子の配偶者であったのが三浦朱門であるが、彼は長い間、日本大学教授と作家という二足の草鞋を履いていた。彼の『セルロイドの塔』（一九五九年、第5V期）は、「象牙の塔」をもじって大学人を揶揄した作品である。

塔といえば、阿部知二（一九〇三〜一九七三）の作品に『白い塔』（一九六三年、第5V期）がある。ここでは、しばしば左右両陣営の争点の一つとなってきた歴史教科書問題が取り上げられ、世代が少しずつ異なる大学教員同士の葛藤が描かれている。さらに、同期の類似タイトルの長編『白い巨塔』（一九六四年以降）は、権勢欲・名誉欲をむき出しにした国立大学医学部教授を主人公とする山崎豊子（一九二四〜二〇一三）の長編であり、数度にわたって映画化・テレビドラマ化されている。

やはり同期の松本清張（一九〇九〜一九九二）が著した『カルネアデスの舟板』（一九五六年）も歴史教科書問題を扱っている。教科書執筆者の大学教授が、検定が厳しさを増すにつれて自分の思想的立場を微妙に修正し、変節したあげくにライバルを蹴落としていくという内容である。

一方、同期同作者の『落差』（一九五六年）は、教科書監修者を務める大学教授の人格の二面性とその落差を描いたものである。さらに、同期同作者の『地の骨』（一九六七年）は、入試問題草稿の紛失という失態からストーリー展開がはじまり、派閥争いや漁色に明け暮れる大学教授の生態を描いている。

ちなみに、教科書の検定や採択をめぐる教科書執筆者・出版業者にまつわる醜聞は、すでに二〇世紀初頭の明治三〇年代から存在していた。その経緯を垣間見せてくれるのが、内田魯庵（一八六八〜一九二九）の**『社会百面相』**（一九〇二年、第2Ⅱ期）である。当時の文部省は、こうした不祥事への対策を口実にして、教科書を検定から国定へとシフトさせている。

大学教授のスキャンダルといえば、時折、新聞沙汰になるのが女子学生との不適切な関係である。石川達三『七人の敵が居た』（一九八〇年、第6Ⅵ期）は、教え子から強制わいせつおよび強姦の容疑で告訴され、裁判で有罪となった実在の大学教授の事件をもとに、学内の派閥抗争などの背景に迫った社会派の作品である。

筒井康隆（一九三四〜）の『文学部唯野教授』（一九八七年、第6Ⅵ期）は、嫉妬と噂話と派閥争いに明け暮れる大学教授たちの生態をパロディーとして描いて秀逸である。読者は笑いながら、「教養」のあり方や学問の意義などを深く考えさせられることになる。

7 受験と予備校・塾・家庭教師

上級学校に入るためには、多くの場合、入学試験を突破しなければならないが、その対策のために、今も昔も予備校・塾・家庭教師が存在している。珍しいのは、大学受験予備校の教師を主人公にした小説である。

城山三郎（一九二七〜二〇〇七）の『**今日は再び来らず**』（一九七七年、第6VI期）がそれで、このタイトルは、主人公が勤めていた予備校のキャッチコピーという設定になっている。多くの読者が代々木ゼミナールの「日々是決戦」を連想したことであろう。実際、この小説のモデルとなっているのは、「代々木ゼミナール」、「駿台高等予備校」、「河合塾」という、当時の大手三大予備校で、作品中では「湯島セミナー」、「田町予備校」、「田代塾」として登場する。それらの予備校の気質の違いと、互いのシェア拡大合戦が作品の背景に見え隠れする。

高校生や中学上級生というと、とかく受験競争が話題にされやすいが、それを主題とする小説は案外少ないようである。松田優作の主演で映画にもなった本間洋平（一九四八〜）の『家族ゲーム』（一九八一年、第6VI期）がその代表であろうか。優秀な高校生の兄と劣等中学生の弟に家庭教師が絡んだ小説であり、終盤に進むほど、行き場を失った兄弟二人のやるせない心情が漂ってくる。

受験をテーマとした作品といえば、むしろ戦前の旧制高等学校受験を扱った久米正雄（一八九一〜一九五二）の『受験生の手記』（一九一六年、第2Ⅲ期）が有名である。主人公は受験に二度失敗し、弟に先を越され……と、何とも暗く、救いのないストーリーとなっている。

一九八〇年前後は、マスコミに「乱塾時代」と揶揄された時期にあたるが、三浦朱門（しゅもん）の『若葉学習塾』（一九八一年、第6Ⅵ期）は、文字どおり学習塾を舞台にストーリーが展開する。ここは、進学塾というよりは町の補習塾であり、分かるまで根気よく教える教師の姿勢など、とかく公教育では失われがちな、教育の本来的なあり方が描かれている。

8　大人への過渡期にある生徒たちとその教師たち

前節までは主として大学生や大学教員の生態を中心に見てきたが、旧制中学校や新制高等学校といった大人への過渡期にあたる生徒たちや、彼らを導く教師たちに焦点を当てた作品もたくさんある。以下では、それらに眼を向けてみよう。まずは、高校教師に焦点を当てた作品から。

三浦朱門『校長』（一九八一年、第6Ⅵ期）は、修学旅行中に起こった女子生徒性加害事件に端を発する公立高校の紛争が題材となっており、それを解決するために教育委員会から派遣された校長代理の奮闘ぶりを描いている。生徒が教師に向ける造反パワーの大きさから見て、時代設定は一九七〇年代前半であろう。

同じ作者による『教師』（一九八三年、第6VI期）の主人公は、公立高校長の地位を捨てて、教え子の母親と駆け落ちしながらも自立し、一人で学習塾を開いて新たな生きがいを見いだす男である。さらに、同じ作者の『定年』（一九八四年、第6VI期）には、定年を間近に控えた公立高校長の回想と感慨が、硬軟さまざまなエピソードを取り混ぜて描かれている。

次は、高校生に焦点を当てた作品である。

深刻なトーンの作品として知られるのが、酒乱の母親をもち、欠席がちのため、教師に偏見の眼を向けられる女子高校生と彼女に惹かれる同級女子生徒との交流を描いた、高樹のぶ子（一九四六〜）の『光抱く友よ』（一九八三年、第6VI期）である。

逆に、いわば底抜けに明るい作品、高校青春スポーツ小説として有名なのが、同期に書かれた高橋三千綱（一九四八〜二〇二一）の『五月の傾斜』（一九七七年）、『九月の空』（一九七八年）、『二月の行方』（同）である。これらはいずれも第6VI期に属し、剣道を生き甲斐とする高校生の友情や、ほのかな恋愛を描いた連作である。同じく明るく溌剌とした高校生を描いた爽やかな作品として、前述した曽野綾子の『太郎物語（大学編）』に先立つ『太郎物語（高校編）』を忘れるわけにはいかない。

スポーツといえば、杉森久英（一九一二～一九九七）の『**黄色のバット**』（一九五九年、第5Ⅴ期）は、甲子園出場をかけて県予選を勝ち抜き、ついに優勝した某高校野球部が、私設応援団の不祥事から出場を危ぶまれる事態に陥るという話である。現代でも、似たような事件が時おり新聞やテレビを賑わせるわけだが、問題解決に連帯責任が重んじられる状況は当時も今も変わりがない。早くも一九五〇年代にこのような作品が現れていたことに驚きを感じる向きもあろう。

戦前の教師や生徒はどうだったのだろうか。戦前の旧制中学校の生徒は、年齢的には今の高校生にほぼ相当する。夏目漱石の『坊っちゃん』（一九〇六年、第2Ⅱ期）は「学校小説」の古典中の古典であり、「狸」、「赤シャツ」、「野太鼓」、「うらなり」など、俗物根性の中学教師を戯画化し、揶揄した痛快小説の典型である。芥川龍之介（一八九二～一九二七）の『**毛利先生**』（一九一九年、第23Ⅲ期）に登場する中学英語教員の毛利は、無駄話をして生徒から軽蔑されもするが、その熱意と情熱は半端ではない。彼の愚直ぶりは、ある意味「教育者の鑑」と言える。

同じく教師が戯画化されていることで有名なのは、終戦直後に発表された石坂洋次郎（一九〇〇～一九八六）の『青い山脈』（一九四七年、第5Ⅴ期）と『**山のかなたに**』（一九四九年、同）である。前者は、青森県の旧制高校の男子生徒と近隣の女学校に通う生徒が主人公で、はじまったばかりの戦後民主教育のもとでの爽やかな恋愛と友情が描かれており、ご存じのように映画化もされた。

一方、後者の舞台は、教師にも生徒にも価値観の大転換を余儀なくされている終戦直後の旧制中学校である。石坂の作品では、戦前の暗い軍国主義教育の時代に書かれた『若い人』(一九三三年、第4Ⅳ期)も定評がある。これは、キリスト教主義の女学校を舞台に、男性教師、彼を慕う女学生、非合法の社会主義活動にのめりこむ女教師が絡むという物語である。

最後に特筆したいのが、第5Ⅴ期の最後を飾る記念碑的作品ともいうべき庄司薫(一九三七～)の『赤頭巾ちゃん気をつけて』(一九六九年)である。「日本一の名門高校」と誉れの高かった都立日比谷(ひびや)高校の生徒が主人公であり、もはや自分たちがエリートではなくなりつつある時代の近いことを予感し、不安に思う心情が饒舌(じょうぜつ)な独白形式で描かれている。

9 生きにくい子どもたち――義務教育内外の諸問題

児童・生徒や教師の生きざまよりも、非行、いじめ、自殺、学級崩壊、授業崩壊、不登校(登校拒否)、性衝動など、義務教育の現場とその周辺で起こるさまざまな事件に焦点を当てた作品群として以下のものがある。

山田清三郎(一八九六～一九八七)の『小さい田舎者』(一九二七年、第3Ⅲ期)は、小学校を首席で卒業しながらも貧困のために中学校へ進学できなかった主人公が、やがてスリ仲間に堕ちていくという切ない筋立てとなっている。逆に、山本有三(一八八七～一九七四)の長編『路傍の石』(一九三七年以降、第3Ⅳ期)は、中学に進学できない貧しい少年が苦労を重ねながら逞しく成長していくさまを描いた一種の「教養小説」（ドイツ語でいう「ビルドゥングス・ロマン」）である。

木山捷平（しょうへい）（一九〇四～一九六八）の『うけとり』（のち『初恋』と改題。一九三三年、第3Ⅳ期）は、実際にはしていない塀への落書きの濡れ衣を教師からきせられ、誤解を解こうと躍起になればなるほど袋小路に陥るという小学生の哀感をうたっている。

戦後まもない時期に田宮虎彦（一九一一～一九八八）が発表した『異端の子』（一九五二年、第5Ⅴ期）は、いじめを扱った小説の白眉（はくび）である。ソ連によるシベリア抑留から帰還した父親をもつ小学生の姉弟が、「アカの子」として、学校の児童ばかりでなく周囲の大人たちからもいじめ抜かれるのだが、いじめた側は誰一人として痛痒（つうよう）を感じないという筋立てになっている。一般的にいじめは、表面的には個人あるいは狭い集団によるものが多いが、この作品は、根深い差別と偏見に起因する地域社会全体からのいじめも厳然として存在するということを、改めて思い至らせる秀作である。

「乱塾時代」と言われはじめた一九七〇年代後半、母子が一体化して臨む弱肉強食の名門私立中学の受験戦争をパロディー化した城山三郎の『素直な戦士たち』（一九七八年、第6Ⅵ期）が評判となった。その数年前には、長年にわたる小学校教員という体験に基づいて、灰谷（はいたに）健次郎（一九三四～二〇〇六）が発表した『兎の眼』（一九七四年、第6Ⅵ期）が多くの読者の感動を惹起した。こちらに登場する子どもたちには、小動物や障害を負った弱者などに対する優しい眼差しがある。

また、平成に入ってから発表された作品であるが、同じ作者の『**砂場の少年**』（一九九〇年、第6Ⅵ期）も、いじめ、学級崩壊、不登校（登校拒否）、体罰、画一的授業など、中学生の教育環境を幅広く扱った秀作である。一方、藤原審爾（しんじ）（一九二一～一九八四）の『**死にたがる子**』（一九七八年、第6Ⅵ期）は、当時よく報道されていた「中学生の自殺」という問題を扱い、原因・理由が分からずに困惑する周囲の大人たちの姿を描いている。

10 義務教育の現場で苦悩する教師たち

児童・生徒だけでなく、義務教育学校の教員、とりわけ小学校教員のほうも小説のなかでいろいろと屈折し、悩んできた。それらを挙げていこう。

古いところでは田山花袋（かたい）（一八七一～一九三〇）の『**田舎教師**』（一九〇九年、第2Ⅱ期）が有名である。日清戦争から数年を経たころ、文字どおり田舎の代用教員が、心満たされぬまま結核をわずらい、若くして死んでいくという筋立てである。この花袋と並んで自然主義文学の双璧をなすのが島崎藤村（一八七二～一九四三）であるが、被差別部落出身の小学校教師を主人公とする彼の『**破戒**』（一九〇六年、第2Ⅱ期）は、今なお消え去らない身分差別の理不尽さをえぐった作品であるが、作者の思想的限界を批判する声も少なくない。

国木田独歩（一八七一～一九〇八）の『酒中日記』（一九〇三年、第2Ⅱ期）は、運命に翻弄される小学校教師が主人公である。同じ独歩の『富岡先生』（一九〇三年、同）のほうは、どこか鬱屈した私塾の教師が主人公である。そして、久米正雄の短編『父の死』（一九一六年、第2Ⅲ期）は、失火のために校舎と御真影（天皇の肖像画あるいは肖像写真）を消失した責任を取って割腹自殺を遂げた小学校長の話であるが、これは彼自身の父親がモデルとなっている。

山本有三（一八八七～一九七四）の『波』（一九二八年、第3Ⅲ期）も、主人公は小学校教師である。彼は、早逝（そうせい）した妻が残した子どもが自分の実子かどうか分からずに悩み続けるが、やがて、子どもはすべて「学校の子供」、「社会の子供」、「人類、宇宙の子供」であるという悟りに達する。

一方、谷崎潤一郎（一八八六～一九六五）の『小さな王国』（一九一八年、第3Ⅲ期）の主人公は、担任しているクラスの集団力学に翻弄される貧しい小学校教師で、学級経営の難しさを象徴的に描いた作品と言える。そして、久保田万太郎（一八八九～一九六三）の『大寺学校（おおでら）』（一九二七年、第3Ⅲ期）は、公立小学校に圧迫され、廃校を余儀なくされつつある私立小学校（代用小学校）の校長が主人公となっている。これは小説というより戯曲であるが、広義の「学校小説」と見なしてあえて取り上げておく。

詩人・歌人として著名な石川啄木（一八八六～一九一二）には小学校の代用教員という経験があり、その経験をもとに、小説『雲は天才である』（一九〇六年、第2Ⅱ期）や『足跡（あしあと）』（一九〇九年、同）が書かれた。両作品とも、「主人公のヒロイズムが鼻につく」とよく批判されるなど、小説としての評価は必ずしも高くはないが、啄木の散文作家としての技量を垣間見せてくれる。後者の作品を読むと、義務教育制度が確立されたとはいえ、明治末期の日本には未就学児童がまだまだ大勢いたことがうかがわれる。

そして、昭和も半世紀を過ぎてから、未就学児童の問題を今さらのように思い起こさせたのが、三好京三（きょうぞう）（一九三一～二〇〇七）の『子育てごっこ』（一九七五年、第6Ⅵ期）である。これは、ある放浪作家に連れ回され、未就学児となっていた彼の孫娘を引き取り、実子のように育てた小学校教員夫妻の物語であるが、作者夫妻の実体験が下敷きとなっている。

壺井栄（一八九九～一九六七）の『二十四の瞳』（一九五二年、第45Ⅴ期）は、戦中から戦後にかけての小学校を舞台にした、児童と教員の交流物語であり、作品を通して戦争の悲惨さ、平和の尊さを訴えている。何度も映画化・テレビドラマ化されたので、みなさんもよくご存じであろう。

終戦直後に無頼派作家の一人として一世を風靡した人物に坂口安吾（あんご）（一九〇六～一九五五）がいるが、『風と光と二十の私と』（一九四七年、第3Ⅴ期）は、大正末期における彼の小学校代用教員の体験が下敷きになっている。

石川達三の『**人間の壁**』（一九五九年、第5Ⅴ期）は、教職員定数削減に反対して佐賀県教職員組合が展開した大規模な休暇闘争を描いている。教職員組合の活動が全国的に旺盛だったころの、実話に基づく長編である。

11　特別支援教育（いわゆる特殊教育）の現場から

障害児が登場する作品としては、国木田独歩の『春の鳥』（一九〇四年、第2Ⅱ期）が有名である。知的障害児を「殆ど禽獣に類している」などと表現する独歩の障害者観自体は、現代においては強く批判されなければならないが、この作品は今なお、障害者教育・障害児福祉のあり方について深く思索するための手掛かりを与えている。軽度の知的障害児たちのいわゆる特殊学級（現在では特別支援学級へと発展）を舞台にした本庄陸男（ほんじょうむつお）（一九〇五〜一九三九）の『**白い壁**』（一九三四年、第3Ⅳ期）も評価の高い作品となっている。作者自身の教員体験をふまえて書かれたものである。

壺井栄の三部作『大根の葉』、『風車』、『**赤いステッキ**』（一九三三年以降、いずれも第4Ⅳ期）は、母親や兄の愛情に支えられながら眼の不自由な幼女が周囲のいじめにめげることなく逞（たくま）しく育っていくさまを描いている。最終作でこの幼女は、一般の幼稚園から小学校へのルートを諦め、文字どおり赤いステッキを持って盲学校に通う決心を固める。

壺井と同じく児童文学作家として著名であり、大人向けの作品も少なくないのが、小川未明（みめい）（一八八二〜一九六一）である。『河の上の太陽』（一九一七年、第3Ⅲ期）は、目が不自由になった小学生が学校の内外でいじめられる話であり、主人公の入水自殺が暗示されて作品は終わっている。

これら壺井と小川の作品は、いわば大人向きに書かれた童話であると言えよう。

12　作家の自伝小説・自伝的小説

多くの作家が自伝小説を書いている。また、厳密な意味での自伝ではないが、「自伝的」作品と見なせるものも少なくない。それらのなかから学校時代に焦点が当てられているものを厳選し、時代順にたどってみよう。

学校時代といっても小学校から大学までさまざまであり、むろん、複数の学校にまたがる作品も少なくない。また、描かれている時期と執筆時期との時間差(タイムラグ)もさまざまである。しかも、かなりの程度まで事実に基づいているものから、ほとんどフィクションに近いものまでがあり、本当に多彩である。ここでは、「自伝」か「自伝的」かにはあまりこだわらないことにする。

古いところでは、徳富蘆花(とくとみろか)（一八六八〜一九二七）の『思出の記』（一九〇〇〜一九〇一年、第12II期）が有名である。これは、熊本の旧家に生まれ、明治の息吹に触れながら成長していった主人公の小学校から大学にまで及ぶ回想であり、恋愛小説として読める部分もある。

自伝的小説の傑作といえば、何といっても有島武郎(たけお)（一八七八〜一九二三）の『星座』（一九二二年、第2III期）であろう。この作品では、一九世紀末（つまり、明治三〇年代初頭）の札幌農学校に通う生徒の生きざまが、学問・恋愛・性衝動・友情・貧困などの観点から克明に描かれており、主人公の革命思想やキリスト教への傾斜・憧憬もうかがえる。

菊池寛（一八八八～一九四八）の文壇出世作には『無名作家の日記』（一九一八年、第2Ⅲ期）があり、京都での学生生活が描かれているが、これは基本的にフィクションである。

井上靖（一九〇七～一九九一）の連作『しろばんば』（一九六二年、第3Ⅴ期）、『夏草冬濤』（一九六六年、同）、『北の海』（一九七五年、第3Ⅵ期）には、伊豆湯ヶ島の母親の実家で育てられた小学生時代、それに続く、文学への眼を拓かれていった沼津での旧制中学生時代、さらには、その後の柔道に明け暮れた金沢での旧制高校生時代が描かれている。

小樽高等商業学校時代の思い出に取材した、伊藤整の『若い詩人の肖像』（一九五五年、第3Ⅴ期）も著名である。これとよく似たタイトルなのが、堀田善衛（一九一八～一九九八）の『若き日の詩人たちの肖像』（一九六六年以降、第3Ⅴ期）であるが、こちらには、主として慶応義塾大学仏文科時代における交遊が綴られている。

谷崎潤一郎の『異端者の悲しみ』（一九一七年、第2Ⅲ期）は、東京帝大時代の体験に基づく作品である。主人公は生きる意味を見いだせず、自堕落な生活のなかで将来に対する不安と焦燥につつまれる日々を送る。

下村湖人（一八八四～一九五五）の『次郎物語』（一九三六年以降）は第一部から第五部まであり、一九三六年に書きはじめられ、それから一八年間、死の前年まで書き継がれてきた。叙述は、明治後期の次郎の幼児期・児童期から旧制中学の時期を経て昭和初期にまで及んでいる。ただし、通読するとアナクロニズムを感じざるを得ない部分が随所にある。

藤枝静男（一九〇七～一九九三）の『怠惰な男』（一九七一年、第34Ⅵ期）は、昭和初期に大学医学部に入学した作者の、非合法左翼運動とのかかわり、検挙・拘留とその後の顛末が下敷きになっている。左翼といえば、戦前・戦中・戦後とプロレタリア文学の系譜を一貫して継承してきた松田解子（ときこ）（一九〇五～二〇〇四）の『**師の影**』（一九四一年、第3Ⅳ期）は、彼女自身の秋田女子師範学校在学中の体験を下敷きにしたものである。寄宿舎生活、男性教師への思慕、同級生や先輩との葛藤などが生き生きと描かれている。

詩人の中野重治（しげはる）（一九〇二～一九七九）には、旧制中学入学までを回顧した『梨の花』（一九五七年、第3Ⅴ期）、旧制高校時代を回顧した『歌のわかれ』（一九三九年、第3Ⅳ期）、大学時代を回顧した『むらぎも』（一九五四年、第3Ⅴ期）の三部作がある。杉浦明平（みんぺい）（一九一三～二〇〇一）の『三との春は過ぎやすし』（一九七三年、第3Ⅵ期）や、中野孝次（一九二五～二〇〇四）の『麦熟るる日に』（一九七七年、第4Ⅵ期）も、旧制高校時代の体験に由来したものである。

安岡章太郎（一九二〇～二〇一三）の『悪い仲間』（一九五三年、第4Ⅴ期）のなかでは、太平洋戦争直前の大学生たちが、退屈に任せて食い逃げ・盗み・のぞき見などをする様子が描かれている。こうした逸脱行動は、先行き不透明な時代に生まれ合わせた青年たちの不安の病理の証しであったのだろう。一方、北杜夫（もりお）（一九二七～二〇一一）の『死』（一九六四年、第45Ⅴ期）は、父親の斎藤茂吉の死に臨んで、若き日の自分と父親との軋轢を回顧した作品である。

高橋和巳（一九三一～一九七一）の『憂鬱なる党派』（一九六五年、第5Ⅴ期）は、かなりフィクション性が濃厚ではあるが、左翼革命政党の活動に明け暮れた一九五〇年代初頭の京都大学生としての生活の回想という形をとっている。他方、立原正秋（一九二六～一九八〇）の『暗い春』（一九六七年、第5Ⅴ期）は、終戦直後の早稲田大学における左翼系のサークル活動に基づく作品である。

そして、野坂昭如（一九三〇～二〇一五）の『行き暮れて雪』（一九七九年以降、第5Ⅵ期）は、終戦直後の浮浪児から身を起こし、旧制新潟高校を経て早稲田大学に入り、閉塞的な状況のなかで将来を模索しはじめるまでのプロセスを、回想的に描いたものとなっている。

最後に、執筆が昭和から平成にまたがっており、しかも「学校小説」に含めるにはスケールが桁違いに大きすぎるが、精神医学者としても著名な加賀乙彦（一九二九～二〇二三）の大長編『永遠の都』（一九八八年以降の三部作『岐路』、『小暗い森』、『炎都』を整理統合）を挙げておこう。

これは一種の大河小説であり、戦争を挟んだ時期の、彼自身と彼の一族とをモデルにしたと思しき人物たちの変転極まりない生きざまが、二・二六事件や東京大空襲といった日本史上の重大事件と絡めて壮大なスケールで描かれている。この間、主要登場人物の一人である悠太は、幼稚園児から陸軍幼年学校を経て、多感な都立高校生にまで成長していく。

13 その他の異色作品

前節までの分類では収まりきれなかった異色の作品群を挙げてみよう。

プロレタリア文学の作家として名高い徳永直（一八九九～一九五八）の短編**『八年制』**（一九三七年、第4Ⅳ期）は、執筆前年に帝国議会で審議された義務教育年限延長問題（結局は実現しなかった）を、低所得者層の視点から描いたものである。年限が六年から八年に延長されることは「増税より大変」という嘆きのうちに、貧窮にあえぐ労働者階級の親たちの悲愴感が集約されている。

貧困といえば、金史良（一九一四～一九五〇）の**『光の中に』**（一九四〇年、第4Ⅳ期）が、差別され、貧窮のなかに身を置かざるを得ない在日朝鮮人同士の心の交流を、主人公である大学生のセツルメント活動、すなわち生活援助のための社会事業活動のなかに描いている。

戦後間もない時期の世相を反映した作品に眼を向けよう。

小島信夫（一九一五～二〇〇六）の**『アメリカン・スクール』**（一九五四年、第5Ⅴ期）は、日本人の英語教師が向学のために大挙してアメリカン・スクールを見学に訪れる話である。彼らのなかには、必要以上にアメリカ人に媚びる者や英会話がまったくできずにオロオロ・オドオドする者もいて、終戦間もない時期の雰囲気をよく伝えているほか、日本人の英語コンプレックスやアメリカコンプレックスが鋭く照射されている。

また、同期の阿部知二の『人工庭園』（一九五四年、第5V期）は、伝統を誇る女子大学に充満する息苦しい封建制の犠牲となって自殺する学生を描いた社会派小説である。彼女の恋人・先輩・同級生・教員などの人間関係が複雑に交錯しており、真相はついに藪の中のままで終わる。

第5期の終わりに位置し、第6期、ひいては平成・令和の時代をも先取りしていると評することができるのが、北杜夫（もりお）の『**こども**』（一九六八年）である。非配偶者間人工授精（AID）によって息子をもうけたが、産んだ妻に先立たれた男が、やがてその子どもの素行に悩まされるようになり、実の父親（つまり精子提供者）を突き止めようと執念を燃やすが、壁に突き当たるという、なんとも現代風の筋立てで、とても一九六〇年代の作品とは思えない。医学部を卒業した作家ならではの「先見の明」と言えようか。

同じく医療に関連する作品をもう一つ挙げておこう。

宮原昭夫（一九三二～）の『**誰かが触った**』（一九七二年、第6VI期）は、ハンセン病療養所内に設けられた分教場で学ぶ隔離された中学生たちと、教員たちとの葛藤や交流を描いたものだ。すでに特効薬もでき、ハンセン病は恐くない病気であると頭では分かっていても、子どもたちと接しているとつい身構えてしまう新任女性教諭の心理のうちに、まだ「らい予防法」によって患者の人権が抑圧されていた時代の、世間一般のこの病気に対する差別・偏見が見え隠れしている。

ユニークな異色作といえば、舟橋聖一（ふなはしせいいち）には、定期試験中にカンニングを常習する女子大生を主人公とする『善意』(一九五五年)がある。彼女は、ただスリルを味わいたくてカンニングを繰り返している。罪の意識はまったくなく、本番中に台詞(せりふ)を忘れがちな舞台役者だって平然とプロンプターに頼っているじゃないか、と開き直っている。

一九七〇年代半ばには、旧文部省と日本教職員組合(日教組)と間で、教師は「聖職」か「労働者」かと大きな論争となったが、この時期にこういう論争が起きたこと自体、教師の間に旧来の聖職意識が薄れてきていた証拠でもある。

この時期に発表されたのが新田次郎(一九一二~一九八〇)の『聖職の碑(いしぶみ)』(一九七六年)である。これは、大正時代初頭の一九一三年に起こった、長野県中箕輪(なかみのわ)尋常高等小学校の生徒ら三七名が伊那駒ケ岳修学旅行中に遭難し、うち一一名が死亡した事件をほぼ六〇年後に掘り起こし、その真相に迫ろうとした作品である。つまり、第3Ⅵ期の作品ということになる。作者によれば、この事件の背景には、当時の長野県教育界を席巻していた白樺派の理想主義教育と旧来の実践主義教育との軋轢(あつれき)・葛藤があった。

最後に、国語教育、とりわけ作文教育に関連した作品を挙げておこう。まず、太宰治(一九〇九~一九四八)の『**千代女**』(一九四一年、第3 4Ⅳ期)。かつて作文の天才少女ともて囃されたが、今ではすっかり自信をなくしている女学生を主人公に、作文教育の本来的なあり方を軽妙洒脱(けいみょうしゃだつ)な文体で問うた作品である。

ちなみに、これは作者太宰自身の文学論にもなっている。そこには、大正期の鈴木三重吉（みえきち）らによる「赤い鳥」文学運動や、そこから刺激を受けつつ昭和初期に新しい作文教育運動として展開された「生活綴方（つづりかた）運動」への言及も、やや皮肉を込めて、しかも架空の名称に置き換えて盛り込まれている。

生活綴方運動は、児童・生徒たちを生活上の矛盾に開眼させる方向に導く危険な運動として、しばしば官憲の取り締まりの対象となったが、そんな逆境のなかで運動の推進にかけた東北の小学校教師たちの情熱的な生き方を掘り起こした作品に、高井有一（ゆういち）の『真実の学校』（一九八〇年、第３４５Ⅵ期）がある。大正から昭和にまたがるスケールの大きい作品である。

さらに、厳密には昭和ではなく平成になってから発表された作品であるが、三浦綾子（一九二二〜一九九九）の最後の小説『銃口』（一九九四年、第４５Ⅵ期）は、北海道において生活綴方運動を推進した教師たちが戦時中に治安維持法違反のかどで弾圧された事件（一九四〇年以降）を、綿密な取材に基づいて小説化したものである。

以上に挙げた「学校小説」は一一〇余編に及ぶが、第二部では、これらのなかから、ここで太字表記した三四編を取り上げ、それぞれに設定したキーワードのもとに論じてみる。

第二部

「学校小説」の残光と残影

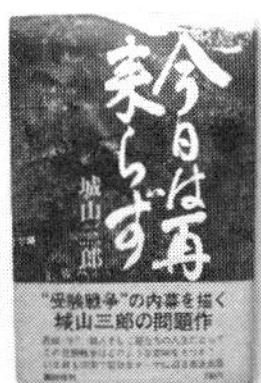

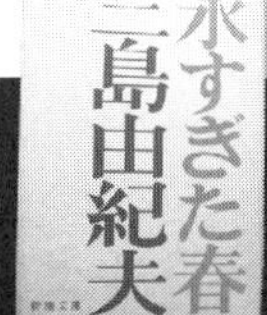

第1期（一八七一年～一八八九年）

参考年表

一八七一（明治四）年　文部省設置／いわゆる「解放令」発布。

一八七二（明治五）年　東京に師範学校設立／国民皆学を謳う「被仰出書」公布／「学制」公布。

一八七三（明治六）年　国民皆兵を謳う「徴兵令」公布。

一八七四（明治七）年　東京に女子師範学校設立／陸軍士官学校発足。

一八七五（明治八）年　学齢を満六歳から満一四歳までと布達。

一八七六（明治九）年　東京女子師範学校内に幼稚園を開設／海軍兵学校発足。

一八七七（明治一〇）年　東京大学開設（東京開成学校と東京医学校を合併）。

一八七八（明治一一）年　古河太四郎が京都に盲唖院を開設（翌年公立化）。

一八七九（明治一二）年　「教育令」公布（男女別学の原則など）。

一八八三（明治一六）年　小・中・師範学校等の教科書採択に認可制を施行。

一八八五（明治一八）年　東京師範学校に兵式体操を導入（翌年から男子中等教育以上の学校にも導入、のちの軍事教練）。

一八八六（明治一九）年　「小学校令」「中学校令」「師範学校令」「帝国大学令」公布。
一八八九（明治二二）年　「大日本帝国憲法」発布。

1　僕があんまりアイデヤルだもんだから——坪内逍遥『当世書生気質』

キーワード「西洋コンプレックス」

ペリー来航の衝撃

まずは、高校の日本史教科書のような叙述にしばらくお付き合いいただきたい。

一八世紀後半にイギリスから独立したアメリカは、一九世紀半ばになると、北太平洋の捕鯨船の寄港地や対中国貿易の中継地として、日本の開国を強く望むようになった。一八五三年、軍艦四隻を率いて浦賀に現れた東インド艦隊司令長官ペリー（Matthew Calbraith Perry,1794～1858）は、大統領の国書を提出して日本に開国を求めた。翌一八五四年、条約締結を強硬に迫られた幕府は「日米和親条約」を締結し、次いでイギリス、ロシア、オランダとも同様の条約を結び、二〇〇年以上にわたる鎖国政策は崩れ去った。さらに一八五六年には「日米修好通商条約」を締結し、次いでオランダ、ロシア、イギリス、フランスとも同様の条約を結んでいる。

従来、武士階級の子弟たちの教養は、主として漢文の素読に基づく「漢学」によって培われ、欧米に関する知識のほうはオランダ語に基礎を置く「蘭学」に依拠していたが、このころから、オランダ語以外の、これら条約締結国の言語、とりわけ英語に対する学習意欲が急速にめばえていった。たとえば、一八五八年から江戸で「慶應義塾」という蘭学塾を開いていた福沢諭吉（一八三五〜一九〇一）は、オランダ語よりも重要と実感した英語を独学で修得し、一八六三年には蘭学塾から「英学」塾へとシフトした。

幕藩体制に取って代わる中央集権体制の確立を目指した明治新政府は、一八七一年、文部省を設置した。翌年に公布された「学制」は、全国民を、欧米をモデルとした学校制度に取り込もうとするものであったと言える。海外留学も奨励され、一八七四年には、維新前からの留学生も含めると五〇〇名以上の日本人がイギリス、アメリカ、フランスなどに留学していた。

一八七七年には、開成学校など旧江戸幕府の機関をもとに「東京大学」が設立され、多くの外国人教師を招いて各種学術の発達が図られた。その前後の時期には、京都では「同志社英学塾」（のちの同志社大学）、東京では「東京専門学校」（のちの早稲田大学）や「英吉利（イギリス）法律学校」（のちの中央大学）などの私学も設立され、欧米主要国に関する知識・関心は急速に高まっていくことになった。

近代小説のさきがけ『当世書生気質』

さて、いよいよ本題である。

小説家・劇作家・評論家・翻訳家などとして多彩に活躍した坪内逍遥（一八五九～一九三五）は、現在の岐阜県に生まれ、名古屋にあった「愛知英語学校」などで英語の基礎を身につけたあと、一八七六年、のちに東京大学となる開成学校へ入学した。そして一八八三年、東大政治経済科を卒業し、東京専門学校の講師となった。

彼が一八八五年から翌年にかけて発表した『当世書生気質』は、日本の近代小説のさきがけとされる。「書生」は「学生」とほぼ同義の語とみてよい。この小説は、一八八一年から一八八二年当時の、東京大学寄宿舎の書生たちの生態がモデルとなっているとされている。

多くの会話文からなる原文には、英単語・英熟語のスペル、あるいはその片仮名ルビが多用されているうえに、現代ではなじみのない邦語や漢語もさまざまに混在していて極めて読みにくい。底本（後掲、岩波文庫版）の途中を適宜割愛し、読みやすく整理したうえで一部を引用してみよう。

東京大学にほど近い上野広小路界隈を歩きながら、学生の「小町田」と「倉瀬」が会話している（原文の会話文冒頭には「小」および「倉」と略記されている）。まずは、共通の友人の消息にかかわる話題である。

小　山村と継原は、退校になつたんだネ。

倉　さうヨ、退校になッちまッた。しかし山村は、到底ホウプのない男だから、ヂスは結句正当の話だが、気の毒なのは継原だヨ。君も知てる通り、スピイチなんざア甘し、さうして中々あれで慷慨家だヨ。ただ憾むらくは、ストロング・ウヰルがないばかりサ。

小　山村はどうした。

倉　『東都新報』とかいふニウスのエヂターに傭はれるとかいふはなしだ。

「ヂス」については、注で「ヂスミッスの略にて退校といふ事」と説明されている。また、「ホウプ」には「のぞみ」、「スピイチ」には「演説」、「ストロング・ウヰル」には「不抜の決心」、「ニウス」には「新聞」、「エヂター」には「記者」の語がそれぞれ充てられている。これらの訳語は、一四〇年余りを経た現代でもさほど変化がない。

逆に、漢語由来の「慷慨家」は社会の不正を憤って嘆く人を指すが、現代の日本ではほとんど使われていない。

さて、小町田がある芸妓から恋文を受け取ったことを知っている倉瀬は、小町田に次のように忠告する。

倉　僕ア君のラブのレタアを見たヨ。偶然僕が拾つたから、開いて読でみたところが、実に僕ア感服した。ウーマンはいはゆるスウシング　エヂエントだ。我ウイルさへ定まつてゐりゃア、決して恐るべきものぢゃアない。たとひ芸妓をしてゐたからッて、そのスピリットさへ高尚なら、君のコンキユウ位にゃアしたッてもいい。

小　レタアは此間もよこしたが、返辞をやつた事はかつてなしサ。フレイルテイ　ザイ　ネーム　イズ　ウーマンさ。頼になるものぢゃアないよ。僕不肖なりといへども、年来私に志を立ててツウ　ビイ　サムシングと盟つたからには、あに一人の女子のために終身の業を誤らんやだ。

「コンキユウ」は逍遥自身が注で示しているように、「コンキユバインの略にて妾といふ事」である。「妾くらいにはしてやってもいい」という、当時の男の傲慢さがうかがえる発言である。ちなみに、スペルは「concubine」である。

スペルを添えて「フレイルテイ　ザイ　ネーム　イズ　ウーマン（Frailty, thy name is woman）」とあるのは、イギリスの劇作家シェイクスピア（William Shakespeare, 1564～1616）の『ハムレット』のなかにある有名な台詞である。のちに逍遥は、本邦初の邦訳本（一九〇九年刊）のなかで「弱き者よ、汝の名は女なり」と訳したが、この『当世書生気質』の注では「脆きは女子の心かな」と訳している。

「スウシング　エヂエント」の個所にはスペル「soothing agent」が示されており、「心を和らぐるもの」と訳されている。また、「ツウ　ビイ　サムシング」の個所には「To be something」が示され、「有為の人たらん」が充てられている。

「ラブのレタア」は「意中人の手紙」という表現で訳されている。「ウーマン」は「婦人」、「ウイル」は「執意」、「スピリット」は「気性」である。このあたりも現代と大差はない。ちなみに、「芸妓」には、別の個所で「シンガア」とルビが振られていた。

「西洋コンプレックス」の古典『当世書生気質』

このように、『当世書生気質』の会話のなかには、英単語や英語のフレーズが頻出する。とかく知り得た知識は、自分たちだけが共有できる一種の「業界用語」としたくなるのが若者の常である。こうした語彙の使用は、仲間うちの結束の証しであり、エリート意識の裏返しとも言えようが、ここには、当時の「書生」たちの西洋コンプレックスを強く読み取ることができる。上の引用個所に続く「小町田」の発言は以下のようになっている。

小　ただ憾らくは僕があんまりアイデヤルだもんだから、時々妙な妄想を興して、西洋思想を日本の社会へ、ファレーシャスリイに応用するから、それで失策をとる事があるんサ。しかしこの弊は僕ばかりぢゃアない、日本全体がさうだ。君なんぞも矢張さうだ。

「アイデヤル」については、「世の中に行はれさうになきことを現に行つてみたく思ふ癖をいふ」と注釈がついている。しかし、主語は「僕」なのだから、本当は「アイデヤリスト」（idealist、理想主義者）とでも書くべきところであろう。

「ファレーシャスリイ」には「fallaciously」とスペルが示され、「馬鹿気た工合」と注記されている。「西洋思想」を「日本の社会」へ理想的に応用せずに「馬鹿気た工合」に応用することが「失策」を引き起こす、とする小町田の見解には、まさしく西洋コンプレックスが読み取れよう。しかも、この傾向は「日本全体がさうだ」とまで彼は断じている。

西洋コンプレックスは、西洋の言語へのコンプレックス、とりわけ英語コンプレックスに通じて、そののち長く経過してゆくことになる。

昨今、若者の間で流行している日本製の流行歌の多くには、英語表現の混在が甚だしい。どちらかといえば、英語が主体のものすらある。国際的に通用することを目指している歌がある一方で、なかには文法的・語法的に疑わしいものもある。こんな風潮も、百数十年前からのコンプレックスの伝統の裏返しと捉えれば得心がゆく。

西洋コンプレックス、とりわけ英語コンプレックスはすでにペリー来航とともにはじまっていた、と見てよいであろう。心理学を専攻し「精神分析者」を自称するエッセイスト岸田秀（一九三三～）の言葉を借りるなら、ペリー来航によって日本は、「外国を忌避し憎悪する誇大妄想的な内的自己」と「外国を崇拝し模範とし屈従する卑屈な外的自己」に精神分裂をきたし、軍事的脅迫のために当座は屈従せざるを得なかったため、「その屈辱をすすぎたいという思いが近代日本に底流し、八十八年後の真珠湾攻撃の折りに爆発した」（後掲『日本史を精神分析する』より）。

そして、第二次世界大戦で日本がアメリカに完膚なきまでに叩きのめされたあと、日本人の英語コンプレックスはさらに長く続くことになった。これについては、「23　外人みたいに話せば外人になってしまう――小島信夫『アメリカン・スクール』」で改めて触れることにする。

引用・参考文献

・坪内逍遥『当世書生気質』岩波文庫、二〇〇六年改版。
・岸田秀『日本史を精神分析する――自分を知るための史的唯幻論』亜紀書房、二〇一六年。

第2期（一八九〇年〜一九一二年）

参考年表

一八九〇（明治二三）年	「教育勅語」発布。
一八九一（明治二四）年	国家祝祭日における学校儀式の内容・方法を一定化／「御真影」「教育勅語」を収める奉安殿・奉安庫の学校への設置開始。
一八九四（明治二七）年	「高等学校令」公布（高等中学校を高等学校と改称）／日清戦争（〜一八九五年）。
一八九六（明治二九）年	陸軍中央幼年学校設置／石井亮一が日本初の知的障害児施設を開設。
一八九七（明治三〇）年	「師範教育令」公布（尋常師範学校を師範学校と改称）。
一八九九（明治三二）年	「実業学校令」「高等女学校令」公布。
一九〇〇（明治三三）年	義務教育を四年制に統一（公立は授業料徴収を廃止）。
一九〇一（明治三四）年	成瀬仁蔵（じんぞう）が日本女子大学校を設立（日本初の女性高等教育専門学校）。
一九〇二（明治三五）年	教科書をめぐる広汎な贈収賄事件（教科書疑獄、〜一九〇三年）。
一九〇三（明治三六）年	小学校教科書に国定制を導入／「専門学校令」公布。
一九〇四（明治三七）年	日露戦争（〜一九〇五年）。

一九〇七（明治四〇）年　この年以降、義務教育年限が四年から六年に逐次移行。

一九〇八（明治四一）年　三宅鉱一らが知能検査の「ビネー・シモン氏法」を日本に紹介。

一九一〇（明治四三）年　大日本帝国・大韓帝国併合に関する「日韓条約」公布。

2 先生のお名前を拝借致し――内田魯庵（うちだろあん）『社会百面相』

キーワード 「教科書」

教科書採択制度の変遷

明治新政府は一九七一年、教育を司る中央組織として文部省を設置し、翌一八七二年、学校制度や教員養成の基本的な規定「学制」を定めた。同時に発布された「学事奨励に関する被仰出書（おおせいだされしょ）」には、「必ず邑（むら）に不学の戸なく、家に不学の人なからしめんことを期す」とあり、この理念に沿って全国に小学校が設置され、身分の差、男女の別なく、六歳以上の子どもをすべて学校に通わせることとした。当初、就学年限は三年あるいは四年とされたが、就学率は伸び悩んだ。

読み・書き・算盤（そろばん）などを個別に指導する江戸時代の寺子屋とは異なり、小学校では、学年ごとに定められた科目を時間割に沿って学ぶ一斉授業の形式が採られ、黒板や掛け軸が多用された。授業で用いる教科書については、当初は自由発行・自由採択制で、西洋文明や科学的な知識を伝えるものが使われることが多かった。

しかし、一八七九年には、儒教的道徳の強化を促す「教学聖旨(せいし)」が天皇の名で出されるとともに、徐々に教科書には制約が課され、一八八〇年には使用禁止書目が発表された。そして翌年には「開申制」が採用され、採択した教科書を監督官庁へ報告することとされた。さらに一八八三年には、「認可制」、すなわち採択してよいかどうかについて、いちいち許可を受けることとなった。それから三年後の一八八六年、小学校・中学校で用いる教科書は、「検定に合格したものにかぎる」こととされた。いわゆる「検定制」である。

明治の教科書疑獄

検定制に移行すると、検定に合格した教科書の出版会社と教科書を採択する側の教育関係者との間で贈収賄が横行するようになった。出版社は、売り込み競争に軸足を移すようになったわけである。そして、一九〇二年には、教科書をめぐる贈収賄が一大疑獄事件に発展した。

当時、この教科書疑獄を精力的に追及した人物に、「中国民報」の記者であった田岡嶺雲(たおかれいうん)(一八七〇〜一九一二)、評論家の大町桂月(おおまちけいげつ)(一八六九〜一九二五)などのほか、社会風刺を得意とする小説家の内田魯庵(うちだろあん)(一八六八〜一九二九)がいた。

魯庵は現在の東京に生まれ、東京専門学校(のちの早稲田大学)英学本科を中退したあと、翻訳家や評論家として出発し、やがて小説家となっている。雑誌などに発表した連作短編をまとめて一九〇二年に単行本化されたのが『社会百面相』で、ここでは、政界・実業界・教育界などさまざまな分野の職業や階層が三〇種ほど取り上げられ、風刺の対象とされている。

このなかの「教育家」の節で魯庵は、教科書疑獄問題を次のように風刺している。ただ、底本（後掲、岩波文庫版）のままでは読みにくいので、漢字の字体や仮名遣いなどを適宜改めたうえで引用してみる。

「貴族院議員」、「何々教育会会頭」、「△△学校長」の肩書をもつ「柴川靖三（せいぞう）」なる人物と、教科書出版会社「雷鳴堂」の社長とが社長室で密談している場面である。

「もし先生の御編纂（へんさん）が願えれば、五千円は唯今差上げておいてなお御脱稿の上十分お礼を致す事が出来ますが……」

「なるほど……」

「もっとも実のところ、先生がお手をお下（おろ）しにならんでも先生のお名前を拝借致し、かつ各府県の教科書に採用されるように御尽力下されればもう十分よろしいのでげす」

「ふうむ、なるほど、至極（しごく）面白いナ。今の読本が不完全なのは我輩も同感で、しばしば当局者と議論しおった事もあるが、貴公が新案読本を出版して一生面（いっせいめん）を開こうというは至極妙じゃ。

我輩も読本には多少考案があるから貴公の相談に乗っても宜いがナ……」

「ぜひどうか先生の御編纂を願いたいもので――その代りこの御約束が出来ますれば即刻五千円だけは上納致します」

「むむ、それでは我輩が編纂する事に約束を決めよう。しかし公務の暇にする仕事じゃあるし、欧米の書籍を広く参考する時間をも要する、かつ我輩一人では到底出来ぬから自然助手の二三人は要る……」

「いかにも……」

「したがって参考書籍の買入や助手の手当じゃがナ……」

「そのくらいな事はもちろん承知でございます」

「それさえ承知なら我輩が引受けて編纂してみよう。我輩が編纂する日になると金がちっと余計かかるかも知れんが、その代り我輩のは売文者のように自分一箇の利益のため筆を持つのじゃないから教育界のため全力を尽して完全なものを作るつもりじゃ」

「どうか何分ともよろしく、金のところはお指揮に従って支出致しますから……」


要するに、この教科書出版社は、「柴川」には名義を借りるだけで、実際の編纂作業は柴川の「助手」に任せるというわけである。そして、柴川本人に対しては、教科書を採択する権限をもつ各府県の知事や学務課長、師範学校長など、その幅広い人脈に期待しているわけである。「師範学校」については「3　官費で事が足りる師範学校に入って――国木田独歩『富岡先生』」で詳述するが、小学校教員を養成する機関であった。さらに引用しよう。

「先生は□□県の方に御知己（ちき）はございませぬか？」
「□□県なら知事をごく別懇にしおる。それに学務課長は我輩が門下生であるし、師範学校長もしばしば面会した男じゃから、我輩が一本手紙を書いてやろう。効力の有無は保証せんがナ……」
「どうか、そう願いたいもんで、先生のお手紙があれば万人力でございます」と主人は満面に悦喜の色を漲（みなぎ）らしつつ、「羽鳥、おまい、会計の総生（ふさふ）を呼んで来い、それからお客様へ御酒（ごしゅ）を献じる支度をしろと云うてくれ。――イエもう何にもおかまい申しませぬ。唯今銀行へ使をやりますから金の参りますまで唯（ほん）のお寒さ凌ぎに……（中略）ヘッヘッヘッ！」

柴川は自分の書斎で、彼を頼りにしている二十代後半の「井筒」に対し、かねてより希望している文部省派遣の海外留学生に選ばれるように計らうことを交換条件にして、実際の教科書編纂作業に当たるよう口説く。柴川が「校定者」、井筒が実質的な「編纂者」になるというわけである。

「貴公が引受けてくれれば我輩も大いに安心じゃ。実は我輩も軽々しく請合ったが、到底出来そうもないので雷鳴堂に合わす顔が無かったが、貴公が引受けてくれれば我輩の義務も済むというものじゃ。その代りには利益交換として貴公が留学生を命ぜられるように我輩必ず尽力する」
「何分とも宜しく――」

実は柴川、のちに、井筒にしてやられることになるのだが、その経緯についてはここには記さない。ぜひ、原作にあたっていただきたい。

「悪貨は良貨を駆逐する」という語は、一六世紀イギリスのトーマス・グレシャム（Sir Thomas Gresham, 1519～1579）に由来する。これと同じく、二〇世紀初頭の教科書業界は、放置すると「悪書が良書を駆逐する」ことにもなりかねない状況にあった。言うまでもなく、これはこれで由々しき事態であった。しかし、この教科書疑獄を文部省は、「民間業者に任せておいては危険だから理想の教科書は国家が責任をもって編纂する」という方向に世論を誘導する契機として利用したのである。そして一九〇三年、ついに教科書の「国定制」が導入された。

その翌年、国定化は、まず小学校の「修身」、「国語」、「地理」、「歴史」の四教科から実施された。これが中学校にまで及んだのは第二次世界大戦中のことであった。そして、戦後まもない一九四七年、初等・中等教育（小学校・新制中学校・新制高等学校）の現場で用いられる教科書は、

「学校教育法」により、改めて文部省による検定制となった。

「社会文学」の系譜

内田魯庵(うちだろあん)の『社会百面相』は、日清戦争（一八九四年～一八九五年）後の、日本が国威発揚に躍起となっていた時期における、社会の矛盾や腐敗・堕落のさまを、さまざまな職業・階層に焦点を当てて風刺的に描いた作品である。魯庵がやり玉に挙げたのは、「官吏」、「新聞記者」、「貴婦人」、「代議士」、「青年実業家」など広範囲に及んだ。その描写には、甚だしく戯画化されている部分も少なくないが、その反面、現代でもなお散見されるような普遍性も認められる。

教育に関連した問題は、「教育家」だけでなく「学生」、「貧書生」、「教師」、「女学者」などの節でも扱われており、いずれも、今日なお一読に値するものとなっている。

ちなみに「女学者」とは、高等女学校を卒業していたり、設立されたばかりの「女子大学」に通っていたりする、独立志向の強い、当時としてはきわめて高学歴の女性たちを揶揄して広く使われた呼称である。「4　女の学問は弊(へい)が多いて――小栗風葉(おぐりふうよう)『青春』」で扱う小説『青春』にもその典型が登場している。

二〇〇七年に刊行された『社会文学事典』は、「引く」ための事典というよりは「読む」ための事典であるが、その冒頭で、編者の一人である大和田茂は「社会文学」の定義に触れ、「社会化された〈私〉の文学」、「文学における社会的反映」、「社会と文学の結合」、「理想社会への文学」のいずれかの要素を含むものとしている。この定義に照らせば、内田魯庵（うちだろあん）の『社会百面相』は、日本における「社会文学」の初期における傑作と一つと評することができる。

なお、第二次世界大戦後の「社会文学」の第一人者とされる作家に松本清張（一九〇九～一九九二）がいるが、彼の短編『カルネアデスの舟板』と長編『落差』は、戦後の教科書検定をモチーフとした傑作である。戦後の教科書検定については「27　過去をそのたびたびに都合よく書く――阿部知二『白い塔』」で改めて扱うこととする。

引用・参考文献
・内田魯庵『社会百面相』（上下二冊）岩波文庫、一九五三年。
・山住正己『教科書』岩波新書、一九七〇年。
・『社会文学事典』冬至書房、二〇〇七年。

3　官費で事が足りる師範学校に入って――国木田独歩『富岡先生』

キーワード「学歴」

師範学校とは

「師範学校」とは、広義には、第二次世界大戦終結直後までの教員養成機関の総称である。しかし狭義には、小学校の教員を養成する学校の呼称であった。

一八八六年、「師範学校令」により、公立小学校の校長・教員を養成する「尋常師範学校」が各府県に一校ずつ設けられた。学費は公費から支給され、卒業後に一定期間の教職従事義務があった。教育内容は画一的で、寄宿舎での規律ある生活をモットーとし、兵式体操（のちの軍事教練、「14　配属将校が校舎の方から大股に――野上弥生子（のがみやえこ）『哀しき少年』」も参照）も導入されていた。

「師範学校令」では、師範学校の教育目的について、「気質確実にして善く国民の義務を尽しまた善く分に応じて働く」、国家の「実用に立ち得る人物」を育てることにあると規定されたうえに、次のようにも規定されていた。

「教員たる者は学問も必要なりといえどもこれ第一の目的にあらず、教育の目的を達せんとせば第一に人物正確にして能く人を薫陶（くんとう）する力なかるべからず」

「師範学校令」に代わる一八九七年の「師範教育令」で「尋常師範学校」は「師範学校」と改称され、府県に複数の設置が認められた。ちなみに、師範学校・尋常中学校・高等女学校の各教員の養成にあたったのは、師範学校とは別の、官立（国立）の「高等師範学校」であった。

前述のように師範学校は、大学や専門学校とは異なり、学費は公費から支給されていたので、向学心はあるが経済的に困窮している家庭の、中学校進学をあきらめざるを得ない男子にとっては格好の進学先であった。しかしながら、教育方針として、前述したとおり「学問」よりも「能く人を薫陶する力」が求められたし、卒業後には教職従事義務があった。さらに、大学出の「学士」や専門学校を出た人とは違って、立身出世や、広い世間で自由に生きる道は閉ざされていた。そこにコンプレックスを抱く者も少なくなかった。

本節では、悩み多き師範学校出身の小学校長「細川繁」が登場する、国木田独歩（一八七一〜一九〇八）の短編小説『富岡先生』を取り上げる。独歩は、一八九一年に東京専門学校（のちの早稲田大学）を中退し、一八九三年から作家として活動をはじめた。代表作として『武蔵野』や『牛肉と馬鈴薯』などがある。

独歩は私塾の教師や新聞記者を経験したこともある。一九〇二年に発表した『富岡先生』の主人公「富岡」は、私塾の教師である。ストーリー自体は架空であるが、主人公には、富永有隣（一八二一〜一九〇〇）という、れっきとしたモデルがいた。富永は若いころ、吉田松陰（一八三〇〜一八五九）の私塾である松下村塾の講師を務め、教え子には、のちに明治の有力政治家となった伊藤博文（一八四一〜一九〇九）や井上馨（一八三六〜一九一五）がいる。

学歴至上主義と外見至上主義

『富岡先生』から引用してみよう。これまでと同じく、底本（後掲、新潮文庫版）の表記のままでは読みにくいと判断して、適宜、現代風の表記に改めたうえで引用する。

> 先生は故郷で何をしていたかというに、親族が世話するというのも拒んで、広い田の中の一軒家の、五間ばかりあるを、何々塾と名づけ、近郷の青年七八名を集めて、漢学の教授をしていた、一人の末子を対手に一人の老僕に家事を任して。
>
> この一人の末子は梅子という未だ六七の頃から珍らしい容貌佳して、年頃になれば非常の美人になるだろうと衆人から噂されていた娘であるが、果してその通りで、年の行くごとにますます美しくなる、十七の春も空しく過ぎて十八の夏の末、東京ならば学校の新学期のはじまるも遠くはないという時分のこと、法学士大津定二郎が帰省した。
>
> 富岡先生の何々塾から出て（無論小学校に通いながら漢学を学び）遂に大学まで卒業した者がその頃三名ある、この三名とも梅子嬢はおれの者と自分で決定ていたらしいことはほぼ世間でも嗅ぎつけていた事実で、これには誰も異議がなく、但し三人の中だれが遂に梅子嬢を連れて東京に帰り得るかと、他所ながら指をくわえて見物している青年も少くはなかった。

ここでの国木田独歩の「梅子嬢」の描きぶりは、ルッキズム、すなわち「外見至上主義」の典型である。人間の価値を測るうえで、外見をもっとも重要な要素とする考え方である。一方、男性については、「学士」、つまり大学まで卒業した者をもっとも価値ある者とする「学歴至上主義」と言ってよい。これらは主人公「富岡先生」の価値観のみならず、当時の世間一般の価値観でもあったと言ってよいだろう。さらに、近年に至るまで多くの日本人を支配してきた価値観と言っても過言ではない。

ここで「大学卒」の三人とは、「大津」と「高山」と「長谷川」である。しかし、帰省した大津は嫁として「地主の娘」を選ぶ。恩師富岡の娘ではなく、裕福な家庭の娘を選んだわけである。憤慨した富岡は、梅子を連れて東京へ行き、地元出身の、明らかに伊藤博文と井上馨(かおる)をモデルとしている「江藤」侯爵や「井下(いのした)」伯爵に「娘を頼む」。つまり、良縁の周旋を頼むわけだが、彼らからは「傲慢(ごうまん)無礼」の態度を取られる。高山や長谷川や大津も、「生意気で猪口才(ちょこざい)で高慢」であった。富岡は失望して帰省する。

他方、富岡の周辺には、梅子に人知れず好意を寄せている人物がいた。師範学校卒の「細川繁」で、今は地元の小学校の校長をしている。しかし、富岡の意中に細川は、娘の結婚相手の候補としては存在していない。

憐(あわれ)むべし細川繁！　彼は全く失望してしまって。その失望の中(うち)には一(いっ)の苦悩が雑(まじ)っておる。

彼は「我もし学士ならば」という一念を去ることが出来ない。幼時は小学校において大津も高山も長谷川も凌いでいた、富岡の塾でも一番出来がよかった、先生は常に自分を最も愛してござった、しかるに自分は家計の都合で中学校にも入る事が出来ず、遂に官費で事が足りる師範学校に入って卒業して小学教員となった。天分においては決して彼ら二三子には、劣らないが今では富岡先生すら何とかかんとか言ってもやはり自分よりか大津や高山を非常に優った者のように思ってお梅嬢に熨斗を附けようとする！　残念なことだと彼は恋の失望の外の言い難き恨をのまなければならぬこととなった。

しかし彼は資性篤実でまたよく物に堪え得る人物であったから、この苦悩のために校長の職務を怠るようなことはしない。平常のように平気の顔で五六人の教師の上に立ち数百の児童を導びいていたが、暗愁の影は何処となく彼に伴うている。

師範学校出身者のコンプレックス

「官費で事が足りる師範学校」とあるが、ここで想定されているのは、富岡や細川の住む山口県内にあった、一八八六年創立の「山口県尋常師範学校」あるいはその後身（一八九八年改称）となる「山口県師範学校」であろうから、「官費」つまり国税ではなく、「公費」すなわち地方税によって賄われていたはずである。だから、厳密に言えば「公費で事が足りる」とすべきところであろう。

しかし、「官費」という語は、政府から支出される費用を意味するばかりではなく、俗に「個人負担にならないですむ費用」全般をも意味した。つまり、ここでは「公費」の同義語と見てよいだろう。

「家計の都合で中学校にも入る事が出来」ない身でありながら、成績もよく向学心も強かった細川が師範学校に入学し、無事に卒業したことは、彼にとっては最良の選択であったにちがいない。しかし、細川にまとわりつく「暗愁の影」は、自身の学歴に対するコンプレックスそのものである。彼も、当時の世間一般の考え方、学歴至上主義の呪縛から逃れられていない。

戦後まもない一九四七年、「学校教育法」の施行によって師範学校は廃止され、やがて国立大学の「教員養成学部」あるいは「教育学部」に改編された。師範学校生が大学生に深刻なコンプレックスを抱いたことなどは、もはや遠い昔の話となる。

とはいえ、近年では、少子化の影響や現場のいわゆる「ブラック職場化」の影響で、小学校や中学校の教員を目指す大学生がめっきり減ってきたという。これはこれで深刻な問題である。この問題については「25　退職させられる理由は何もない――石川達三『人間の壁』」で改めて考えることにしたい。

ところで、小説『富岡先生』の、上記引用文よりかなり後の部分には、梅子の結婚相手に決まった男のことが記されている。いったい誰なのであろうか。想像を楽しんだうえで『富岡先生』

の原文をぜひ読んでいただきたい。

引用・参考文献

・国木田独歩『牛肉と馬鈴薯・酒中日記』新潮文庫、二〇〇五年改版。
・鈴木博雄編著『原典・解説　日本教育史』日本図書文化協会、一九八五年。

4 女の学問は弊（へい）が多いて――小栗風葉（おぐりふうよう）『青春』

キーワード「ジェンダーロール」

男女別学の原則

日本では明治時代の初期に学校制度が整備されはじめたが、その原則は男女別学であった。すなわち、一八七九年に出された「教育令」で、小学校以外の学校では「男女教場を同じくするを得ず」と定められ、中等教育以上では男女別学が原則とされていたのだ。

これにより、女子の中学校への入学は認められず、女子の中等教育は「高等」が冠された「中等」教育機関である「高等女学校（高女）」で行われることとされた。女学校からの進学先に大学はあり得ず、女子のための高等教育機関は、教員養成のための女子高等師範学校を除けばほぼ皆無と言っても過言ではなかった。

しかし、一九〇三年に「専門学校令」が施行されたころから、女性に高等教育を提供する専門学校が設置されるようになった。成瀬仁蔵（一八五八～一九一九）によって一九〇一年に設置された日本女子大学校を皮切りに、聖心女子学院専門学校（一九一〇年）、東京女子大学（一九一八年）、共立女子専門学校（一九二八年）、さらには、津田梅子（一八六四～一九二九）によって設立された「女子英学塾」を前身とする津田英学塾（一九三三年）などである。これらはいずれも、のちに日本有数の女子大学へと発展している。

日本では、終戦直後までこのような男女別学教育は解消されることがなかった。男女別学の歴史は、ジェンダーロール（性役割）を固定化して拡大再生産する歴史であったと言ってもよいだろう。要するに、「男は仕事、女は家事・育児」の類いである。

このような理不尽な固定化を批判することには、現代でさえまださまざまな困難が伴うわけだが、すでに二〇世紀初頭、そんな批判を堂々と展開するヒロインが登場する長編小説があった。それが小栗風葉（一八七五～一九二六）の『青春』で、一九〇五年から一九〇六年にかけて新聞に連載され、まもなく単行本化されている。

風葉は愛知県に生まれ、東京の錦城中学在学中に坪内逍遥（「1　僕があんまりアイデヤルだもんだから――坪内逍遥『当世書生気質』」を参照）の講義を聴くなどして文学への関心を深め、尾崎紅葉（一八六八～一九〇三）の門下となった。『青春』は、風葉の作品のなかでもっとも世評の高かった代表作である。

『青春』では、東京帝国大学の学生「関欽哉（せききんや）」が、友人「香浦速男（かうらはやお）」とその妹の「園枝」を介して、「成女大学」学生の「小野繁（しげる）」と知り合い、互いに惹かれあう様子が描かれている。「成女大学」のモデルは、明らかに前掲した日本女子大学校（現・日本女子大学）である。「成」瀬仁蔵が設置した「女」子「大学」、というわけである。

ジェンダーロール固定化への反発

繁は男女の性役割の固定化の風潮に反発し、別の生き方を模索してゆく。以下は、欽哉が速男・園枝兄妹の家で初めて繁の噂話をした折の三人の会話である。ここで園枝は、繁の思想・信条の、いわば代弁者となっており、それを聞いた欽哉は、繁にますます心惹かれるものを覚えて賛辞を贈っている。

先に同じく、底本（後掲、岩波文庫版）のままでは読みにくいので、適宜、現代風の表記に改めて引用してみる。

「ねえ君、」と今度は欽哉に向かって、「女で学問するのは、大抵まあ貰人（もらいて）の無さそうなのが、ひとりで食って行く用意なんさね。そりゃ何、そういう徒が独身主義を振回すのに文句は無いが、ああして人並に生れて結婚せんてのは、第一この、人間の自然にそむくじゃないか。僕は

それだから、女の学問したのは嫌なんだ。」

「兄さんに嫌われたって、誰も困りゃしない事よ！」と園枝はひったくるように言ったが、

「兄さんはね、そう言うけれどね、成女大学は賢母良妻を作るのが方針ですよ！」

「方針はそうだって、現に独身主義の生徒が有っちゃ駄目じゃないか。」

「それは多勢の中ですもの、一人や二人、違った考えの人が有るのはしかたが無いじゃありませんか、じれったい！」

「ところが、一人や二人じゃなさそうだぜ。それもさっき言ったように、社会のために働くとか、婦人の天職のためにどうとか、実際そういう考えから出たのならまだしもだが、家庭の世話がうるさいとか、子を育てるのが面倒だとか、その実自分以外の責任を避けようって我がままから出た独身主義が多いんだから……とかくこの、女の学問は弊が多いて。学問で食って行けば、ほかの女の職業と違って、社会にも相応な地位を得て困らないという考えが有るものだから、自然独身なんて我がままが起きるんだ。女はやっぱり、親なり夫なりに懸からなきゃならんものとしておくに限る！」

「そうでしょうか？」と欽哉ははじめて口を開いた、「親なり夫なりに懸からなきゃならないものとしておけば、それで女は永久に満足してる事が出来るでしょうか？　君の言うようにまた、婦人の学問がそんなに果して弊でしょうか？（園枝が注いでくれた茶を一口飲んで）僕は

敢えてそうは思いませんな。僕の考えでは、今の女学生間に事実独身主義が唱えられてるとしたら、それはもっと深い所に原因が有ろうと思うので。いったいこれまでというものは、ただもう女は従順なもの、大人しいものというので、精神も肉体もふたつながら束縛してしまって、まるで人格も何にも無い一定の鋳型（いがた）に押込んであった。ところが、近世思想の激しい潮流は婦人だって巻込まずにはおかない、さあ懐疑や煩悶（はんもん）や、それに伴って意志の自由だの、個性の権威だのがひしひしひし感じて来る。我という物を切実に意識して、その自意識の発展から我と人生の衝突……と、まあそうまではっきりは自覚してないかもしれませんが……」

「そうとも、君の言う事はとかく大袈裟（おおげさ）だ！」

「自覚してないかも知れませんが、」と二度言って、「よしんば無意識にもせよです、独身主義の根底には必ずこの衝突が含まれてるに違いないので。してみると、我々現代青年の煩悶と動機は一つで、食って行くからどうの、困らないからどうのと、そんなパンや職業の問題ではないんでしょう。もっとも、婦人だけにそう男子のように露骨には現さないが、しかし我という物を一たび意識した以上は、もうこれまでのような個人を無視した制度習慣には屈従が出来なくなる、ちょうどイブセンの書くああいった女主人公（ヒロイン）のように、夫の奴隷、家庭の器械で甘んずる訳に自己が許さなくなる。けれどもまた、自由意志によって選択された結婚、自由の愛情、自由の家庭というものは、まだまだ今の社会で容易に得られそうもない、そこで勢い独身主義を取るという順序になるので……それはなるほど、独身主義は人間の自然にそむいていましょう、いや、たしかにそむいてるが、しかし自然にそむき本能を没してまで、それに殉じようとするその間には、どれだけ痛切な涙が含まれてるか！　独身主義は実に新旧思想の衝突に対する婦人煩悶の声で、独身主義者はそれに反抗して奮闘するジャンダアクでしょう！　僕はむしろそういう新傾向を婦人の進歩と認めるのですが……認めると同時にまた、無限の同情をもってそういう壮烈なる戦士の健在も祈るのです！」

ちなみに、「イブセン」すなわちイプセン（Henrik Johan Ibsen, 1828〜1906）とはノルウェーの劇作家で、自立した女性を描いた『人形の家』の作者である。「ジャンダアク」すなわちジャンヌ・ダルク（Jeanne d'Arc, 1412?〜1431）は、百年戦争の末期にイギリス軍を撃破し、オルレアン市を奪還したフランスの愛国女性闘士で、「オルレアンの乙女」とも呼ばれている。

男性の煩悶（はんもん）

女性「小野繁（しげる）」の思想・信条といい、それに対する男性「関欽哉（せききんや）」の讃辞といい、上記引用文を、とても一〇〇年以上も前のものであるとは信じられない、と思う向きも少なくないあろう。

ちなみに、作中の欽哉は、立身出世を追い求める者が多かった当時の帝大生のなかにあって、そうした価値観に背を向け、自己の内面へと沈潜してもだえ苦しむ「煩悶青年」であった。上記引用文中にも「煩悶」という語が登場している。「煩悶青年」という呼称は、明治三〇年代（一九九七年以降）から大正時代（一九一二年以降）にかけて新聞・雑誌・書籍を賑わせた一種の流行語であった（後掲する平石典子の著書による）。

欽哉には、郷里に親の決めた許嫁（いいなづけ）の「お房」があるが、彼は、おとなしくて従順な彼女には飽き足らず、都会の女学生である繁を選ぶ。愛を伴わない義理による結婚は「個性の発達しない劣等人種」に行われることであり、自分にはそれが我慢ならないと、欽哉はこの選択を正当化する。

互いに惹かれあった欽哉と繁であったが、この二人をめぐるストーリーは、やがて悲劇的な展開を見せることになるが、それには触れずにおこう。ともあれ、欽哉が最後まで優柔不断な人物として描かれているのに対し、繁のほうは、最後には教師として満州（中国東北部）に行くことを決意する、徹底的に自立した女性として描かれている。

引用・参考文献

・小栗風葉『青春』（全三冊）岩波文庫、一九五三年。
・平石典子『煩悶青年と女学生の文学誌　「西洋」を読み替えて』新曜社、二〇一二年。

5 仮令私は卑賤しい生れでも――島崎藤村『破戒』

キーワード 「身分差別」

被差別部落問題

江戸時代の主要な賤民身分の一つに「エタ」とか「エッタ」と発音されるものがあり、「穢多」の表記が当てられていた。「穢」とは「けがれ」である。斃牛馬の処理や、死刑など人の自由を剥奪する刑罰の執行を専業とする集団が中世後期において各地に形成されていき、これらの集団が江戸時代の穢多身分につながり、彼らの集住する地域がいわゆる被差別部落として成立していった。

幕府や藩は、彼らに皮革御用・行刑役・牢番などを勤めさせた。なお、畿内などでは「皮多」、関東などでは「長吏」、「調里」などといった地域的な呼称も併存していた。ちなみに長吏だが、中国では官吏の長を指したが、日本では中世以降、賤民集団を統率する者の呼称となっている。

一八七一年一〇月一二日、明治政府は「明治四年八月二八日太政官布告第四四九号」を発し、「穢多非人の称を廃し身分職業共平民同様とす」とした。この布告は一般に「解放令」と呼ばれているが、実は正式な名称は存在していない。「賤称廃止令」、「廃称令」、「廃止令」、「身分解放令」、「賤民解放令」などと、さまざまな呼称がされてきた。

これにより、被差別部落の差別は一応廃止されたわけだが、きわめて不徹底なものであった。この「解放令」は、職業の自由と賤称の廃止を内容としていても、当事者たちの生活権に関する行政的保障は何もされず、そのうえ、干支が「壬申」にあたる翌一八七二年に編成された「壬申戸籍」の多くには、なお賤称が書き残されていた。さらに、明治中期以降の資本主義勃興期には、被差別部落の専業とされていた産業さえ一般の資本家に奪われ、差別そのものは根強く残ることになった。

島崎藤村（一八七二〜一九四三）は長野県馬籠の出身で、明治学院を卒業している。雑誌「文学界」創刊に参加して、詩人として出発し、やがて小説に転じた。彼が一九〇六年に自費出版した長編小説『破戒』は、このような被差別部落問題を扱っており、日本近代小説の記念碑的な作品とされている。

『破戒』の思想的先駆性

小学校教師の「瀬川丑松」は被差別部落の出身であったが、父親からは「素性を隠せ」と教えられ、本人もそのつもりでいた。身分がばれると教員を辞めさせられて社会的地位を失うばかりか、暗い日陰の一生を余儀なくされるからである。しかし、丑松が日頃から尊敬している同じ部落出身の先輩である「猪子蓮太郎」は、堂々と身分を公表して社会的偏見と闘っていた。

ある日、病躯をおして解放運動に奔走していた蓮太郎が、強硬な反対派の暴漢に襲われて落命する。このとき丑松は決心した。「破戒」、つまり父の戒めを破り、教え子たちの前に深く頭を垂れ、これまでの欺瞞を詫びたのである。以下は、その個所の叙述である。

「皆さんも御存じでしょう」と丑松は噛んで含めるように言った。「この山国に住む人々を分けて見ると、大凡五通りに別れています。それは旧士族と、町の商人と、お百姓と、僧侶と、それからまだ外に穢多という階級があります。御存じでしょう、その穢多は今でも町はずれに一団に成っていて、皆さんの履く麻裏を造ったり、靴や太鼓や三味線等を製えたり、あるものは又お百姓して生活を立てているということを。御存じでしょう、その穢多は御出入と言って、稲を一束ずつ持って、皆さんの父親さんや祖父さんのところへ一年に一度は必ず御機嫌伺いに行きましたことを。御存じでしょう、その穢多が皆さんの御家へ行きますと、土間のところへ手を突いて、特別の茶碗で食物なぞを頂戴して、決して敷居から内部へは一歩も入られなかったことを。皆さんの方から又、用事でもあって穢多の部落へ御出になりますと、煙草は燐寸で喫んで頂いて、御茶は有ましても決して差上げないのが昔からの習慣です。まあ、穢多というものは、それ程卑賤しい階級としてあるのです。もしその穢多がこの教室へやって来て、皆さんに国語や地理を教えるとしましたら、その時皆さんはどう思いますか、皆さんの父親さんや母親さんはどう思いましょうか――実は、私はその卑賤しい穢多の一人です」

手も足も烈しく慄えて来た。丑松は立っていられないという風で、そこに在る机に身を支えた。さあ、生徒は驚いたの驚かないのじゃない。いずれも顔を揚げたり、口を開いたりして、熱心な眸を注いだのである。

「皆さんも最早十五六――万更世情を知らないという年齢でも有ません。何卒私の言うことを克く記憶えて置いて下さい」と丑松は名残惜しそうに言葉を継いだ。

「これから将来、五年十年と経って、稀に皆さんが小学校時代のことを考えて御覧なさる時に――ああ、あの高等四年の教室で、瀬川という教員に習ったことが有ったッけ――あの穢多の教員が素性を告白けて、別離を述べて行く時に、正月になれば自分等と同じように屠蘇を祝い、天長節が来れば同じように君が代を歌って、蔭ながら自分等の幸福を、出世を祈ると言ったッけ――こう思出して頂きたいのです。私が今こういうことを告白けましたら、定めし皆さんは穢しいという感想を起すでしょう。ああ、仮令私は卑賤しい生れでも、すくなくも皆さんが立派な思想を御持ちなさるように、毎日それを心掛けて教えて上げた積りです。せめてその骨折に免じて、今日までのことは何卒許して下さい」

こう言って、生徒の机のところへ手を突いて、詫入るように頭を下げた。

「皆さんが御家へ御帰りに成りましたら、何卒父親さんや母親さんに私のことを話して下さい――今まで隠蔽していたのは全く済まなかった、と言って、皆さんの前に手を突いて、こうして告白けたことを話して下さい――全く、私は穢多です、調里です、不浄な人間です」

「高等四年」とあるのは、当時の義務教育（尋常四年）を経たあとの、通算八年目に当たる小学校最終学年である。

こうして旧弊な地域に背をむけた丑松（うしまつ）は、同じく素性がばれて同地域を追われていた「大日向（おおひなた）」が経営するアメリカのテキサスの農場で働くため、日本を後にした。

『破戒』の思想的限界

『破戒』は、部落差別問題を主題とする社会小説として歴史的な先駆性を高く評価される反面、作者の思想には不徹底な限界が残っていることもたびたび指摘されてきた。

差別の根源を被差別民の集住性に求め、差別を解消するために海外移住や都市への散住を促す議論は、前述の「解放令」が布告されたころから盛んになっていた。当事者が移住し、立身出世することによって部落差別観そのものが是正されることが期待されたわけである。『破戒』の、テキサス移住という結末も、つまるところ、こういう発想の域内にとどまるものであった。

「同和教育」、つまり差別根絶教育の指導手引書として高校や大学でよく使われてきたものに『人権の歴史（改訂版）』（後掲）がある。この本から、『破戒』の主人公に言及した個所を引用しておこう。

（瀬川丑松は）外国への逃避によって国内の身分差別の苦悩を克服しようとしたのである。この議論は、東南アジア・中国や朝鮮に、あるいは国内では北海道や東京・大阪・横浜・神戸などの都会集住が想定されても同じである。問題は、差別された被差別民が、なぜ外国や日本各地に転移することで、差別の解消を果たさねばならないのかという点にあった。差別の解消は、あくまで差別する側の反省や思想的変革に求められるべきであって、人権尊重の視点がまったく欠落していた。（同書一六五〜一六六ページ）

被差別民の側を批判することは問題を転倒させてしまうことにほかならず、一般民の側こそが反省や差別解消への努力をすべきである、と一般民が徐々に自覚するようになったのは、大正後期（一九二〇年代以降）になってからである。その決定的な契機となったのは、被差別民たち自身による全国的規模の運動であった。

前掲した「解放令」の廃止後も不当な社会的差別を受け続けていた被差別民たちは、政府のなまぬるい部落解放策（いわゆる「融和」政策）への不満もあって、自ら各地で差別糾弾の運動を起こしていった。一九二二年、西光万吉（さいこうまんきち）（一八九五〜一九七〇）らは、「人の世に熱あれ、人間に光あれ」とする「水平社宣言」を掲げ、全国的組織として「全国水平社」を創立し、部落解放運動を推し進めた。

第二次世界大戦終結後、「大日本帝国憲法」に代わって「日本国憲法」が施行され、その第一四条第一項に、「すべて国民は、法の下に平等であって、人種、信条、性別、社会的身分又は門地により、政治的、経済的又は社会的関係において、差別されない」と規定されたが、それは「水平社宣言」からちょうど四半世紀を経た一九四七年のことであった。

再び、『人権の歴史』から引用しよう。

部落問題に関しては、憲法14条の「社会的身分」という文言によって、被差別部落が「国民」の一部として差別されないとする理念が明確に打ち出された。それは戦前と比べると大きな変化であり、部落問題の解決に有利な条件となった。部落出身者は国会議員や都府県・市町村会議員など公職にも進出していく。しかし、そのことによって部落差別の解消が進んだわけではない。（同書二一六ページ）

引用・参考文献

・島崎藤村『破戒』新潮文庫、一九八七年改版。
・秋定嘉和ほか『人権の歴史（改訂版）―同和教育指導の手引―』山川出版社、一九九七年。

6 活きてる頭を、死んだ講義で封じ込め――夏目漱石『三四郎』

キーワード 「講義」

日本の大学のひな型――東京帝国大学

一八七七年、文部省は日本最初の大学として東京大学を開設した。初期のころには、いわゆる「お雇い外国人」の英語・ドイツ語などによる講義が展開されている。一八八六年に「帝国大学」と改称されたが、「帝国大学令」には、その設置の目的として、「国家の須要（すよう）に応ずる学術技芸を教授し」、「その蘊奥（うんのう）を攷究（こうきゅう）する」ことが謳（うた）われていた。「蘊奥」は「奥義（おうぎ）」とほぼ同義で、「最も奥深いところ」というほどの意味である。

一八九七年、京都に第二の帝国大学（「京都帝国大学」）が設置されたことにより、帝国大学は「東京帝国大学」と改称された。同大学は、その後、長きにわたって日本の「大学」というシステムのあり方に、良かれ悪しかれ強い影響を与えてきた。

夏目漱石（一八六七〜一九一六）は現在の東京都新宿区に生まれ、二松（にしょう）学舎で漢学、成立学舎で英語を学ぶなどし、一八九〇年、帝国大学英文科に入った。一八九三年に卒業して大学院に残り、その後、愛媛県尋常中学（松山中学）の英語教師、熊本の第五高等学校（のちの熊本大学）の教授などを歴任し、一九〇〇年に文部省留学生として英国へ留学し、帰国後の一九〇三年、第一高等学校（戦後の東大教養学部）および東京帝国大学の講師を兼任した。そのかたわら、評論や小説を精力的に執筆し、一九〇七年、帝大教授の内示を辞退して東京朝日新聞社に入社した。

このようなエリートコースを歩んだ漱石が一九〇八年に「朝日新聞」に連載し、翌年に単行本となった小説が『三四郎』である。ここには、熊本の第五高等学校を卒業して東京帝大に入学した純朴な青年小川三四郎の、「迷羊（ストレイ・シープ）」にも似た青春の彷徨（ほうこう）が描かれている。以下に紹介するのは、三四郎が初めて大学の講義を聴いた折の描写である。底本（後掲）のままでは読みにくい部分があるので、一部、表記を現代風に改めたうえで引用することにする。ちなみに、当時は大学の年度初めは九月であった。

『三四郎』の中の「死んだ講義」

それから約十日ばかりたってから、ようやく講義が始まった。三四郎がはじめて教室へはいって、ほかの学生といっしょに先生の来るのを待っていた時の心持は実に殊勝なものであった。神主が装束を着けて、これから祭典でも行おうとする間際には、こういう気分がするだろうと、三四郎は自分で自分の了見を推定した。実際学問の威厳に打たれたに違いない。それのみならず先生が号鐘（ベル）が鳴って十五分たっても出て来ないので、ますます予期から生ずる敬畏（けいい）の念を増した。そのうち人品のいいお爺さんの西洋人が戸をあけてはいって来て、流暢（りゅうちょう）な英語で講義を始めた。三四郎はその時answer（アンサー）という字はアングロ・サクソン語のand-swaru（アンドスワル）から出たんだということを覚えた。それからスコットの通った小学校の村の名を覚えた。いずれも大切に筆記帳に記しておいた。その次には文学論の講義に出た。この先生は教室にはいって、ちょっと黒板（ボールド）を眺めていたが、黒板の上に書いてあるGeschehen（ゲシェーヘン）という字とNachbild（ナハビルド）という字を見て、はあ独逸（ドイツ）語かと言って、笑いながらさっさと消してしまった。三四郎はこれがために独逸語に対する敬意を少し失ったように感じた。先生は、それから古来文学者が文学に対して下した定義をおよそ二十ばかり列（なら）べた。三四郎はこれも大事に手帳に筆記しておいた。午後は大教室に出た。その教室には約七八十人ほどの聴講者がいた。従って先生も演説口調であった。砲声一発浦賀の夢を破ってという冒頭であったから、三四郎は面白がって聞いていると、しまいには独逸の哲学者の名がたくさん出て来てはなはだ解（げ）しにくくなった。机の上を見ると、落第という字が美事に彫ってある。よほど閑（ひま）にまかせて仕上げたものと見えて、堅い樫の板を奇麗に切り込んだ手際は素人とは思われない。深刻の出来である。隣の男は感心に根気よく筆記をつづけている。覗（のぞ）いて見ると筆記ではない。遠くから先生の似顔をポンチに書いていたのである。三四郎が覗くや否や隣の男はノートを三四郎の方に出して見せた。画はうまく出来ているが、傍に久方の雲井の空の子規（ほととぎす）と書いてあるのは、何のことだか判じかねた。

ちなみに、「スコット」とあるのはスコットランドの詩人・小説家ウォルター・スコット

(SirWalter Scott,1771 ~ 1832) のことである。また、ドイツ語の「Geschehen」は「出来事、(ことの)経緯」、「Nachbild」は「残像」である。心理学の講義をした先生が板書を消し忘れたのであろう。

さらに、講義のなかの「砲声一発浦賀の夢を破って」云々は、「1　僕があんまりアイデヤルだもんだから――坪内逍遥『当世書生気質』で触れたペリー来航の衝撃のことを指している。「ポンチ」つまりポンチ絵は、明治期に流行した西洋風の風刺画・漫画で、この名は、そんな絵画を掲載していたイギリスの雑誌「パンチ(Punch)」に由来する。やがて三四郎は、ポンチ絵を描いていた男は「佐々木与次郎」という名で、専門学校を卒業したあと「選科」(一部の課目のみを選んで学ぶ課程)へ入り直したと分かり、彼と親しくなる。

それから当分の間三四郎は毎日学校へ通って、律義に講義を聞いた。必修課目以外のものへも時々出席して見た。それでも、まだ物足りない。そこでついには専攻科目にまるで縁故のないものまでへも折々は顔を出した。しかし大抵は二度か三度でやめてしまった。一ヵ月と続いたのは少しもなかった。それでも平均一週に約四十時間ほどになる。いかな勤勉な三四郎にも四十時間はちと多過ぎる。三四郎は断えず一種の圧迫を感じていた。しかるに物足りない。

三四郎は楽しまなくなった。

ある日佐々木与次郎に逢ってその話をすると、与次郎は四十時間と聞いて、眼を丸くして、

「馬鹿馬鹿」と言ったが、「下宿屋のまずい飯を一日に十返食ったら物足りるようになるか考えてみろ」といきなり警句でもって三四郎をどやしつけた。三四郎はすぐさま恐れ入って、「どうしたらよかろう」と相談をかけた。

「電車に乗るがいい」と与次郎が言った。三四郎は何か寓意でもあることと思って、しばらく考えてみたが、別にこれという思案も浮かばないので、

「本当の電車か」と聞き直した。その時与次郎はげらげら笑って、

「電車に乗って、東京を十五六返乗り回しているうちにはおのずから物足りるようになるさ」

と言う。

「なぜ」

「なぜって、そう、活きてる頭を、死んだ講義で封じ込めちゃ、助からない。外へ出て風を入れるさ。その上に物足りる工夫はいくらでもあるが、まあ電車が一番の初歩でかつもっとも軽便だ」

近年の大学授業改革

大学における「講義」のつまらなさは、古くて新しい問題である。アメリカの教育社会学者マーチン・トロウ（Martin Trow, 1926～2007）は、一九七三年に発表した論文において、大学教育は

「エリート段階」（進学率一五パーセント未満）から「マス段階」（同五〇パーセント未満）を経て「ユニバーサル段階」（同五〇パーセント以上）」へと量的に拡大するに伴い、教育の目的・機能や内容・方法などが質的に大きな変容を余儀なくされる、と説いている。いわば、「つまらなさ」の解消のために、量的拡大につれて学生のニーズに合わせた対応をするよう、教員に意識改革を迫ったわけである。

ちなみに、日本がマス段階に入ったのは一九六三年で、ユニバーサル段階に入ったのは二〇〇五年のことである。

昭和の末期（一九八〇年代）には、授業中の「私語」、「あくび」、「ほおづえ」、「居眠り」、「落書き」などが多くの大学で問題になりはじめたが、それでも平成初期までは日本の大学は安閑としていられた。平成の中期、二一世紀に入ると、一八歳人口は急激に減少しはじめ、各大学で、生き残りを賭けた学生の奪い合いがはじまった。

「大学教育の質の保証」が重視されるようになり、多くの大学で、その保証に資するための「学生による授業評価」と「低評価教員へのペナルティー」が実施されるようになった。新入生を対象にした「初年次教育」や「リメディアル教育（補習教育）」、そして一年次からの「アドバイザー制」や「チューター制」も導入されている。さらに、「体験学習」や「ボランティア活動」が拡大・奨励されたほか、ガイダンスを含む「キャリア教育」なども実施されるようになった。

要するに、多人数の学生による一斉授業を排除しないものの、従来のように「講義」一辺倒ではなくなり、「学生参加型の授業」にシフトしてきたということである。

私が専任教員として医科大学の教壇に初めて立ったのは一九九八年、四三歳のときであった。とりわけ、担当授業の一つで、約一〇〇名の医学生を対象とする「医の倫理」関係の必修科目については、その内容や方法をめぐって模索が続いた。そんな最中の一九九九年、私は、宇佐美寛（うさみひろし）の著書『大学の授業』（後掲）に出合っている。著者は千葉大学教育学部教授（当時）で、私にとってこの本は、定年退職の日まで、授業改善のためのバイブル的な存在であり続けた。

同書の冒頭部で宇佐美は、「毎日新聞」（一九九四年五月一八日付）の投書欄に掲載された、「一方通行的だから私語絶えぬ」と題する自身の投書を紹介している。その全文を引用しておこう。

大学の授業で私語があるのは、私語をしていても済むような、たるんだ授業だからである。教師の責任である。

講義という一方通行的な方法では学生がたるむのは当然である。学生の名も呼ばない連続講演に堕しているからである。学生にさせるべき学習活動が不明だからである。

伝えたい内容は教科書に書いて、あらかじめ読ませる。その内容についてリポートを課し、朱を入れて返し、書き直しをさせる。教科書とリポートについての問いを用意し指名して答えさせる。黒板に答えを書かせる。

教科書に関連する課題図書を半年で約二十冊読ませ試験する。

私は二百人を超すクラスでも、このような授業をしている。

学生には、私語などするたるみはない。授業イコール講義という因習を捨て教育方法を工夫しよう。（同書iiiページ）

私は、力量不足がゆえに、これをそっくり真似することはできなかったが、極力あやからせていただこうと努めた。いや、「努めた」というよりは「もがいた」というレベルであろう。近年では、多くの大学で私語はめっきり減り、その分、スマホ操作に夢中になっている学生が増えたと聞くが、この宇佐美（うさみ）式ならば、それにも対処できるわけである。

なお、漱石の『三四郎』から抜粋した先の文章は、描かれている「講義」の中身さながらに、『三四郎』のなかではもっともつまらない部分である。しかし、『三四郎』そのものは傑作長編小説であり、現在においても多くの若者に支持されるであろう。

引用・参考文献
・夏目漱石『三四郎』新潮文庫、二〇一一年改版。
・宇佐美寛『大学の授業』東信堂、一九九九年。

7　まことに嘉悦に堪えませんことで――田山花袋『田舎教師』

キーワード「天皇制」

「大日本帝国憲法」のなかの天皇

島崎藤村（「5　仮令私は卑賤しい生れでも――島崎藤村『破戒』」を参照）と並んで、明治期日本の自然主義文学の代表作家とされるのが田山花袋（一八七二～一九三〇）である。栃木県に生まれ、貧窮のなかで漢詩文や英語などを学ぶかたわら小説を習作し、やがて「読売新聞」、「文芸倶楽部」、「文学界」、「国民之友」などを舞台に活躍した。

花袋の小説の代表作に、一九〇九年に発表された『田舎教師』がある。描かれているのは一九〇一年からの数年間である。

中学校を卒業した林清三は、強い向学心をもちながら、家庭の貧窮ゆえに、埼玉県北埼玉郡三田ヶ谷村（現在は羽生市の一部）にある小学校の代用教員、つまり教員免許状をもたない非正規の教員として赴任してゆく。そして約三年間、失意と挫折の生活を送ったのち、結核のために淋しい死の床に横たわる。何とも切ない筋立てである。

ところで、一八八九年二月一一日に発布された「大日本帝国憲法」には、第一条に「大日本帝国は万世一系の天皇これを統治す」、第二条に、皇位は「皇男子孫これを継承す」、そして第三条には、「天皇は神聖にして侵すべからず」とあった。明治・大正を経て昭和の戦争終結までの間、日本における初等中等教育の現場においては、これらの規定が意味するところを、折に触れて教師が児童・生徒の脳裏に深く刻み込んでいった。

むろん、『田舎教師』の林清三(せいぞう)の場合も例外ではない。一九〇一年五月七日火曜日の朝、授業をはじめる前、教卓の前に立って彼はきわめて真面目な調子でこう言った。

「今日は皆さんに御目出たいことを一つ御知らせ致します、皇太子妃殿下節子姫(さだこひめ)には去る二十九日、新たに親王殿下を易々(やすやす)と御分娩遊ばされました。これは皆さんも新聞紙上でお父様やお母様から既に御聞きなされたことと存じます。皇室の御栄(おんさか)えあらせらるることは、我々国民に取ってまことに喜悦(よろこび)に堪えませんことで、千秋万歳、皆さんの毎日お歌いになる君が代の唱歌にもさざれ石の巌(いわお)となりて苔(こけ)のむすまでと申して御座います通りであります。然(しか)るに、一昨日(おととい)その親王殿下の御命名式が御座いまして、迪宮(みちのみや)殿下裕仁(ひろひと)親王と名告(なの)らせらるるということが御発表になりました」

こう言って、かれは後向きになって、チョークを取って、黒板に迪宮裕仁親王という六字を大きく書いて見せた。

この「迪宮殿下裕仁親王」こそ、のちの昭和天皇である。

なお、当時は、広く国民が祝うべき国家の祝日として、明治天皇が四方などを拝する一月一日の「四方拝」、『日本書紀』の記述をもとに国家の誕生日とされた二月一一日の「紀元節」（現代の「建国記念の日」はこれに由来）、そして明治天皇の誕生日にあたる一一月三日の「天長節」（現代の「文化の日」はこれに由来）があった。

「天長節」の日の儀式

以下は、『田舎教師』に記された、小学校における「天長節」の儀式の叙述であり、裕仁親王の誕生から約半年後の一一月三日に実施されたものである。

天長節には学校で式があった。学務委員やら村長やら土地の有志者やら生徒の父兄やらがぞろぞろ来た。勅語の箱を卓(テーブル)の上に飾って、菊の花の白いのと黄い(きいろ)のとを瓶(びん)にさしてその傍(そば)に置いた。女生徒の中にはメリンスの新しい晴着(はれぎ)を着て、海老茶色の袴(はかま)を穿いたのもちらほら見えた。紋附を着た男の生徒もあった。オルガンの音につれて、「君が代」と「今日のよき日」を唄う声が講堂の破れた硝子(ガラス)を洩れて聞えた。それが済むと、先生達が出口に立って紙に

包んだ菓子を生徒に一人一人わけてやる。生徒は莞爾して、お辞儀をしてそれを受取った。丁寧に懐に蔵うものもあれば、紙をあけて見るものもある。中には門の処でもうむしゃむしゃ食っている行儀のわるい子もあった。後で教員連は村長や学務委員と一緒に広い講堂にテイブルを集めて、役場から持って来た白の晒布をその上に敷いて、人数だけの椅子をその周囲に寄せた。餅菓子と煎餅とが菊の花瓶の間に並べられる。小使は大きな薬罐に茶を入れて持って来て、銘々に配った茶碗についで廻った。

大君の目出たい誕生日は、茶話会では収まらなかった。小川屋に行って、ビールでも飲もうという話は誰からともなく出た。やがて教員達はぞろぞろと田圃の中の料理屋に出かける。一番後から校長が行った。小川屋の娘は綺麗に髪を結って、見違えるように美しい顔をして、有合せの玉子焼か何かでお膳を運んだ。一人前五十銭の会費に、有志からの寄附が五六円あった。それでビールは景気好く抜かれる。

日本の国歌となっている『君が代』は、平安時代の勅撰和歌集『古今集』に所収されている「詠み人知らず」の歌を原歌としている。一八八〇年に海軍軍楽隊長によって宮内省雅楽局に作曲が依頼され、雅楽師の手になる数曲のなかから、奥好義（一八五七～一九三三）の作を林広守（一八三一～一八九六）が撰曲した。一九〇〇年に小学校の儀式での斉唱が義務づけられたが、当初

は国歌ではなく、一九三〇年になって事実上の国歌になったという背景があるが、法律によって正式に国歌となったのは一九九九年である。

一方、『今日のよき日』は、「今日の吉き日は、大君のうまれたまいし吉き日なり」ではじまる歌で、正式には『天長節』と言い、東京帝大教授（当時）・国学者の黒川真頼（一八二四～一九〇六）が作詞し、前掲の奥好義が作曲したものである。

「日本国憲法」のなかの天皇

第二次世界大戦後、まもなく「大日本帝国憲法」は失効して、一九四七年五月三日に「日本国憲法」が施行された。前者では、天皇は国の元首、つまり日本でもっともエラい人であり、これは小学生にとっても理解は容易であったが、後者では、天皇の地位は理解が難しい。

第一条に、天皇は「日本国及び日本国民統合の象徴」とあるが、特定のもの（たとえば、桜や富士山）ではなく、生身の人間が象徴（シンボル）というのは大人でも分かりにくい。しかも、第四条では、天皇は「国事に関する行為のみを行」い、「国政に関する権能を有しない」とあり、「国事」には関与するが「国政」には関与しないというのも分かりにくい。

第六条では、天皇の役割として、国会の指名に基づく内閣総理大臣の任命と、内閣の指名に基づく最高裁判所長官の任命が規定されている。そして、これらとは別に、天皇による「国事に関する行為」の具体的な内容が第七条に規定されている。

すなわち、「憲法改正、法律、政令及び条約を公布すること」、「国会を召集すること」、「衆議院を解散すること」、「国会議員の総選挙の施行を公示すること」、「国務大臣及び法律の定めるその他の官吏の任免並びに全権委任状及び大使及び公使の信任状を認証すること」、「大赦、特赦、減刑、刑の執行の免除及び復権を認証すること」、「栄典を授与すること」、「批准書及び法律の定めるその他の外交文書を認証すること」、「外国の大使及び公使を接受すること」、「儀式を行ふこと」である。

なお、最後にある「儀式」とは、天皇の即位に伴う「即位の礼」、天皇の崩御に伴う「大喪の礼」、「新年祝賀の儀」などの国家的儀式を指すものとされている。

これらのいわゆる「国事行為」は、第三条に「内閣の助言と承認を必要とし、内閣が、その責任を負」うとされているように、いずれも形式的・名目的なものである。

さて、文部科学省が小学校・中学校・高等学校等の教育内容や教育課程の基準を定めている「学習指導要領」には、法的拘束力があるとされる。現行の同要領の、小学校社会科第六学年の「目標及び内容」のうちの「内容」には、「日本国憲法は、国家の理想、天皇の地位、国民としての権利及び義務など国家や国民生活の基本を定めていること」とある。憲法に関する小学六年生の学習「内容」はこれらである、と担当教員を拘束しているわけである。

そして「目標」のうち「天皇の地位」については、「日本国憲法に定める天皇の国事に関する行為など児童に理解しやすい具体的な事項を取り上げ、歴史に関する学習との関連も図りながら、天皇についての理解と敬愛の念を深めるようにすること」とある。

日本の最高法規である「日本国憲法」に定められている以上、その「理解」を深めるのは当然であろうが、「敬愛の念を深める」とは具体的にどうすることなのだろうか。「敬愛」とは、うやまい、親しみの心をもつことで、「うやまう」とは、相手を尊んで礼をつくすこと、尊敬することである。しかし憲法は、天皇への「敬愛の念を深める」ことを国民の義務として規定しているわけではない。

また、「天皇の国事に関する行為など児童に理解しやすい具体的な事項を取り上げ」とあるが、前掲の「国事に関する行為」の内容の理解は、総じて小学校の六年生には難しいであろう。とりわけ、「官吏」、「全権委任」、「大赦、特赦」、「栄典」、「批准書」、「接受」などの語彙は、普通の六年生にはその意味を理解することは容易ではない。

いきおい、多くの教育現場では、「国事に関する行為など」の「など」にすがることになろう。すると、天皇が各地の植樹祭で衆人環視のなかで「お手植え」をしたり、国民体育大会（国民スポーツ大会）の開会式に出席して「お言葉」を述べたり、地震などの被災地へ見舞いに行って被害住民と対話したりすることなどが取り上げられることになる。これらは天皇の「国事に関する行為」（いわゆる「国事行為」）ではなく、「公的行事」とあいまいに呼びならわされているものである。マスコミによる報道はこちらのほうが圧倒的に多いが、これらのイベントは、政府・地方自治体などによる「天皇の政治的利用」にほかならず、法的には許されないのではないかと訝る声もある。

　また天皇は、しばしば外国の元首と親書や親電を交換したり、外国の元首が来日した折には、晩餐会などを開催して接受・歓迎したりしている。これらも「公的行事」であるが、元首によって付き合い方に濃淡の差があるというのは問題にならないのだろうか。

　以上、私の日頃の疑問を率直に披歴してみたが、現代の小学校の教育現場において、教員の方々は「天皇の地位」についてどのような内容を教え、「敬愛の念」をどのように醸成しているのであろうか。私にはまったく見当がつかない。また、これらについて私自身がかつてどのような教育を受けたのか、まったく記憶がない。

引用・参考文献

・田山花袋『田舎教師』新潮文庫、一九八八年改版。
・横田耕一『憲法と天皇制』岩波新書、一九九〇年。

8　来ないのは来ないでしょうなア——石川啄木『足跡（あしあと）』

キーワード「就学率」

義務教育就学率の推移

戦後、昭和の終わりのころまでは、文部省が定める「義務教育」期間（小中学校の九年間）における児童・生徒の「就学率」、すなわち、学校に通っている者の総数を当該年齢層の人口で割った百分比は、かぎりなく一〇〇パーセントに近かった。就学率が高いこと、つまり学校教育の普及度が高いことが国の自慢となり得たわけだが、平成以降になると、「登校拒否」や「不登校」と呼ばれる現象がかなり目立つようになった。

一方、現代では、就学率が若干下がる結果となっても、「登校拒否」や「不登校」はかつてほど問題視されず、正規の学校とは異なる、いわゆる「フリースクール」などに存在意義が認められるようになってきている。

ここで、明治期日本の就学率の推移を見てみよう。明治初期の一八七二年、「学制」が公布されて近代的な教育制度の確立に向かい、同時期に「国民の皆学」が宣言されたが、当初は「義務教育」という明確な概念はなく、小学校の就学率は三〇パーセント程度にすぎず、そのほとんどが男子であった。一八七五年になると女子が二〇パーセント近くまで伸び、男子は五〇パーセントを超えている。

一八八六年、「小学校令」において「義務教育」という文言が初めて登場し、義務教育は三〜四年（尋常小学校を卒業するまで）と規定された。一八九〇年には地方の学校設置義務も規定され、実質的に義務教育制度がはじまった時期となる。この年、男子の就学率は七〇パーセントに達したが、女子は三〇パーセント程度に留まっていた。その後、女子の就学率は男子との差が詰まっていくことになる。

一九〇〇年には義務教育は四年（尋常小学校を卒業するまで）、一九〇七年には六年（同）と規定された。一九〇〇年には就学率が八〇パーセントを超え、そして一九一〇年には、男女ともに一〇〇パーセント近くになり、ほぼすべての子どもが小学校に通うようになった。

以上に挙げた数字は、当時の文部省が作成した統計資料（「文部省年報」）によるものである。とはいえ、とりわけ農村地域では子どもは大事な働き手であり、親にとっては、働けるようになった六歳以上の子どもをわざわざ学校に通わせることには抵抗があった。小学校廃止を求めて農民一揆が起きた地域も少なくない。

学問の意義に対する親の理解は遠く及ばず、いわゆる「読み書き算盤（そろばん）」といった、生きるうえで必須とされる基礎的な知識・技能に対する理解すら稀薄であった。とりわけ、多数の農村を抱えている東北地方の就学率が伸び悩んだ。

岩手県で生まれ育った石川啄木（一八八六〜一九一二）は、『一握の砂』や『悲しき玩具』などを通して詩人・歌人として著名である。しかし彼は、評価はあまり高くないものの、小説も数編書き残している。彼には、一九〇六年四月から約一年間、故郷の北岩手郡渋民村で渋民尋常高等小学校の「代用教員」（「7　まことに嘉悦に堪えませんことで——田山花袋『田舎教師』」を参照）を務めた経験があり、小説『雲は天才である』や『足跡』には、その代用教員時代の経験が色濃く反映されている。

『足跡』は、一九〇九年二月、創刊まもない雑誌「スバル」の第二号に「その一」が発表された。主人公は「千早健」という架空名であるものの、啄木は、自叙伝風の長編小説として文字どおりの「足跡」にするつもりで書きはじめた。しかし、続編は書かれなかった。

『足跡』によると、一九〇七年四月一日における「S村尋常高等小学校」における、新入生を除く「生徒」の数は「三百」に近かった。教員として登場しているのは四名で、「校長」の「安藤」、「老教師」の「秋野」、「女教師」の「並木孝子」、それに「代用教員」の「千早健」である。「小使」つまり用務員も一名いるが、現代に比べると、生徒に対する教職員の比率は圧倒的に少なかったようである。

ちなみに月給は、「師範出」の校長が「十八円」、「検定試験上り」の秋野が「十三円」、「師範女子部の寄宿舎を出て」から二年未満の孝子が「十二円」、「代用教員」の健は「たった八円」であった。

「文部省年報」への違和感

『足跡(あしあと)』の、四月一日に行われた職員室での会話を引用してみよう。ここでも、底本（後掲）のままでは読みにくいと思われるので、旧漢字・旧仮名遣いを適宜、新漢字・新仮名遣いに改めて引用する。

四人の職員が再び職員室に顔を合せたのは、もう十一時に間のない頃であった。学年の初めは諸帳簿の綴(とじ)変えやら、前年度の調べ物の残りやらで、雑務がなかなか多い。四人はこれという話もなく、十二時が打つまでも孜々(せっせ)とそれを行っていた。

「安藤先生。」と孝子は呼んだ。

「八。」

「今日の新入生の合計は四十八名でございます。その内、七名は去年の学齢で、一昨年(おととし)のが三名ございますから、今年の学齢で来たのは三十八名しかありません。」

「そうでごあんすか。総体で何名でごあんしたろう？」

「四十八名でございます。」

「否(いいえ)、本年度の学齢児童数は？」

「それは七十二名という通知でございます、役場からの。でございますから、今日だけの就学歩合では六十六、六六七にしか成りません。」

「少ないな。」と校長は首を傾（かし）げた。

「なあに、毎年今日はそれ位なもんでごあんす。」と、十年もこの学校にいる土地者（ところもの）の秋野が嘴（くちばし）を容れた。

「授業の始まる日になれば、また二十人位ア来あんすでア。」

「少ないなア。」と、校長はまた同じ事を言う。

「どうです。」と健は言った。「今日来なかったのへ、明日明後日（あさって）の中に役場からまた督促さしてみては？」

「なあに、明々後日（やのあさって）になれば、二十人はきっと来あんすでア。保険附だ。」と、秋野は鉛筆を削っている。

「二十人来るにしても、三十八名に二十……あと十四名の不就学児童があるじゃありませんか？」

「督促しても、来るのは来るし、来ないのは来なごあんすぜ。」

「ハハハハ。」健は訳もなく笑った。「いいじゃありませんか、私達が草鞋（わらじ）を穿いて歩くんじゃなし、役場の小使を歩かせるのですもの。」

「来ないのは来ないでしょうなァ。」と、校長は独語のように意味のないことを言って、卓の上の手焙の火を、煙管で突ついてゐる。

啄木は、義務教育制度下における「不就学児童」の実態をこのように描いている。千早健は不就学を親の教育への無知と考え、役場からの督促によって就学率を高めるよう校長に進言するが、校長の態度は煮え切らない。何とおおらかな時代であろうか。

先に私は、「文部省年報」に基づいて、「一九〇〇年には就学率が八〇パーセントを超え、そして一九一〇年には、男女ともに一〇〇パーセント近くになり」と記した。他方、『足跡』のなかでは、この両年の間に挟まる一九〇七年の、入学式当日における新入生の就学歩合が、「六十六、六六七」パーセントとある。子どもの教育に対する親の熱意が乏しかった明治期の一農村、しかも入学式当日のみを対象とする数値とはいえ、その少ない値には違和感を禁じ得ない。

違和感の正体

土方苑子の著書『近代日本の学校と地域社会――村の子どもはどう生きたか』（後掲）は、長野県埴科郡旧五加村を対象に、一八八九年の村発足から四〇年間にわたって、学齢期を村で迎えた人々、全期間あわせて約五〇〇〇人について「学校歴」や「進路」のデータベースを作成し、その分析によって学校制度の成立過程を把握した貴重な研究である。岩手県渋民村(しぶたみむら)でこそないが、この研究に、上述の違和感を解明するヒントがある。

旧五加村では、一九〇五年頃から中途退学者が増え、とくに製糸業の拡大にともなって多くの女子が中途退学した。にもかかわらず、その数は統計上に掲載されず、しかも、中途退学者は本籍地である村を離れていたので「現住」として数えられなくなり、分母となる学齢児童数のほうは「実際に」減少していた。要するに、学齢児童数そのものの減少となるため、中途退学者が大量に発生しても就学率は下がらなかったわけである。しかも、村を出ていった学齢児童は、行った先でも数えられなかったため、中途退学者がいくら増加しても、日本全体における就学率の平均値は下がらなかったことになる。

このように、「文部省年報」に現れた、とりわけ明治・大正期における就学率の数値は、全国どこであれ、かなり疑ってかかる必要がある。

ともあれ、『足跡』に描かれた時代から数十年を経て迎えた戦後昭和期は、前述したように、義務教育年限九年間にわたり、就学率はかぎりなく一〇〇パーセントに近くなっていった。しかし、その後、「登校拒否」あるいは「不登校」を選択する児童・生徒が増えた。前述したように、近年では「フリースクール」が市民権を得るようにもなり、ここに生き甲斐を見いだす者も増えてきた。このような実情をふまえると、「公教育」（文部科学省が主導する教育）の就学率が高くても、それが健全な教育制度であることを必ずしも意味しないことが明らかになってきたと言える。「日本国憲法」第二六条が謳うように、子女の基礎学力を保証する義務が国民にはある。とはいえ、啄木の時代のように、「来ないのは来ないでしょうなぁ」とおおらかに構える姿勢も、親や学校関係者にもっと必要なのではないだろうか。『足跡』を読むと改めてそんな気にさせられる。

引用・参考文献
・『啄木全集　第五巻　小説二』岩波書店、一九六一年新装。
・上田博『啄木　小説の世界』双文社出版、一九八〇年。
・土方苑子『近代日本の学校と地域社会——村の子どもはどう生きたか』東京大学出版会、一九九四年。

9　五分間が或いは運命を支配するかも知れん——久米正雄『受験生の手記』

キーワード「入学試験」

激烈だった旧制高校の入試

久米正雄（一八九一～一九五二）は長野県に生まれた。満六歳の一八九八年三月、小学校長であった父親は、失火のために校舎とともに「御真影」（「21　敗戦が古い秩序をぶちこわした——石坂洋次郎『山のかなたに』」を参照）、すなわち天皇（明治天皇）の肖像写真を焼失した責任をとって割腹自殺を遂げた。この事件については、後年、『父の死』や『不肖の子』にも書いている。ともあれ彼は、一九一〇年に中学校を卒業し、東京の第一高等学校（旧制一高、戦後の東大教養学部）に入学した。同年齢の男子で、高校に進学できる者は一パーセントにも満たなかった時代である。

彼自身は「推薦無試験」で一高に入学することができたが、当時、高校への入学にあたっては、かなり高倍率の入学試験を突破しなければならなかった。逆に、高校から大学への進学は比較的容易で、高校の卒業見込みが決まりさえすれば、希望する官立大学（国立大学）に原則として無試験で入学することができた。それゆえ、エリートへの登竜門として、高校入試は人生においてきわめて重い意味をもっていたわけである。

久米は、一高を経て一九一三年に東京帝国大学の英文科に入学し、まもなく作家として活躍しはじめるが、一九一八年に発表した『受験生の手記』において、父親の跡を継いで医師になるべく宿命づけられたある一高受験生の、受験前・受験中・受験後の心理を克明に描写している。以下に紹介するのは、そのうちの「数学」の試験に関する描写である。

試験官は例によって、先ず受験写真と実物とを見比べた。受験生は見られる時に、誰も妙に緊張した顔を作った。試験官は薄笑を浮べながら、さっさとそれを見て通った。何だか人を見るよりも、物を見ると云った様子が、私には可笑（おか）しく感ぜられた。

それが済むと試験問題が配布された。私は待ち兼ねて受取ると、ずっと問題に目を通した。幾何は大抵既知のものらしかった。が代数は、心配していた代数は、危惧に戦きながら問題を読むと、さあ一つも知らない物ばかりのような気がした。私は尠からず慌てた。これではならないと気を落着けて、もう一度読み返したが、解りそうもなかった。その中に時間がどんどん経って行くような気がした。それで先ず幾何の方から取りかかった。幾何は幾多の困難にぶつかりつつも、三題ともようやく出来た。ほっとして時計を見ると、それはもう半ば近くまで過ぎていた。

私は再び代数の問題を取り上げた。すると今度はようやく三番目の問題が形こそ変れ心覚えがあるのを発見した。それで先ずそれから手をつけた。手をつけてみると、糸口から毬が解けるように、いつの間にかそれからそれへ出来て了った。私はそれに気を取り直した。そしてもう一度一番から熟考し始めた。すると可笑しい事には、一番もふと解法が思いついた。そして思いの外簡単に答が出て了った。二番も、よくよく見ると何でもない二次方程式の応用問題だった。いくらか計算に狼狽したが、やがてそれも出来かかった。私は再びほっとして時計を見た。時間はいつの間にか迫っていた。代数はあともう一題あった。それも難問らしかった。あと二十分では覚束なかった。私は慌て切って最後の努力をそこに集中した。今度はそう容易には行かなかった。愚図々々している間に、五分経った。試験官はあと十五分と云った。もうそろそろ立って答案を出す人もあった。私は何かぶつかるだろうと思って、色々な方面から出鱈目(てたらめ)な解き方をやって見た。ふといつか松井が、これに似た問題を持って来たのを思い出した。がその解法をいくら考え出そうとしてもうまく浮び出なかった。五分は瞬く間に過ぎた。私は下腹のあたりが、わくわくして来るのを感じた。一題、たった一題の処を白紙で出すのは残念だ。がいくら焦慮しても、焦慮するだけ駄目だった。五分は又経った。試験官は大声で「もう答案を出す用意をする」と注意した。私は無反応にそれを聞いた。もう絶望だ、がもう一度未練を以て見直した。その時、不幸にも余り遅く、私はふとあれではあるまいかと云う解法が浮んだ。急いで式を立てた。式はうまく立った。更に慌てた喜びの中に、私は急いで計算にかかった。するとその中途で鐘が鳴り渡った。万事は休した。私はどうしても未完成のまま答案を出さねばならなかった。

教室を出ると、緊張のあとに来る放心状態の眼に、外の日が余りにぎらぎらしていた。私はすっかり首垂(うなだ)れて歩いた。心の中は残念で満ちていた。ほんとにもう五分早ければと思うと、その五分間が或いは運命を支配するかも知れんと思うと、私の遺憾は胸の中で湧き返った、が、今となってはもう仕方がないのだ。

旧制一高の入試「数学」管見

この受験生には、一日目の「数学」のほか、二日目に「英語」、三日目に「国漢」、そして最終日に「物理」と「歴史」が課されており、『受験生の手記』には、二日目以降の試験についてもかなり克明に描写されている。その経緯や当該受験生の合否について気になる方は、ぜひ原典にあたって確かめていただきたい。

しかし、そもそもこういうジャンルの作品は不快で、絶対に読みたくないという方も少なくないであろう。高校あるいは大学の入試で苦い体験をしたという人は少なくない。私自身も同様で、この作品を冷静に読んで素直に味わえるようになったのも、五〇代になってからである。

久米が『受験生の手記』末尾に施した注によると、この作品は、久米の「二三級下」にあたる友人の、一つ上の兄が残した手記がもとになっているようだ。したがって、ここに描かれた入試は、一九〇八（明治四一）年前後に実施されたものをふまえていると思われる。

竹内洋の著書『立志・苦学・出世』（後掲）に、この受験生が受けたのとほぼ同じ時期（一九〇七年）の、旧制一高の入試問題の一部が掲載されている。数学は代数二問と幾何二問が載っており、それを引用してみよう（次ページ参照）。なお、当時の表現のままでは分かりにくいので、現代風の表現に改めたうえで引用している。

代数

一　1マイル（すなわち5280フィート）の競走において甲は乙に30秒勝つ。もし甲に200フィートの「ハンディキャップ」を附する（競走を始める前に甲を出発点より200フィート後方に置く）ときは、甲は35フィート負けるという。甲乙それぞれが1マイルを走る時間を求めよ。

二　もし a (y+z) = b (z+x) = c (x+y) であるとき、x, y, z の比を求めよ。また、$\frac{y-z}{a(b-c)} = \frac{z-x}{b(c-a)} = \frac{x-y}{c(a-b)}$ であることを証明せよ。

幾何

一　円に内接する四辺形の対角線が直角に交わるとき、この交点を過ぎ一辺に垂直に引ける直線はその対辺の中点を過ぎることを証明せよ。

二　四面体において、任意の三面の面積の和は、他の一面の面積より大きいことを証明せよ。

旧制高校といえば、現在の大学のいわゆる教養課程に相当すると見てよいが、こうして、今から一〇〇年以上前の第一高等学校（旧制一高、現在の東京大学教養学部）の入試問題「数学」を見た私の率直な感想は、現在の東京大学の理系の二次試験「数学」のそれと、難易度的にはさほど大きな差はない、というものである（この点については異論もあろう）。

現在の理系の出題数は、『受験生の手記』引用文にある七問よりは少なく六問である。現在の制限時間は一五〇分であるが、当時は一八〇分だったようである。また、当時は一日に一教科ずつ実施されていたが、現在は二教科となっている。

『受験生の手記』に「五分間が或いは運命を支配するかも知れん」とあるように、今も昔も入試のペーパーテストは、当日の体調など不確定な要素によって命運が左右されることになる。それがペーパーテストの宿命と言ってもよいだろう。

戦後昭和期になると、高校と官立（国立）大学とはまったく連動しなくなり、しかも、進学熱の高まりで、国・公・私立を問わず大学の受験競争は激烈になった。しかしその後、昭和末期から平成にかけて、私立大学を中心に大学の数そのものが飛躍的に増えていったので、総じて競争率は緩和された。

平成後期を経た令和の今日では、大学の数の多さに加えて少子化の影響が如実に及んでおり、一部の大学を除いて、「選抜」の意義そのものが薄れてきた。多くの大学で面接が重視されるようになったほか、自己推薦入試（いわゆるＡＯ入試）や学校推薦入試によって選抜される学生の比率が高まってきたため、選抜の「公平性」に疑問が差し挟まれるようになった。

とはいえ、「公平性」を言い出したらきりがない。そもそも「公平性」の点では問題はないように見えるペーパーテストにしても、「理科」や「地歴・公民」では、選択科目（物理・化学・日本史・地理など）によっては年ごとに難易度の差があり、厳密にいえば「公平」ではない。選抜には、「公平性」というより「公正性」が確保されていればそれでよいのではないだろうか。

引用・参考文献
・久米正雄『受験生の手記』新潮文庫、一九六八年改版。
・竹内洋『立志・苦学・出世――受験生の社会史』講談社、一九九一年（二〇一五年に同社学術文庫に収録）。

第3期（一九一三年〜一九三〇年）

参考年表

一九一三（大正二）年	第一次護憲運動。
一九一四（大正三）年	第一次世界大戦（〜一九一八年）／全国中等学校優勝野球大会が初開催（全国高等学校野球選手権大会の前身）。
一九一七（大正六）年	ロシア革命。
一九一八（大正七）年	「大学令」公布（新たに公私立大学や単科大学の設立を認める）／鈴木三重吉（みえきち）ら児童文芸誌「赤い鳥」創刊。
一九二〇（大正九）年	「大学令」による初めての私立大として慶大・早大を設立認可。
一九二二（大正一一）年	西光万吉（さいこうまんきち）らが全国水平社を創立。
一九二三（大正一二）年	「盲学校及聾唖（ろうあ）学校令」公布（道府県に設置を義務化）。
一九二四（大正一三）年	第二次護憲運動。
一九二五（大正一四）年	「陸軍現役将校学校配属令」公布（中学校以上で軍事教練）。
一九二九（昭和四）年	「綴方（つづりかた）生活」創刊（のちの生活綴方運動の母胎）。

10 ドン・キホオテよりも勇ましく――芥川龍之介『毛利先生』

キーワード「（教師の）資質」

芥川が描く旧制中学の教師

日本近代を代表する作家の芥川龍之介（一八九二～一九二七）は、幼少期を東京の下町、墨田区本所で送った。小学校を経て東京府立第三中学校（現・都立両国高等学校）へ進み、さらに旧制第一高等学校（一高）を経て東京帝国大学の英文科に進んだ。こんな芥川が府立三中時代の体験をふまえて書いたと思われる短編小説が、一九一九年に発表された『毛利先生』である。

ストーリーは、主人公の「自分」が「かれこれ十年ばかり以前」の「ある府立中学の三年級にいた時のこと」からはじまる。英語の教師が急死したため、臨時に、ある私立中学の「毛利先生」に授業が託された。毛利先生は、発音は「妙をきわめ」ているが、訳読（英文和訳）となると、「容易にしかるべき訳語にはぶつからない」という、実に頼りない教師であった。そのため、「自分」を含む多くの生徒から軽蔑された。本人もそのことを深く自覚していた。やがて、一学期の雇用期間が過ぎたころ、毛利先生は姿を見せなくなった。

それから一〇年ほどを経て、「大学を卒業した年の秋」に「自分」は、偶然、東京神田のある「カッフエ」、つまり喫茶店で毛利先生を目撃することになる。以下に挙げたのは、その個所の描写である。底本（後掲）の表記を一部改変して引用する。

「そら、ここにある形容詞がこの名詞を支配する。ね。ナポレオンというのは人の名まえだから、そこでこれを名詞という。よろしいかね。それからその名詞を見ると、すぐ後に――このすぐ後にあるのは、なんだか知っているかね。え。お前はどうだい」

「関係――関係名詞」

給仕の一人がどもりながら、こう答えた。

「何、関係名詞？　関係名詞というものはない。関係――ええと――関係代名詞？　そうそう、関係代名詞だね。代名詞だから、そら、ナポレオンという名詞の代りになる。ね。代名詞とは名に代る詞（ことば）と書くだろう」

話の具合では、毛利先生はこのカッフエの給仕たちに英語を教えてでもいるらしい。

気になって「自分」は、店の給仕頭（がしら）に尋ねる。

「あすこに英語を教えている人がいるだろう。あれはこのカッフエで頼んで教えてもらうのかね」

自分は金を払いながら、こう尋ねると、給仕頭は戸口の往来を眺（なが）めたまま、つまらなそうな顔をして、こんな答を聞かせてくれた。

「何、頼んだわけじゃありません。ただ、毎晩やって来ちゃ、ああやって、教えているんです。なんでももう老朽の英語の先生だそうで、どこでも傭ってくれないんだっていいますから、おおかた暇つぶしに来るんでしょう。珈琲一杯で一晩中、坐りこまれるんですから、こっちじゃあんまりありがたくもありません」

　これを聞くとともに自分の想像には、とっさにわが毛利先生の知られざる何物かを哀願している、あの眼つきが浮んできた。ああ、毛利先生。今こそ自分は先生を――先生の健気な人格をはじめて髣髴しえたような心もちがする。もし生まれながらの教育家というものがあるとしたら、先生は実にそれであろう。先生にとっては英語を教えるということは、空気を呼吸するということとともに、寸刻といえどもやめることはできない。もし強いてやめさせれば、ちょうど水分を失った植物か何かのように、先生の旺盛な活力も即座に萎微してしまうのであろう。だから先生は夜ごとに英語を教えるというその興味に促されて、わざわざひとりこのカッフエへ一杯の珈琲をすすりに来る。もちろんそれはあの給仕頭などに、暇つぶしをもって目さるべき悠長な性質のものではない。まして昔、自分たちが、先生の誠意を疑って、生活のためとあざけったのも、今となっては心から赤面のほかない誤謬であった。思えばこの暇つぶしといい生活のためという、世間の俗悪な解釈のために、わが毛利先生はどんなにか苦しんだことであろう。もとよりそういう苦しみの中にも、先生は絶えず悠然たる態度を示しながら、あの紫のネクタイとあの山高帽とに身を固めて、ドン・キホオテよりも勇ましく、不退転の訳読を続けていった。しかし先生の眼の中には、それでもなお時として、先生の教授を受ける生徒たちの――おそらくは先生が面しているこの世間全体の――同情を哀願するひらめきが、いたましくも宿っていたではないか。

刹那(せつな)の間こんなことを考えた自分は、泣いていいか、笑っていいか、わからないような感動に圧せられながら、外套(がいとう)の襟に顔をうずめて、匆々(そうそう)カッフェの外へ出た。が、後では毛利先生が、明るすぎて寒い電灯の光の下で、客のいないのを幸に、あいかわらず金切声をふり立てて、熱心な給仕たちにまだ英語を教えている。

「名に代る詞だから、代名詞という。ね。代名詞。よろしいかね……」

教師としての資質・能力とは

旧制中学の教員といえば、生徒の成長段階を考慮すれば今の高校教員にほぼ対応すると言えようが、それに限定せず、この一節を素材にして、初等教育（つまり小学校教育）・中等教育（つまり中学校・高校教育）、さらには高等教育（つまり大学教育）にわたる教員全般に求められる普遍的な資質・能力とは何なのかについて考えてみよう。

二〇〇六年七月の中央教育審議会答申「今後の教員養成・免許制度の在り方について」では、

「いつの時代にも求められる」教員の資質・能力として、「教育者としての使命感、人間の成長・発達についての深い理解、幼児・児童・生徒に対する教育的愛情、教科等に関する専門的知識、広く豊かな教養、これらを基盤とした実践的指導力等」が挙げられている。

一方、二〇一五年一二月の中央教育審議会答申「これからの学校教育を担う教員の資質能力の向上について」では、「これからの時代の教員に求められる」資質・能力として、「①自律的に学び続ける力」、「②新たな課題に対応できる力」、「③組織的・協働的に課題解決できる力」が挙げられている。

教育学者の諸富祥彦（もろとみよしひこ）は、おそらく上記の答申もふまえたうえで、著書『いい教師の条件』（後掲）のなかにおいて、「今どういう力をもった教師が必要とされているのか」と問い、「本当にできる教師に必要な資質」を厳選して、それを以下の六つにまとめている。

①リレーションづくりの能力
②人間関係のプロ
③対話型の授業ができること
④少数派の子どもに徹底的に寄り添うことができる
⑤教師であることの使命感と情熱（ミッションとパッション）
⑥援助希求力

毛利先生は「いい教師」か

これらの基準に照らして、「毛利先生」が「いい教師」に該当するのか見極めてみよう。

「頼んだわけじゃありません。ただ、毎晩やって来ちゃ、ああやって、教えているんです」と「給仕頭」が言うように、自分から積極的に飛び込んでリレーションづくりをしている。しかも、毎晩である。給仕たちも熱心なので、①と②は満たしている。

給仕の一人に、「このすぐ後にあるのは、なんだか知っているかね。え。お前はどうだい」と問い掛けている。これはまさしく対話型の授業であり、③を満たしている。

教師であることの使命感と情熱については、主人公の「自分」が、「先生にとっては英語を教えるということは、空気を呼吸するということとともに、寸刻といえどもやめることはできない。もし強いてやめさせれば、ちょうど水分を失った植物か何かのように、先生の旺盛な活力も即座に萎微してしまうのであろう」と評しているので、⑤も十分に満たしている。

前後したが、④については、現代の「少数派の子ども」とは、諸富が例示しているように「いじめの被害者、不登校の子、発達や愛情の問題を抱えた子、ＬＧＢＴの子ども」などであるが、毛利先生の時代は、そもそも中学校に進学できる生徒自体が「少数派」であった。国民全般には英語を体系的に学ぶ機会は乏しく、当然「カッフエの給仕たち」も「少数派」に属していた。彼らに徹底的に向き合っていたと言えるであろうから、④も満たしていることになる。

さて、問題は⑥である。諸富によると、「援助希求力」とは「問題に直面したときは自分だけでなんとかしようとは思わずに、周囲の人に援助を求める力」のことである。前掲したように、毛利先生は発音は「妙をきわめ」ているが、訳読（つまり英文和訳）となると「容易にしかるべき訳語にはぶつからない」、実に頼りない教師であった。これを解消するために彼は、勤務していた「私立中学」の同僚や管理職などに何らかの援助を求めていたのだろうか。おそらく、それはしなかったのであろう。この点が「玉にきず」と言える。

結局、毛利先生は、諸富（もろとみ）が挙げた六つの条件のうち、五つは確実に満たしていると言えそうだ。上記六つの条件のうち、一番重要とされるのは、⑤の「教師であることの使命感と情熱」であろう。毛利先生には、「教える」ことを「寸刻といえどもやめることはできない」、「旺盛な活力」があった。こういう活力を十分に発揮できぬまま「水分を失った植物」のように定年退職した私（藤尾）が言うのはちょっと気が引けるが、『毛利先生』は名短編小説である。

引用・参考文献

・芥川龍之介『大道寺信輔の半生・手巾・湖南の扇　他十二編』岩波文庫、一九九〇年。
・諸富祥彦『いい教師の条件』SB新書、二〇二〇年。

11 人民の富は、平均されて行った――谷崎潤一郎『小さな王国』 キーワード「学級経営」

ロシア革命翌年の学校小説

一九一七年といえば、人類史上初の「社会主義革命」として「ロシア革命」が実現し、のちにソビエト社会主義共和国連邦が誕生する機縁となった年であった。革命に対して、快哉（かいさい）を叫ぶ日本人も少なくなかった。そんななか、耽美（たんび）主義・芸術至上主義などに括（くく）られ、晩年に文化勲章を受章した谷崎潤一郎（一八八六〜一九六五）は、すでに当時から、この革命の恐ろしい本質を見抜いていたようである。読者にそうはっきりと確信させるような珠玉の短編が翌一九一八年に発表されている。それは、小学校の学級経営を主題とした『小さな王国』である。

ストーリーは、ある地方都市の小学校の担任教師「貝島」が、職工の息子であるガキ大将「沼倉」を操縦して、うまく学級経営を図ろうとするところからはじまる。

「生徒のうちに悪い行いをする者があれば懲らしめてやり、善い行いをするものには加勢をして励ましてやり、全級が一致してみんな立派な人間になるように、みんなお行儀がよくなるように導いてもらいたい」と、貝島は沼倉を口説く。

校長やほかのクラスの教師が驚嘆するほど、表面上はうまくいっているように見えた学級経営であったが、闇は深かった。生徒同士がもつダイナミズムをうまく活用しているといえば聞こえはよいが、その内実は以下のとおりであった。

沼倉は「閻魔帳」を作成した。同級生の名簿をつくって、彼らの言動や出席・欠席・遅刻・早退の状況などを「操行点」として記載したのである。欠席理由を届けさせ、それが真実かどうかを「秘密探偵」に探らせ、偽りだった場合は罰則・制裁を課した。

自らは「大統領」と称し、ほかの生徒の役割分担も決めた。「副統領」、「顧問官」、「秘書官」、「裁判官」、「出席簿係り」、「運動場係り」、「遊戯係り」、「勲章係り」といった具合である。

学級内「恐怖政治」の進行

やがて、以下のように、クラスのなかだけで通用するお札（紙幣）の発行まで行われるようになる。底本（後掲）のままでは読みにくい個所を少し改めつつ引用していく。

> 洋酒屋の息子の内藤と云う少年が、早速大蔵大臣に任じられた。当分の間の彼の任務は、学校が引けると自分の家の二階に閉じ籠って、二人の秘書官と一緒に、五十円以上十万円までの紙幣を印刷する事であった。出来上った紙幣は大統領の手許に送られて、「沼倉」の判を捺されてから、始めて効力を生ずるのである。総べての生徒は、役の高下に準じて大統領から俸給

の配布を受けた。沼倉の月俸が五百万円、副統領が二百万円、大臣が百万円、――従卒が一万円であった。

こうしてめいめいに財産が出来ると、生徒たちは盛んに其の札を使用して、各自の所有品を売り買いし始めた。沼倉の如きは財産の富有なのに任せて、自分の欲しいと思う物を、遠慮なく部下から買い取った。そのうちでもいろいろと贅沢な玩具を持って居る子供たちは、度々大統領の徴発に会って、いやいやながら其れを手放さなければならなかった。S水力電気会社の社長の息子の中村は、大正琴を二十万円で沼倉に売った。有田のお坊ちゃんは、此の間東京へ行った時に父親から買って貰った空気銃を、五十万円で売れと云われて、拠ん所なく譲ってしまった。最初は其れが学校の運動場などでポツリポツリとはやって居たのだが、果ては大袈裟になって来て、毎日授業が済むと、公園の原っぱの上や、郊外の叢の中や、T町の有田の家などへ、多勢寄り集って市を開くようになった。やがて沼倉は一つの法律を設けて、両親から小遣い銭を貰った者は、総べて其の金を物品に換えて市場へ運ばなければいけないと云う命令を発した。そうして已むを得ない日用品を買う外には、大統領の発行にかかる紙幣以外の金銭を、絶対に使用させない事に極めた。こうなると自然、家庭の豊かな子供たちはいつも売り方に廻ったが、買い取った者は再びその物品を転売するので、次第に沼倉共和国の人民の富は、平均されて行った。貧乏な家の子供でも、沼倉共和国の紙幣さえ持って居れば、小遣いには不自由しなかった。始めは面白半分にやり出したようなものの、そう云う結果になって来たので、今ではみんなが大統領の善政（？）を謳歌して居る。
――

子どもたちが市場で売りさばいている物品は、西洋紙、雑記帳、アルバム、絵ハガキ、フィルム、駄菓子、焼芋、西洋菓子、牛乳、ラムネ、果物一切、少年雑誌、お伽噺、絵の具、色鉛筆、玩具類、草履、下駄、扇子、メタル、蝦蟇口、ナイフ、万年筆など、広範囲に及んだ。

要するに沼倉は、「新たな経済制度や法体系を整えて貧困階級の救済を図るが、一方で、中央集権的な権力体制を強化し探偵による監視と密告制度を張りめぐらせ、いわばスターリン的支配者となって」いったのである（底本に添えられた清水良典による「解説」より）。

子どもたちの、学級における「お行儀良さ」の内実は、ガキ大将に任せきりにした担任教師の眼の届かないところでの、一種の恐怖政治だったわけである。谷崎の眼から見れば、大は国家経営から小は学級経営まで、恐怖政治における危険は同じというわけであった。

学校でのさまざまな活動の基本的な単位である「学級」、それはまさに「小さな王国」である。その経営状況は、そのまま学校全体の経営状況に影響してくる。ゆえに、教師一人ひとりの学級経営力を健全な形に高めることは、大学の教員養成課程においてもきわめて重要なテーマと認識されてきた。

しかし、令和の現在、小学校・中学校の学級経営をめぐる環境は、昭和の時代までよりもはるかに複雑さを増している。とりわけ、子どもの個性の多様化、保護者の要求水準の高まり、クラブ活動の指導など、教師自身に対する負担の増加である。さらには、教師の「働き方改革」のなかにおいて、学級の子どもと向き合う時間をどのように確保していくのかという問題が折り重なっている。

教師一人ひとりの学級経営力を高めるというのは、そう簡単にできることではない。大学の教員養成課程においても、「学級経営」そのものについては学ぶ機会が少ないという。大正時代に書かれた『小さな王国』は、ファンタジックではあるが、学級経営のあり方に関する一つの「反面教師」として、今なお深刻に受け止めるべき小説だと言える。

「共同体幻想」としての学級

そもそも「学級」という存在を「自明視」すること、学級の存在は疑うべくもない当然なことであると信じることこそが問題なのではないか、と説いているのが教育社会学者の柳治男である。柳は著書『〈学級〉の歴史学』（後掲）のなかで、「学級」の存在を自明視したままでは、そこで生活している子どもの意識を十分に理解し得るはずはないと説いている。以下において、柳の意見を要約・整理してみよう。

そもそも「学級」制は、近代になって、経済的合理性の産物として歴史の表舞台に登場した。富裕階級の個人教授の代用物として、多数の貧困階級に最低の費用で知識を伝達するための便法として採用されたのである。しかし、日本では、「学級」がいまや強固な「生活共同体」として存在することが期待され、「学級」はつねに、「かくあるべし」という相互補完的な二つの言説にさらされてきた。

一つは「学級共同体言説」である。「学級は一つの共同体であるべきだ」という規範性を持つ言説で、学級論といえば、集団の一体性を強調する言葉に満ちている。「支えあい」、「仲間」、「なかよし」、「励まし」、「思い出作り」などである。

もう一つは「教師・生徒一体性言説」で、教師と生徒の社会的距離をできるだけ縮めようとする。「教師と生徒は共に学ぶ」、「教師は生徒と同じ眼の高さで」、「教師と生徒の共感的理解」、「子どもに学ぶ」などがこれに該当する。

その結果、子どもは、教師や周りの大人の期待に添って、元気で明るい子、まじめな子、仲良い子、成績のよい子などを「演じきる」か、それに耐えきれなくなって「暴発する」かを余儀なくされる。暴発の典型が「いじめ」であり「不登校」であり「自殺」である、ということになる。

以上に要約したような、「共同体幻想」から脱却するにはどうすればよいのだろうか。柳は学級制の「弾力的運営」が課題であるとし、以下のようにまとめている。

単に能力別学級編成ということにとどまらず、スポーツの時には合級して多人数にするとか、学年を超えた集団を作るなどの多様な試みが必要であろう。あるいは、中学校や高等学校のような教科担任制のレベルでは、教室をすべて教科の教室に変え、今日のような生活本位の学級制を解体させることも考えられる。そしてまた、生徒個々人の選択可能性を、もっと高めていくことが求められるであろう。共同体幻想に縛られた固定的発想からの脱却が、今ほど求められている時はない。（同書二一五ページ）

前掲した「学級は共同体」、「教師と生徒は一体」など、氾濫する「かくあるべし」言説に振り回されている教師のなかには、絶えざる自己欺瞞を強制されてパニックに陥っている者も少なくないであろう。先に引用した谷崎の『小さな王国』に描かれた担任教師「貝島」の場合はどうだったのであろうか。

病身の母親と妻を抱えたうえに子だくさんであった貝島は、生活に困窮し、ガキ大将の沼倉を操縦するどころか、沼倉の「家来」、「手下」になると宣言してしまうのである。

「先生、ほんとうですか。それじゃ先生にも財産を分けて上げましょう。——さあ百万円」

こう云って、財布からそれだけの札を出して貝島の手に渡した。

小説のなかならまだしも、現実の学校現場がこうなってしまってはもう遅い。学校現場においても、「学級」を「自明視」してきたことを抜本的に反省すべき時期に来ているのではないだろうか。

引用・参考文献

・谷崎潤一郎『金色の死　谷崎潤一郎大正期短編集』講談社文芸文庫、二〇〇五年。
・柳　治男『〈学級〉の歴史学　自明視された空間を疑う』講談社選書メチエ、二〇〇五年。

12　雌蕊(おしべ)や雄蕊(おしべ)の性能を説明するにつけても——松田解子(ときこ)『師の影』　キーワード「女子教育」

男女別学の伝統

日本では明治時代の初期に全国一律の学校制度が整備されはじめたが、その原則は男女別学であった。すなわち、一八七九年に出された「教育令」で、小学校以外の学校では「男女教場を同じくするを得ず」と定められ、男女別学が原則とされたわけである。

男子の場合は、中学校を経て、さらに高等教育の進学先が整備されつつあったのに対して、女子は中学校への入学が認められなかった。一八九九年の「高等女学校令」によって、女子の中等教育は高等女学校(略称は高女)で行われることとなったが、この女学校からの進学先はきわめてかぎられていた。

教員を養成するのが師範学校であり、この制度がきちんと整備されはじめたのは一八八六年制定の「師範学校令」によってとなるが、一八九七年には新たに「師範教育令」が制定され、その結果、広義の師範学校は、中学校卒業者が進学できる「高等師範学校」、高等女学校卒業者が進学できる「女子高等師範学校」、そして尋常小学校を卒業後に高等小学校を卒業した者が進学できる「師範学校」(男子部・女子部)の三者に整理された。このうち、前者二つは官立(国立)で、東京に各一校が置かれ、師範学校・中学校・高等女学校の教員を養成するものとされた(一九〇二年には、新たに広島に高等師範学校が設置された)。

一方、小学校の校長や教員を養成する師範学校は、各府県に一校もしくは数校設置されることとなり、二校以上が設置された県では、女子の数によっては男女別の学校とするようにされたこともあり、以後、次第に「女子師範学校」が独立していくことになった。

こうして、師範学校・女子師範学校の数は順調に増えることとなったが、就学率の上昇や義務教育年限の延長によって小学校の教員不足は深刻化していった。そのため一九〇七年、師範学校・女子師範学校には、高等小学校卒業程度で入学できる本科一部（四年制）と、中学校・高等女学校卒業者に道を開く本科二部（一年制）が設けられている。

松田解子（ときこ）（一九〇五～二〇〇四）は秋田県に生まれた。彼女には高等女学校の学歴はなかったが、高等小学校卒業後、働きながら「早稲田大学講義録」などで独学に励み、一九二三年四月に秋田女子師範学校本科第二部に入学し、寄宿舎生活を送って翌年に卒業し、母校の小学校教諭となった。しかし、義務年限の二年間だけ勤めてそこを辞め、一九二六年には上京し、メリヤス工場や自動車工場で働いたのち、一貫してプロレタリア文学の系譜のなかで作家として活躍した。

女子師範学校が舞台の『師の影』

松田の短編小説『師の影』は、女子師範学校を舞台とする珍しい小説である。秋田女子師範学校に在学していた当時（つまり、一九二三年～一九二四年）の追憶をもとに書かれたものと思われるが、いつ書かれたのかは定かでなく、唯一確認されるのは、一九四一年二月に発売された同名単行本にこの作品が収録されているという事実である。

ヒロインの生徒は「野村もん」で、生徒同士および生徒・教師間のさまざまな葛藤が生き生きと描かれている。

稲垣恭子の著書『女学校と女学生』（後掲）によれば、男女別学体制のなかにおける特定の女学生二人の親密な関係や交際をめぐっては、とくに一九二〇年代あたりから、ジャーナリスト・教育者・社会学者などを中心にさまざまな議論が噴出していたという。親密な関係を「病的」な傾向として憂慮するものや、異性愛に至る前段階と冷静に見るものなど、さまざまな立場があったようである。むろん、女性二人の親密な交際は女子師範学校の場合も例外ではなく、『師の影』にも描かれている。

しかし、当時の女子師範学校は、むしろ男性観をいびつなものにする危険性が高かったと言える。『師の影』が舞台としている女子師範学校には、女性の教師は「数えるほどしかいなかった」。教えるのは、大抵男性であった。しかも、生徒たちの多数は寄宿舎生活をしている。当時、一般的に男性との親密な交際はタブーとされていたため、彼女たちが身近に接する男性といえば教師にほぼかぎられ、彼らにいや応なく「男」を強く意識せざるを得なかった。これが理由で、彼女たちには「いびつな男性観」が形成されがちとなった。

ヒロインの「野村もん」がとくに意識したのは「心理」教師の戸叶（とかのう）で、敬意と慕情が交錯していた。ほかに彼女が意識したのは、「体操」教師の樺山（かばやま）、そして「博物」教師であった。「博物」は、現代の科目名でいえば「生物」と「地学」に相当する。

「心理」の授業は、文字どおり、しばしば生徒と教師の間で心理戦が展開される場となった。

心理教師の戸叶は、この学校の教師のなかでは、誰よりも思索的な表情をもっていた。生徒たちはそれを「哲学的」と評している。蒼黝（あおぐろ）い皮膚のいろや、ふとい眉毛などが、特別に彼を男性的に見せている。が、それよりも、すべての感性が豊かであって然（しか）も深奥（しんおう）な思索がその豊かさを引き締めているといった彼の表情を、生徒たちは憧れた。彼の表情は、少女たちの、しどろに燃えたつ色とりどりの感性については特に良く識っていて、しかもそうした乙女らしい感性の賑わいに曳（ひ）きずられることなく、内部に用意された勁（つよ）い意思と、深い哲学によって統一しているかのような暗示にあふれていたのである。生徒たちは彼を慕いながら彼をおそれていた。そして少女たちにとっては、彼をおそれることのなかに、彼への自分たちの愛情の性質の魅惑的なものが感覚されるのであった。

「体操」の時間ともなると、彼女にかぎらず、生徒たちはしばしば女子特有の月経との関係を意識せざるを得なかった。

体操の教師の樺山は、戸叶よりも幾つか年下であった。一日の大部分を体操の時間のくりかえ

しに送っている樺山は、他の教師とは自ら異ったタイプをもっていた。号令で鍛えられた彼の声は、いわゆる破れ鐘ごえであったが、その声は樺山の精悍な肉体と気質とに、いかにもぴったりとしていて、それを受けとめる少女たちには、一語々々がいつも命令であるところから、体操という課業の性質にも拘らず少女たちを絶えずはらはらするあの心理へと駆りたてるのである。

多くの生徒たちは、で、知らず識らず樺山の前では二重人格を装うのであった。彼女たちは、わかい自分たちの生理現象を低気圧と呼び、ひと月のうち何時間かは、それを樺山に言って体操の課業からのがれるのであるが、野村もんの場合は、しばしば真実以上に大胆にその生理現象が口実にされたのである。

一方「博物」の時間は、一種の性教育の時間でもあった。

博物の時間に生徒の手にわたる古びた顕微鏡と、博物教師の止めどもない笑い顔を、もんは憎んだ。蛙の解剖やジギタリスの総状花序、総じて花の雌蕊や雄蕊の性能を説明するにつけても、その教師は男と女の生殖本能へヒントを結びつけずにはおかないといった所があった。とは言っても彼を罪人だという資格は誰にもないことも事実であったが。そのような性格を生れながらに持ってしまった人としか思えないほど無意識に、彼の説明はそうなるのであったし、彼の顔は生れながらに、ひと皮だけ皮膚を剝がしてあるかのように赤味がかっていてぬるぬるとしめっていて、殊に締りのない唇の色とたくましい歯齦とは、解剖台の上の蛙の臓物いろを呈していたとしても、それは彼の罪ではなかったに違いない。といって博物科という学の種類のせいであるとも、もんには思えないのであった。むしろもんは博物では鉱物を教わる時が娯しめた。水晶のあの秩序だった結晶の性や雲母の身軽さや石炭の情熱について考えることが娯しいのであった。動物たちの生殖につきまとうあれらの姿を、せめて、魚の生殖ほどに清潔なものにすることは出来ないものだろうか。流れ星のような速度でただ対象のそばをかすめ去るだけで、恋と結婚と生殖とが、あの魚たちの世界では可能なのではなかったのか。

男女別学から男女共学へ

師範学校にかぎらず、第二次世界大戦中までの学校教育は、このように男女別学が基本であったが、戦後まもなく、「総合制」、「小学区制」と並んで「男女共学制」が教育理念の根幹に据えられた。むろん、女子のみを教育対象とする学校は、初等・中等・高等教育を問わず、現在に至るまで存続しているが、近年では少子化の影響もあって、女子中学校・女子高等学校・女子短期大学・女子大学では男女共学化にシフトしているところが多いほか、廃校などが目立っている。

とはいえ、共学が主流の現代であっても、女子校や男子校に存在意義がなくなったわけではないだろう。そのメリット、あるいはデメリットを、当の児童・生徒・学生たちはどのように意識しているのであろうか。ちょっと聞いてみたい気もする。
学校内外を問わずさまざまな情報が豊富に得られる現代にあっては、共学校・女子校・男子校のいずれに通っていても、異性観が歪むということはないであろう。むろん、ＬＧＢＴＱの人たちを理解する教育も怠りなく行われていることであろう。

引用・参考文献

・松田解子『乳を売る・朝の霧　松田解子作品集』講談社文芸文庫、二〇〇五年。
・名倉英三郎編著『日本教育史』八千代出版、一九八四年。
・稲垣恭子『女学校と女学生』中公新書、二〇〇七年。

13　べからず、いけない、なりません——本庄陸男(ほんじょうむつお)『白い壁』

キーワード「特別支援学級」

知的障害児教育が確立されるまで

いわゆる「健常児」の教育と並ぶ義務教育の大きな柱として「障害児」の教育がある。心身の一部に障害があって、その障害に対する治療とともに特別な教育的配慮を必要とする子どもたちのことを指す「障害児」は、その種類によって、知的障害児・視覚障害児・聴覚障害児・肢体不自由児などに分けられている。障害児の「児」は、「児童福祉法」にならって一八歳未満の人を指している。

本節では、知的障害児に対する教育の歩みについて考え、それ以外の障害児については「16 目々が見えんせに盲学校に行かんか――壺井栄『赤いステッキ』」で改めて考えることにしたい。

まずお断りしておくが、以下の叙述においては、現在では使用が不適切とされている語彙（ごい）をあえて用いる場合がある。歴史を叙述するためにはやむを得ないと判断したうえでのことであり、決して、当該の人たちを蔑視・差別してこれらの語彙を用いるわけではない。

明治期、障害児たちに対する公教育は「就学猶予」、「就学免除」（「16 目々が見えんせに盲学校に行かんか――壺井栄『赤いステッキ』」を参照）の名のもとに疎外されていた。むろん、知的障害児の場合も例外ではなかった。彼らに対する教育は、明治の中頃から民間有志の努力によって開拓されはじめた。たとえば、キリスト教徒の石井亮一（一八六七～一九三七）は、一八九六年、日本初の知的障害児施設として東京に「滝乃川学園（たきのがわがくえん）」を設立し、「白痴教育」の推進に尽力した。

しかし、国の対策は、その後も長らく十分なものとは言えなかった。大都市では、比較的軽度の知的障害児に対する公教育が、昭和の初めころから、大規模な小学校内に設けられた施設においてはじめられている。

本庄陸男（一九〇五〜一九三九）は北海道に生まれ、一九二五年に東京の青山師範学校を卒業し、東京本郷の小学校に奉職した。一九二九年、自ら望んで深川の明治小学校に転任し、いわゆる「低能組」の受け持ちとなったが、翌年、教員組合事件に連座して教職を失った。窮乏の最中となる一九三四年に発表した短編小説『白い壁』は、明治小学校における教師時代の経験に基づくもので、彼の代表作として評価が高い。

『白い壁』の舞台は、東京のある貧民街のなかの新設小学校である。タイトルの「白い壁」は、鉄筋コンクリートの城砦型である新校舎の壁を指している。ここには、まだ珍しい「特殊施設」、いわゆる「低能組」が併設されていた。この組に、ほかの小学校で「原級留置き」を二度も経験した、数え年一三歳（生活年齢は一二年と五か月）でありながら四年生の「川上忠一」が編入してくる。

校長の「知能測定はせなけりゃならん」との命を受けて、受け持ち教師の「杉本」が、「ビネー・シモン氏法」という、「当代の実験心理学が証明する唯一の科学的な知能測定法」を用いて測定する。

「ビネー・シモン氏法」による測定

検査項目にある最初の質問は、「お前の父はどんな仕事を毎日しててんだ?」であった。忠一の回答は、「船だよ！」、「ちゃんとした荷船でよ、あげ羽丸てえんだ。でも、何だってそんな巡査みてえなことばかし聞くんだい？」などであった。

杉本が「儲かるかい！」と聞くと、「発動機に押されっちゃって、からっきし仕事がまわって来ねえんだよ」と答える忠一。「落第坊主即低能と推定されて自分の手に渡されたこの痩せこけた子供が、こんなに淀みなく胸にひびく言葉をまくし立てる」ことに感動を覚える杉本であった。

以下は、それに続く会話である。


「コノ茶碗ヲアノ机ノ上ニオイテ、ソノ机ノ上ノ窓ヲ閉メ、椅子ノ上ノ本ヲココニ持ッテ来ル──んだ」

おそろしく生真面目な眼を輝かした教師に、川上忠一はへへら笑いを見せて簡単にその動作をやってのけた。

「その調子！」と杉本は歓声をあげた、その調子──そして、このもったいぶった検査を次々に無意味なものにたたきこわしてしまえ。彼はそう思って、「ではその次だ」と呶鳴（どな）った。

「モシオ前ガ何カ他人ノ物ヲコワシタトキニハ、オ前ハドウシナケレバナランカ？」

「しち面倒くせえ、どぶん中に捨てっちまわあ──」

「え？　何？　なに？」杉本はすでに掲示されている正答の「スグ詫ビマス」を予期していた

のだった。だがこの子供の返答は設定された軌道をくるりと逆行した。杉本は背負い投げを喰わされたようにどぎまぎした。

「え？　何？　なに？」と彼は繰りかえした。「もう一度言ってごらん？」

「どぶに捨てっちまえば、誰が毀したんだかわかりゃしねえだろう？」と川上は訊きかえした。

「じゃあもう一つだけ——」杉本は何度も使った質問を誦んじながら今度は子供の顔を注視するのであった。「モシオ前ノ友達ガウッカリシテイテオ前ノ足ヲ踏ンダラオ前ハドウスルカ？」

「ちぇっ！　はり倒してやらあ……」

そのはげしい語気に衝かれて杉本は思わず「なるほどなあ」と声をあげ、検査用紙をばさりと閉じてしまった。


以下は杉本の感慨である。

杉本は暗くなった教室にしばらくそのまま頬杖をついてぼんやり考えていた。彼の意気込みにもかかわらず川上忠一の知能指数はやっぱり八〇に満たないのである。測定したあとの、あのもやもやした捉えどころのない不愉快が今はことさら強く彼の頭に噛みついて来るのであった。それが真実に子供たちの運命を予言し得るものとすれば（実験の結果によれば——と当代の心理学者が権威をもって発表する）コノ指数ニ満タザルモノハ到底社会有用ノ人間タルコトヲ得ズ。「この社会！　この社会！」と杉本は繰りかえした。えらい心理学者や教育学者たちが規準にした「この社会」と、そこから不合格の不良品として選びわけられ、今は彼に預けられた、低能な子供たちの住む「この社会」とは、同じ「この社会」でも社会の質が異っていた。そっちの社会で要求している……川上忠一も素気なく拒否したのだ。そうして彼は抗議する――何だってそんな巡査みたいなことを訊くんだい？　杉本は自嘲的に自分の職業を三つの単語で合唱する――「べからず、いけない、なりません」そいつにがんと抗議して川上忠一は教室をとび出して行った。

作中で言及されている「ビネー・シモン氏法」とは、フランスの心理学者アルフレッド・ビネー（Alfred Binet,1857～1911）がテオドール・シモン（Théodore Simon,1873～1961）とともに一九〇五年に発表した知能検査法で、子どもの精神年齢を明らかにするものであった。これは一九〇八年と一九一一年に改訂されている。

一九〇八年、精神科医の三宅鉱一（一八七六～一九五四）らが「知力測定」と題する論文を発表して「一九〇五年版」を日本に紹介し、実際に児童に対して自作の検査を実施した。『白い壁』で言及されている「ビネー・シモン氏法」は、その後の改訂版を指すものと思われる。この検査法が紹介されたことによって、ようやく日本でも、公教育のなかに知能測定を経たうえでの障害児教育が位置づけられるようになった。

セグリゲーションからインテグレーションを経てインクルージョンへ

「知的障害」は、昭和の末ごろまでは「精神薄弱」または俗に「知恵おくれ」などと呼ばれていたが、問題の多い表現なので現在では使われていない。かつては「知能指数（IQ）」診断などによって、障害の重いほうから「白痴」、「痴愚」、「魯鈍（軽愚）」などと呼び分けられていたうえに、この区別は固定的に捉えられていた。これらの表現も問題があるため現在では使われなくなり、段階区分も便宜的なものでしかなく、決して固定的・不変的なものとは見なされていない。

知的障害児に対する公教育が精力的に行われ出したのは、終戦後、「普通教育」に対する「特殊教育」の一環として、「普通学級」とは区別される「特殊学級」の現場においてであった。しかし、この「特殊教育」や「特殊学級」という名称も差別的であるため、二〇〇七年以降は「特別支援教育」とか「特別支援学級」に改められ、その内容も、当該の児童・生徒および保護者のニーズに寄り添う形で年々充実度が高まっている。

『白い壁』に描かれているのは、典型的なセグリゲーション（分離教育）時代の小学校教育である。「知能検査」によって子どもの些細な相違を見つけて分断を図ることに躍起になっており、それが昭和の末頃まで尾を引いた。やがて、いわゆる健常児と障害児とが一緒に学ぶ機会を積極的に設けるインテグレーション（統合教育）の時代となり、さらに令和の現在では、多様な子どもたちがともに学ぶインクルージョン（包含教育）の時代となっている。

ちなみに、『白い壁』の前掲引用文中の最後のほうにある「要求している……川上忠一も」の「……」の部分は、当時の「検閲」よって内務省から削除を命ぜられた箇所である。当時の検閲は、図書に関しては「出版法」（一八九三年制定）、新聞・雑誌に関しては「新聞紙法」（一九〇九年制定）に基づいて行われていた。図書の末尾には発行者および印刷者の住所・氏名や発行・印刷の年月日を記載した奥付（おくづけ）を必ず備え、発行の三日前には、製本された二部を内務省に届け出なければならなかった。

そして、検閲によって「安寧秩序の妨害」、「風俗壊乱」、「政体変壊」などを画していると目された出版物は、内容の変更や削除、発売禁止などを命ぜられた。政府からの「べからず、いけない、なりません」も、ことのほか強烈なものであった。

引用・参考文献
・『名作集（三）』（日本の文学79）中央公論社　一九七〇年。
・佐藤達哉『知能指数』講談社現代新書、一九九七年。
・柘植雅義『特別支援教育　多様なニーズへの挑戦』中公新書、二〇一三年。

第4期（一九三一年〜一九四五年）

参考年表

一九三一（昭和六）年	満州事変。
一九三七（昭和一二）年	盧溝橋（ろこうきょう）事件（日中全面戦争の発端）。
一九三八（昭和一三）年	「国家総動員法」公布。
一九三九（昭和一四）年	大学でも軍事教練を必修化。
一九四一（昭和一六）年	「国民学校令」公布（小学校を国民学校と改称し教科を統合）／大学・専門学校などの修業年限短縮／太平洋戦争（〜一九四五年）。
一九四三（昭和一八）年	中学校・高等女学校および実業学校の修業年限短縮と教科書国定化／大学予科・高等学校高等科の修業年限短縮／「在学徴集延期臨時特例」公布（学徒出陣）。
一九四四（昭和一九）年	国民学校初等科児童の集団疎開開始／「学徒勤労令」公布。
一九四五（昭和二〇）年	「決戦教育措置要綱」閣議決定（一年間授業停止による学徒勤労総動員）／「ポツダム宣言」を受諾し終戦。

14

配属将校が校舎の方から大股に――野上弥生子(のがみやえこ)『哀しき少年』

キーワード「軍事教練」

『西部戦線異状なし』と軍事教練

日本の学校体育は、当初から軍事教育と連環して誕生・発展してきた。軍隊式の体操である「兵式体操」が東京師範学校（のちに、高等師範学校を経て東京高等師範学校となり、戦後に東京教育大学、さらに筑波大学へと変遷）に初めて導入されたのは一八八五年のことであった。柔軟体操・各個教練のほか、執銃体操、操銃法、部隊教練などを内容としており、翌一八八六年以降、これが男子の中等教育以上の学校に導入されていった。そして、第一次世界大戦後の一九一一年、これが「教練」（軍事教練）と改称されている。

一九二五年には「陸軍現役将校学校配属令」が公布され、中学校・高等学校・師範学校では、陸軍将校（すなわち、少尉・中尉・大尉からなる尉官と、少佐などの佐官、さらに少将などの将官）が直接指導する軍事教練がはじめられた。翌一九二六年には、小学校の卒業者を対象とする青年訓練所でも実施され、一九三九年には大学でも必修となった。

現役の将校によるこの軍事教練は、軍国主義教育徹底の一環であったが、学生・生徒に対して取り組む思想対策、とりわけ社会主義思想への感化予防対策としての意義が大きかった。

さて、第一次世界大戦（一九一四年〜一九一八年）といえば、言うまでもなく世界的規模での最初の戦争であり、ドイツ・オーストリア・トルコ・ブルガリアなどの同盟国とイギリス・フランス・ロシア・アメリカ・イタリア・日本などの連合国とが対戦し、ドイツの降伏によって同盟国側が敗北して終わった。

同大戦中のドイツの若者たちを主人公とした『西部戦線異状なし』という映画が戦勝国のアメリカで制作されて一九三〇年に公開され、日本でも同年以降に公開されている。ドイツのレマルク（Erich Maria Remarque, 1898〜1970）の同名小説を映画化したもので、この映画は第三回アカデミー賞最優秀作品賞ほかに輝いている。

愛国心を説く老教師の言葉に感化されたドイツのギムナジウム（中等教育機関）の生徒たちが軍への入隊を志願する。軍曹から情け容赦のない猛訓練を課され、やがて汽車で、フランス軍と相対する西部戦線へと送られる。しかし、訓練とはまったく違う本物の戦争を目の当たりにして、彼らは衝撃を受けてしまう……。

映画のストーリー紹介が本節の目的ではないので、これ以上は割愛しよう。

野上弥生子（のがみやえこ）（一八八五〜一九八五）が一九三五年に発表した小説に『哀しき少年』がある。この「少年」、つまり中学生の隆は、ある日、この『西部戦線異状なし』を映画館で観るが、翌日、中学校での軍事教練の時間に彼自身が心身に「異状」をきたすという物語である。

『哀しき少年』

野上弥生子は大分県生まれ。一六歳で上京し、明治女学校を卒業する。同郷の帝大生で、夏目漱石（一八六七～一九一六）に私淑していた野上豊一郎（とよいちろう）（一八八三～一九五〇）と結婚し、漱石系の人々からの感化で作家としての地歩を固めた。『真知子』や『若い息子』など、母親の立場から子どもの生態や心理を愛情深く見守って、その成長過程を描いた作品が有名であるが、『哀しき少年』もその延長線上に位置づけられる。

隆は一四歳の中学生（旧制）。長兄は大学理学部を卒業した研究者。次兄はラグビーに打ち興ずる高校生（旧制）。次兄の隆も中高一貫校（七年制）の在籍者である。そして姉は、高等女学校を卒業したあと、ピアノ・洋裁・料理を稽古中である。隆が三歳八か月のときに父親は死去しているが、母親は健在。

このように、隆の家庭は経済的に大変恵まれている。

以下で引用するのは、『西部戦線異状なし』を観た翌日、隆が中学校の軍事教練（軍教）の時間に「異状」をきたす場面である。

――あけの日は一番目の時間が軍教であった。隆はいつもの通り銃器庫でゲートルを捲きつけながら昨日塹壕の中で誰かがその通りやっていたのを真似しているようにふと思えた。偉い軍人は、はじめトーキーで演説して、これをヨーロッパ大陸の映画と思うべきではない。油断をすれば同じ惨禍がすぐわれわれの上にも生ずるのだから、いかに国防が重大であるかを忘れてはならないと説いたのであるが、隆はそんな言葉は覚えてはいなかった。それよりもそんな戦争がはじまるのが不思議で、わからなかった。隆たちでさえ小学校でしたような取っ組みあいや叩きあいはもう決してしなかった。それだのに――

　しかし鐘が鳴った。配属将校が校舎の方から大股にやって来た。二列横隊で、ひろい運動場にすでに整列していた生徒らは、総代の、

「頭右！」

の号令で、中佐の軍帽の下の、日にやけた赤黒い顔をいっせいに注視する。頬から顎にかけて削ぎ取ったような楔形の顔が、捕虜を訊問していたフランスの将校にそっくりだ。顔のわりに部厚なカラの上のうねになった頸の肉も、胴の下まである長い上衣も、サーベルも、長靴も。それからまた――しかし中佐はバスの截ち切るような早口で三人の分隊長を指名し、全隊が三つの分隊に分たれた。隆の所属は第二分隊であった。

隆は、いつもとは異なり、前日に観た映画がいわばトラウマになっている。

> 今日の隆に生じていた一つの膜は、彼からいつもの子供っぽい悦びを遮（さえぎ）った。昨日からの廻転をまだあたまの底で止めていない大戦のフィルムは、そこに構えたり、撃ったりする彼自身をも、ともすればいっしょに捲きこみ、中佐の楔形の顔にフランスの将校を感じさせたのと同じく、彼自身をも捕虜の少年にさせていた。隆はまた彼らと共に突撃し、手榴弾（しゅりゅうだん）を投げ、毒瓦斯（ガス）を浴びた。ひろい校庭のふちに沿うて、やや黄ばんだ葉をもっさりと秋の朝らしく静めているポプラの上に、今にもあのスクリーンの隅からあらわれたような蜻蛉（とんぼ）があらわれそうな、そうして矩形（くけい）の二隣辺を形づくった三つの分隊の上に爆弾が落下しそうな気がした。隆は怖ろしくはなかった。映画に対してもそうした生々しい実感はすこしも生じないで、むしろ怖しいと感じとる機能を失った、なにか一種重い圧力のように漠然と彼を押しつつんだ虚無感が、この時も隆を捉えていた。

「蜻蛉」とは、戦闘機の比喩的表現である。隆はぼんやりしていた。ただちに将校が反応し、腰から鞘ごと引き出したサーベルで隆の右腕をなぐりつける。

> 生徒らは彼の軍人らしい短気には馴れていた。よく打たれたものだ。それで一面赤ん坊じみた気のよさにつけ込み、すぐサーベルに手がいってもそばで笑えるほどみんな平気になってい

たにもかかわらず、その時の隆は、いつになくめちゃくちゃに腹が立った。擲(なぐ)られたのが口惜しいだけではなかった。底深い怒りと敵意に類するものが、激しくからだじゅうに瀬ぎり立つのを感じた。

ついに隆は、その場から逃走する。

「寝射(ねしゃ)ノ構エ、銃！」

隆は杭のように動かなかった。彼の姉によく似た塗ったような黒瞳(くろめ)が、教官を、分隊長を、他の列になった仲間を、瞬間、なにからんらんと見廻したと思うと、隆はくるっと後むき、銃を摑(つか)んで駆けだした。そうして、驚いて呼びとめようとした教官と呆気(あっけ)にとられている三つの分隊をあとに、彼は武器庫に向って、前のめりに運動場を突っきって走り去った。

自宅に逃げ帰った隆は、ようやく我に返る。

あの時どうして急に逃げだして帰ったかは、自分でもわからなかった。殴られた口惜しさも、またそれ以上のなにか身体じゅうでぶっつかってやりたいようだった憤りも、栓の抜けたように、もう残ってはいないで、彼はひとり悪戯（いたずら）をしたあとに似た自責で気弱く臆病になっていた。今日のことが無事にすむはずはなかった。それも教練の途中なのだから一そう厳しく叱られるであろうし、もしかしたら母さんまで学校に呼ばれるかも知れなかった。

配属将校たちにも葛藤が

このように『哀しき少年』には、昭和初期の、ある旧制中学生の自我意識の目覚めと、そのナイーブな心に捉えられた軍国主義の雰囲気が鮮やかに描き出されている。ところで、この作品には明確に描かれていないが、生徒たちと対峙（たいじ）する現役将校たちにも、彼らなりの自我の葛藤があった。前掲した「陸軍現役将校学校配属令」が公布されたのは、第一次世界大戦後の軍縮動向のなかで、余剰となった陸軍将校を温存する手段でもあったからである。この「配属令」の公布は、陸軍で四個師団が廃止されたのと同時であった。つまり、軍事教練のための学校配属は、将校のリストラ防止対策の一環という側面もあったわけである。

陸軍将校養成の独立機関としての「陸軍士官学校」は一八七四年に発足し、その後、一八九六年に設置された「陸軍中央幼年学校（陸幼）」が一九二〇年に「陸軍士官学校予科」となり、従来の士官学校（陸士）は本科となった。

広田照幸の大著『陸軍将校の教育社会史』（後掲）によれば、「一流の進路」として陸幼や陸士の門をくぐった者たちの、そこでの教育は、「エリートとしての矜持（きょうじ）」や「天皇への距離の近さ」を強調するものであったが、「昇進の遅滞、俸給水準の相対的低下、退職後の生活難等により、大正中期から昭和初年にかけて、彼らの心理的な帰属階層と現実の生活との間に大きなギャップが生れていた」。

『哀しき少年』に登場する中学生たちは、配属将校の「軍人らしい短気」によって「よく打たれた」とある。ところが、「一面赤ん坊じみた気のよさにつけ込み、すぐサーベルに手がいってもそばで笑えるほどみんな平気になっていた」ともある。エスカレーター式に高校への進学が約束され、さらにはかなりの確率で帝国大学へと進学することも約束されている隆たちから「そばで笑」われたときの、この将校の胸中はいかばかりであったか。察するに余りある。

さて、「軍事教練」から翻って、現代の初等・中等教育の「体育実技」について見てみよう。現在の「体育」の「学習指導要領」は、軍事教練とはまったく異なる視点から設計されている。たとえば、中学三年生の「体育」の目標は、「運動の合理的な実践を通して、運動の楽しさや喜びを味わうとともに、知識や技能を高め、生涯にわたって運動を豊かに実践することができるようにすること」となっている。これらの目標は、言うまでもなく軍事教練のそれとはまったく異なる。

武道（柔道・剣道・相撲など）の試合を行う者同士の関係にしても、「道」（人間としての生き方、あり方）をともに学び合う仲間同士であり、敵と味方という対立的なものではない。つまり、体育の「学習指導要領」には、かつての軍事教練を思わせる要素はまったく含まれていないということだ。

しかし、「学習指導要領」の解釈や実践方法は、教育者自身や学校・地域社会の視点によって異なる場合もあるので、復古の方向へいつ暴走するかもしれないという危険性をはらんでいる。現に、「学習指導要領」では取り扱っていないものの、学校の体育行事でよく披露されてきたもののなかに「組体操」ないしは「組立体操」と呼ばれるものがあるわけだが、これには、生徒「個人」の自律よりも「集団」への帰属が尊ばれた戦前・戦中の学校教育の名残を感じさせるものがある。

さらに、集団演技がもたらす「規律の美」を競い合うあまり、安全性に対する配慮が行き届いていないケースが二〇一〇年代には散見された。転落死・圧死した生徒、脊髄損傷や複雑骨折などによって障害を負ってしまった生徒もいた。

引用・参考文献

・加賀乙彦編『野上弥生子短篇集』岩波文庫、一九九八年。
・広田照幸『陸軍将校の教育社会史　立身出世と天皇制』（上下二冊）ちくま文庫、二〇二一年（世織書房、一九九七年）。

15 あんた、増税より大変だわよ――徳永直『八年制』

キーワード「義務教育年限」

義務教育年限の変遷

　終戦後まもなくのころから一貫して、日本国民の義務教育年限は九年となっている。かつてはどうだったのだろうか。文部省が編集した『学制百二十年史』に基づいてたどってみよう。

前述したように、明治初期の一八七二年に「学制」が公布されて「国民の皆学」が目指された。しかし、当時は「義務教育」という明確な概念はなかった。一八八六年、「小学校令」において「義務教育」という文言が初めて登場し、三年〜四年（尋常小学校を卒業するまで）と規定された。

一八九〇年には地方の学校設置義務も規定され、実質的に義務教育制度がはじまったことになる。しかし、折しも深刻な経済不況の時期だったので、学校の運営は授業料や寄附金を主な財源として行うこととされ、受益者負担によって乗り切っていくことになった。

一九〇〇年になって義務教育は四年（尋常小学校を卒業するまで）と統一され、公立尋常小学校においては授業料の徴収は原則として廃止された。そして、一九〇七年度からは、義務教育の六年制が年を追って進行実施された。それ以来ずっと、日本における初等教育の基本課程は六年構成となっている。

第一次世界大戦（一九一四年〜一九一八年）に勝利したあとの日本では、教育の国際的な動向などをふまえ、義務教育年限延長の必要が文部省を中心に論じられるようになった。一九二四年には、尋常小学校六年に加え、高等小学校二年を義務化する義務教育八年制が構想されたが、内閣の更迭（こうてつ）によって実現しなかった。そして、一九三六年、文部省は再び義務教育八年制構想を公表した。その施行は一九三八年度とされた。

義務教育八年制の構想

作家の徳永直（一八九九～一九五八）が一九三七年に発表した『八年制』は、自身の生活体験をふまえ、私小説的な方法で、働く庶民の実生活とそれを支える労働の問題、そして、その現実の重圧に苦悶する人々の感情を鋭く描いている。彼はプロレタリア文学の系譜に属する作家で、熊本県に生まれ、六年間の義務教育をどうにか終えたのち職を転々とし、やがて印刷工場で働くようになるが、労働争議に参加して解雇された。このような体験をふまえて、一九二九年に発表した『太陽のない街』が彼の代表作である。

『八年制』では、子だくさんの「鷲尾（わしお）」が、義務教育を八年に延長する案を「文相の大英断」と報道した新聞を見て腹を立てる。彼自身が「尋常四年制が六年制に変わった、最初の卒業生」であり、貧しくて就職を待ちかねていた父親の落胆ぶりを覚えている。それが今度は、六年制が八年制になろうとしている。

「大人ばかりでなしに子供の失業者も増えてきた」時世であるにもかかわらず、庶民の生活に無理解な為政者によって、ますます生活が不安に追いつめられようとしている。そんな無産者の現実生活を、身をもって切実に表現したこともあって、この作品は共感を博した。底本（後掲）を少しだけ現代表記に改めたうえで引用しよう。


「義務教育が八年になるそうだよ」

　こんどは女房に話した。

「ギム？あ、ギムね」

　火鉢のむこうで、足袋（たび）の穴を繕（つく）ろいながら、細君は眉を八の字にした。こういう話は小学五年までしかあがることの出来なかった彼女が一番理解してくれる。文学不感症とでもいった性質で、職工から作家になった男の細君となっても亭主の書いた小説さえ一頁だって読んだことがない位だが、生活の話となると全身で打ちこんできた。

「うちじゃ大丈夫かしら、ね、あんた」

　彼女は手をやめて、火鉢の傍からズラリと並んで眠っている四人の子供の寝顔をながめて言った。

「大丈夫だろうと何だろうと、こんどは法律になるッて話だ」

「じゃ、八年までちャンとあげないと監獄にでもいれられンの？」

「さあ、そこまでは判らんが……」

鷲尾（わしお）は子供達の、西瓜（すいか）畑に足踏みこんだような、大小幾つもの頭を眺めていた。一等大きいのが尋常四年、次が二年生で、三番目は来年入学、一等ビリはまだ乳を呑んでいるが、これもいずれはその運命にあった。


夫婦の切実な会話は続き、さらに話題は、六人の子のいる妻の叔母の家族のことに及ぶ。


「あんた、増税より大変だわよ」

「そうだ、増税にすりゃ三四割の大増税だ」

鷲尾は細君と、勘定してみた。食べざかりの十四歳から十六歳まで、米代、被服、学校用具でも一ト月十円はかかる。病気などしても売薬で間に合せるとして一年百二十円は下らない。すると一人当り二カ年二百四十円、六人子供があるところは、イヤでも千四百四十円という新らしい負担になる訳だ。

「まア、どうすればいいかしら？　神田じゃ昨年からおじさんの給料がまた下げられたと言ってるし……」

「俺達だって稿料はさがるし、おまけに物価はむやみとあがるしな」

鷲尾（わしお）は自分の子供の頃を憶い出していた。彼は尋常四年制が六年制に変った、最初の年の卒業生であった。

貧乏な親父は、鷲尾が四年卒（お）わるのを首を長くして待っていたので、受持先生がもう二カ年あげなければならぬといってきたとき、真ッ青になって憤（おこ）った。

「そんな無法な話がありますかい」

親父は「義務」を知らなかったのだ。だから先生の方が強かった。

「無法じゃない、チャンとお上で決まったんだ。もう二年あげとかないと、これから徴兵検査にもとおらなくなるし、工場だってどこだって使わないよ。第一本人が恥ずかしいじゃないかネ」

鷲尾は尋常六年の二学期まであがって、それから工場に入れられた。賃銀は十時間労働で金七銭、米が五合あまり買えた。

三学期の終りに、受持の先生が卒業証書を持ってきてくれた。学校は嫌いではなかったが、とにかく自分の口を糊（のり）することが出来るようになったので、子供心にもホッとしたのを憶えている。


義務教育年限が延びるということは、授業料自体は無料であるとしても、そのほかの「米代、被服、学校用具」などにおいて負担が増えるうえ、子どもの就労開始が二年遅くなるわけである

から、まさに「増税より大変だわよ」となる。

しかし、義務教育八年制を一九三八年度に施行する計画も、結局、内閣の更迭によって実現しなかった。

その後、戦時体制下の一九四一年には、明治の初めから初等教育学校の名称として用いられてきた「小学校」に代わって「国民学校」が登場した（「27　過去をそのたびたびに都合よく書く――阿部知二『白い塔』」を参照）。そして、この「国民学校令」において、一九四四年度より義務教育は八年（国民学校初等科六年、高等科二年）になることが予定された。しかし、戦局の悪化で、これも実現しなかった。

そして、終戦後まもない一九四七年、「教育基本法」によって義務教育は九年（小学校六年・中学校三年）と規定され、今日に至っている。

授業料負担軽減の歩み

戦後まもなくの一九四七年に施行された「日本国憲法」第二六条第二項には、「すべて国民は、法律の定めるところにより、その保護する子女に普通教育を受けさせる義務を負ふ。義務教育は、これを無償とする」とあった。ちなみに「普通教育」とは、全国民に共通の、一般的・基礎的で、職業的・専門的でない教育を指すものと理解されている。

この「日本国憲法」の規定を承け、同年に施行された「教育基本法」第四条第一項で義務教育の年限が「九年」と定められるとともに、同条第二項で、「国又は地方公共団体の設置する学校における義務教育については、授業料は、これを徴収しない」とされ、「日本国憲法」にある義務教育「無償」の意味が、「国公立」の義務教育諸学校における授業料不徴収のことと明確にされた。一方、「私立」の学校に関しては何も規定されなかった。

二〇〇六年に改正された新「教育基本法」第八条では、私立学校がもつ公的な性質などにかんがみ、「国及び地方公共団体は、その自主性を尊重しつつ、助成その他の適当な方法によって私立学校教育の振興に努めなければならない」と新たに規定された。これを機に、自治体によっては、国公私立を問わず、すべての義務教育諸学校の授業料の実質無料化を図る動きが出てきた。さらに、高校進学率の高さもあって、授業料の実質無料化への動きが高校にも及んできている。

ちなみに、戦後の高校進学率は、一九五四年に初めて五〇パーセントを超えたが、以後、急速な勢いで上昇し、一九六一年には六〇パーセント、一九六五年には七〇パーセント、一九七〇年には八〇パーセント、一九七四年には九〇パーセントを超えた。そして、一九九二年には九五パーセントを超えるまでになった。

このように日本では、二〇世紀末には、義務教育は実質的に高校までの一二年制になっていたといっても過言ではない。近年では、急速に進む少子化への歯止めも念頭に、安心して子どもを産み育てられる環境整備の一環として、義務教育学校だけでなく、高校、さらには幼稚園や大学までを視野に収めて、授業料を全面無償化することが多くの政党・政派で論議の俎上に上りはじめている。

肝心なのは、無償化のための財源確保であるが、その方法として、①社会保障・防衛など他分野の予算の見直し、②特別会計余剰金の活用、③大企業向け優遇税制の廃止、④企業の内部留保への課税、⑤自治体合併の推進などによる人件費削減、などが挙げられることが多い。

しかし、新たな税金を課すことなしに、すべての授業料の無償化が実現できるのであろうか。『八年制』に登場する主人公の妻は、義務教育年限の六年から八年への延長を、「あんた、増税より大変だわよ」と嘆いた。近い将来、「あんた、授業料は大学まで無償になったけど、所得税や消費税がそれ以上に増えて、もっと大変だわよ」という嘆きが聞かれることになるのかもしれない。国家財政に疎い私だが、心配でならない。

引用・参考文献

・『小林多喜二・徳永直』（日本文学全集17）新潮社、一九七一年。
・文部省編『学制百二十年史』ぎょうせい、一九九二年。

16　目々が見えんせに盲学校に行かんか――壺井栄『赤いステッキ』

キーワード「特別支援学校」

盲学校・聾学校・養護学校の歩み

壺井栄（一八九九～一九六七）が一九五二年に発表した『二十四の瞳』といえば、小学校を舞台とした小説の最高傑作と言っても過言ではないであろう。瀬戸内海べりにある村の小学校に赴任した女性教師と、その年に入学した一二人の児童との触れ合いを軸に、昭和の戦前・戦中・終戦直後にわたる一八年間が描かれている。一九五四年には、木下惠介（一九一二～一九九八）監督・高峰秀子（一九二四～二〇一〇）主演で映画化され、「映画史上の傑作」とされている。

壺井は香川県小豆島で生まれ、貧困や疾病など厳しい生活環境のなかで育ち、一九二五年に上京して、詩人の壺井繁治（しげじ）（一八九七～一九七五）と結婚。プロレタリア文学運動のなかで、作家としての地位を確立した。

そんな彼女の出世作となったのは、栄の妹とその娘をモデルにした、先天性白内障で生まれつき盲目の女の子「克子」に寄せる母親の温かい情愛を描いた短編『大根の葉』（一九三八年）である。その続編『風車（かざぐるま）』（一九三九年）で克子は、障害を抱えつつも幼年期を逞（たくま）しく送り、さらに続編にあたる『赤いステッキ』（一九四〇年）では、克子が一般の幼稚園をあきらめて盲学校に通うことを決心するまでの様子が描かれている。

障害に対する治療とともに、特別な教育的配慮を必要とする「障害児」は、障害の種類によって、克子のような視覚障害児をはじめとして、聴覚障害児、肢体不自由児、知的障害児などに分けられている。「13　べからず、いけない、なりません——本庄陸男『白い壁』」で述べたように、障害児の「児」とは、現代では普通、「児童福祉法」にならって一八歳未満の者とされる。最後に挙げた知的障害児についても同じく触れられているので、ここでは、視覚障害児、聴覚障害児、肢体不自由児の教育について振り返ってみることにする。

一八八六年に「小学校令」が公布され、義務教育制度（当初は三年あるいは四年制）が確立した。その際、就学困難な子どもの扱いが問題となったが、当時の国の財政事情なども考慮して、「疾病、家計困窮、その他やむを得ざる事故」のある子どもは「就学猶予」とされた。さらに、一八九〇年に改正された「小学校令」では、就学猶予のほかに「就学免除」も加わり、視覚障害児、聴覚障害児、肢体不自由児はますます公教育から疎外されることになった。

盲人や強度の弱視者、聾（聾唖）者や強度の難聴者のための日本最初の学校は、一八七八年に古河太四郎（一八四五〜一九〇七）ら有志が開設し、翌年に公立となった「京都盲唖院」（中京区御池）である。そして、一八八〇年には東京築地に私立の「楽善会訓盲院」が設立されている。

その後、視覚障害者や聴覚障害者に対する公教育の整備はあまり進展しなかったが、一九二三年になって「盲学校及聾唖（ろうあ）学校令」が制定され、道府県に盲学校・聾唖学校設置が義務づけられるようになった。これらの学校では、知識教育よりも自活するための手段を授ける技能教育が重視され、盲学校では「鍼灸（しんきゅう）・按摩（あんま）・器楽（とくに三味線）」、聾唖学校では「理髪・裁縫・木工」などが教授された。

肢体不自由児の教育に関しては、明治中期から民間有志の努力によって開拓されていたが、国の対策は長らく不十分なものであり続けた。第二次世界大戦中の一九四一年、「国民学校令」（「15　あんた、増税より大変だわよ――徳永直（すなお）『八年制』」を参照）によって養護学校の整備がようやく推進されることになった。

「特殊教育諸学校」から「特別支援学校」へ

終戦後の一九四七年に施行された「日本国憲法」によって国民主権が確立され、基本的人権が保障されるようになると、教育面でもそれに対応した抜本的な改革が推進されていった。一九四八年には盲学校と聾（聾唖）学校が義務教育化されて、視覚障害児と聴覚障害児の就学が一応保障されるようになった。しかし、実際には、一九六〇年代前半になっても、彼らの就学率は七〇パーセントを割ったままであった。

一九七九年は、国際連合が定めた国際児童年に当たる。この年、養護学校が義務教育化され、ようやく、すべての障害児に対して就学が保障されるようになった。明治時代初期の一八七二年に「学制」が公布され、「必ず邑(むら)に不学の戸なく、家に不学の人なからしめん事を期す」と国民の開学が打ち出されたが、この理想が実現されるまでに、この年から一〇〇年あまりの歳月を要したことになる。

このように、盲学校・聾学校・養護学校は、「特殊教育」を行う別々の学校種（「特殊教育諸学校」）として法令に規定され、それぞれが独自の歩みをたどってきたが、二〇〇七年四月一日、当該児童・生徒や保護者のニーズに寄り添って対応する、同一の学校種「特別支援学校」となった。障害児が幼稚園・小学校・中学校・高等学校に準じた教育を受けられること、および、学習上または生活上の困難を克服し、自立できるようになることが特別支援学校の目的とされている。

『赤いステッキ』鑑賞

視覚障害児が登場する小説の古典とも称すべき三部作『大根の葉』、『風車』、『赤いステッキ』のうちから、『赤いステッキ』の一部を鑑賞してみよう。以下に紹介するのは、数え年七歳の兄「健(けん)」の後を追って幼稚園に通いたがる、数え年五歳の「克子」の姿である。

克子はついこのあいだまで、健が毎朝元気な声で出かけるたびに泣きながら後を追った。村のどのへんに、どんな形で幼稚園があるのかさえ知らない克子であるが、とにかく歌ったり、踊ったりするおもしろいところへ健がいつも自分を残してでかけるのだとひがみ、はだしでとびだしたりした。しかし幼稚園は遠くて方角もわからなかった。泣いて戻ってくる克子に、お母さんはある日「克も健ちゃんのように七つになったら」と聞かせると、

「よし子さんは五つでも行きよらい」

と、肩をふった。その克子に、お前は遊戯もわからん、折紙もできんのだからといったとて、どうして理解できよう。

母親が克子に、愛情深く説得の言葉をかける。

「克ちゃんよ、お前はな、目々が見えんせに盲学校に行かんか、七つになったらな」

そういって聞かせるお母さんへ克子ははげしく肩をふり、

「ええい、幼稚園い行くんじゃい」

と、手をふりあげる。

「盲学校はおもっしょいぞ、お母さんが克ちゃんなら盲学校い行きたいな。盲学校は誰っちゃ、

克をなぶったり、泣かしたりしやせん。赤いステッキくれて、それをついて歩きよったら、自動車や自転車やが突きあたらんように通ってくれる」

「どして？」

「自動車のおっさんがな、おお、あの子は赤いステッキ持っとるぞ、ははあ、目々が悪い子じゃげな。ようし、突きあたらんように横の方を走らんならん。そう思て克の横の方を通るん」

「自転車は？」

「自転車もそう思う」

克子は目をきろ、きろと動かした。いつか浜で自転車に打(ぶ)つかって血を出したのを思いだしたらしく、目を伏せて肩をすくめた。その顔つきにも心の動きがありありとあらわれていた。

「ああ、盲学校い行きたいなお母さんは——克ちゃんは幼稚園な」

「えいいん」

「ほんな、どこい行きたいん」

「盲学校行くんじゃい」

「あれっ、さっき幼稚園い行くいいよったん誰ぞいや」

お母さんはおおげさな声でいった。克子はきまりの悪いような顔つきで唇をゆがめ、

「幼稚園やこいもう好かんわい」

と、反古を捨てるようにいった。

「ほうらみい、克ちゃんだけ盲学校、えいなあ」

お母さんの頬をつうと涙が走った。

その日から〝赤いステッキ〟は克子の世界での万能の杖となった。

「克ちゃん、盲学校い行くせにえいが」

赤いステッキは克子の空想の中で翼をひろげ、その狭い世界から自由に歩きだすかのようである。どんな行きづまりも、どんな迫害も一度赤いステッキを振りまわせば解決がつくもののようであった。


「赤いステッキ」とあるが、これは、全体が真赤なわけではなく、白を基調とし、目立つように一部に赤が施されているステッキである。

なお、克子が行きたがった幼稚園であるが、明治の早い時期から都会には、師範学校などに附設された幼稚園が存在していた。しかし、広く普及したのは、一九二六（大正一四）年公布の勅令によって、幼稚園が独立した教育施設となってからである。この勅令によって初めて「保母」の資格が確立され、保育項目として、従来の「遊戯」、「唱歌」、「談話」、「手技」に「観察」が加えられた。

ちなみに、『大根の葉』、『風車』、『赤いステッキ』の三部作において克子のモデルとなった女性は、母親のひたむきな愛情と眼科医の周到な手術によって、当時としてはほとんど絶望的であった状況から脱し、モノを薄らと見分けられるところまで開眼し、成人してからピアノ教室を開くまでになったという。

引用・参考文献
・『壷井栄　芝木好子集』（日本文学全集76）集英社、一九七三年。
・中村満紀男ほか編著『障害児教育の歴史』明石書店、二〇〇三年。
・柘植雅義『特別支援教育　多様なニーズへの挑戦』中公新書、二〇一三年。

17 朝鮮人も入れてくれるかい？——金史良（キムサリャン）『光の中に』

キーワード「民族差別」

移住朝鮮人への差別

日清戦争（一八九四年〜一八九五年）・日露戦争（一九〇四年〜一九〇五年）に勝利した大日本帝国は、朝鮮半島の植民地化を進め、一九一〇年に大韓帝国を併合した（日韓併合）。それ以来、一九四五年に敗戦するまでの日本における半島支配の歴史のなかで、土地を喪失したり、日本の工業地帯の好況に引き寄せられたり、戦時下に強制連行されたりなど、さまざまな理由で来日した朝鮮人は少なくない。

彼らのなかには、日本の敗戦後、混乱で帰国できなかったり、自身の意志で帰国しなかったりして、日本に定着したという人々も少なくない。朝鮮半島では、一九四八年、南半部に大韓民国、北半部に朝鮮民主主義人民共和国が成立し、それ以来、南北分断が続いている。

日本に定着した人々およびその子孫たちは、現在では「在日コリアン」と総称されている。かつては「移住朝鮮人」とか「在日朝鮮人」などと呼ばれ、戦前・戦中期には大日本帝国の「臣民」としての権利をもっていたが、その反面、さまざまな差別を受けてきた。

終戦の前年、一九四四年における移住朝鮮人の数は約一九三万人であったという。敗戦からまもない一九四七年までに、その数は約六〇万人にまで減少している。その後、「在日コリアン」は長らく数十万人を保って今日に及んでいる。

金史良（キムサリャン）の数奇な生涯

作家の金史良（一九一四～一九五〇）も、かつて移住朝鮮人の一人であった。彼は、日本統治下である朝鮮半島の平壌（現・ピョンヤン）の裕福な家庭に生まれた。平壌の中学生（旧制）のころには、中国の北京大学を経てアメリカに留学することを夢見ていた。しかし、一九三一年、五年生のとき、反日を意図した同盟休校の首謀者と目されて諭旨退学処分を受けたために夢の実現は不可能となった。現実的な選択肢としては、皮肉にも、かねてから彼が失望を感じていた日本で学ぶしかなかった。

兄を頼って渡日し、旧制佐賀高等学校を経て、一九三六年、東京帝国大学文学部に入学している。在学中、同人誌に民族主義を基調とする小説を日本語で書きはじめ、検挙・拘留も経験している。一九三九年の卒業直後に執筆した短編私小説『光の中に』が、翌年、これまた皮肉にも芥川賞という日本の文壇の権威ある文学賞の候補作となったが、受賞は逸した。

一九四一年一二月の太平洋戦争開始とともに、「治安維持法」に基づく予防拘禁の対象として検挙されたあと、身の危険を恐れて朝鮮半島に帰ったが、すでに朝鮮の文壇では朝鮮語による執筆は許されなくなっていた。そして、海軍思想の普及宣伝に一役買わされるなどしたあと、一切の創作活動を中止する。一九四五年五月に中国の抗日地区へ脱出するが、ほどなくして終戦。

一九四六年二月、平壌に帰郷し、それ以降、朝鮮語で執筆をはじめる。一九五〇年六月に南北朝鮮の内乱（朝鮮戦争）が勃発すると、朝鮮民主主義人民共和国の人民軍に従軍作家として参加したが、撤退の際に持病の心臓病がもとで落伍し、ほどなく死亡したものと判断されている。

このように、金史良は数奇な人生をたどり、日韓のはざま、南北朝鮮のはざまで数々の苦難を経験し、三六歳で死去した。

民族差別告発の古典『光の中に』

『光の中に』は、移住朝鮮人の生活の一端が初めて描かれた小説とされる。東京帝大の学生である「私」は、帝大生が中心となって現在の東京都墨田区押上（おしあげ）のあたりの貧民街に設けられたセツルメント、すなわち社会教化事業を行う地域拠点に所属し、夜学で若者たちに勉強を教えている。「私」の苗字は「南（ナム）」であるが、日本式の「南（みなみ）」で通っている。

夜学には小学生部もあって、「山田春雄」が通っている。彼はいつも「私」にしつこくつきまとい、「先生は朝鮮人だぞう」と囃（はや）し立てるなど、露骨に嫌がらせを繰り返している。

このあたりの描写を以下で紹介していくが、底本（後掲）のままでは読みにくい部分もあるので、一部の表記を現代風に改めたうえで引用することにする。

「先生も帝大なの？」彼はほんとに驚いたのに違いなかった。
「朝鮮人も入れてくれるかい？」
「そりゃ誰だって入れてくれるさ、試験さえ受かれば……」
「嘘言ってらい。僕の学校の先生はちゃんと言ったんだぞ、この朝鮮人しょうがねえ、小学校へ入れてくれたのもありがたいと思えって」

「ほう、そんなことを言う先生もいるのかい。それで生徒は泣いたのかい」

「うん泣くもんか、泣きやしねえよ」

「そうか、何という子供だい。一度先生のところへ連れて来てごらん」

「いやだい」彼はせき込んだ。「いないんだよ、いないんだよ」


ある日、このセツルメントの無料医療部に、顔面に深手を負った朝鮮人女性が運び込まれたことから、春雄の素性が割れてしまう。


息をひそめてもみ合いながら、医療部の医師や看護婦や購買組合の男たちが、玄関口に横着けにされた自動車から一人のみすぼらしい恰好をした婦を運び込んでいる。その後から助手の李がひどく興奮しているとみえ、肩で呼吸をきらしながらはいって来るのが見えた。婦の頭は血まみれになって後へぐんなりと垂れている。春雄がその傍をぶるぶるふるえながら二三歩ついて来たが、私を見つけるとぎょっとして立ち竦んだ。私はすぐに李の方へ近づいて行って、心配そうにどうしたことだと質ねた。すると彼は歯ぎしりしながら叫んだ。

「亭主に刃物で頭をやられたんです」医療部の戸口でがやがやしていた人々は皆驚いて彼の方へ振り向いた。「あの婦は朝鮮の人です。亭主は日本人の、これはひどい悪党なんだ」それからハンカチで首筋をふこうとしたとたんに、傍の方でうろたえている山田春雄を見つけると、彼は恐ろしい勢いで少年の方へ飛びかかった。

「ちょうどこいつだ。こいつのおやじなんだ」彼は山田の手首をねじ曲げながらあたかも犯人でも挙げたように「こいつの、こいつの」と口に泡をふくんで叫ぶのだった。その声はもはや興奮のあまり泣き声にかわっていた。

　山田はひどく苦しそうに悲鳴を上げながら、

「違うんだよ、違うよ」と喚いた。「朝鮮人なんか僕の母じゃないよ、違うんだよ、違うんだよ」

　男たちが中にはいってようやく二人をひき放した。私はほとんど茫然としていたのである。李君はいきなりたって再び襲いかかり山田の背中を勢いにまかせて蹴りつけたので、春雄はよろめきながら私の方へ抱きついて来た。そしてわーっと泣き出した。

「僕は朝鮮人でないよ、僕は、朝鮮人でないんだようー、なあ先生」

　私は彼の体をしっかりと抱いてやった。私の目頭には熱いものがじーんとこみ上げて来るのを感じた。あの李のやけのような取り乱し方にしろ、またこの少年のいたましい叫び声にしろ、私はどちらも責められないような気持だった。その場へぐったりとして倒れそうであった。


春雄の母親は朝鮮人で、日本人である父親から日常的にドメスティック・バイオレンスを受け続けてきたわけである。

この小説には、日本の朝鮮支配がいかに日本人・朝鮮人双方の心を歪め、破壊してきたかが強い説得力をもって描かれている。当時、芥川賞の評議員であった川端康成（一八九九～一九七二）は、受賞を逸した『光の中に』に触れて、次のように評している。

金史良氏を選外とするに忍びぬ気持は後まで残った。金史良氏はいいことを書いてくれた。民族の感情の大きい問題に触れて、この作家の成長は大いに望ましい。文章もよい。しかし主題が先立って、人物が註文通りに動き、幾分不満であった。（後掲『金史良』九九ページ）

翻って近年の日本では、コリアン以外にも在留外国人は多岐にわたっている。その数は飛躍的に増え、二〇二三年六月末現在、三二二万人余である。多い順に挙げると、中国・ベトナム・韓国・フィリピン・ブラジル・ネパール・インドネシア・ミャンマー・米国・台湾などとなる。永住者、特別永住者、留学生、技能実習生、国際業務従事者など、在留資格はさまざまとなっている。また、居住都道府県別では、東京、愛知、大阪、神奈川、埼玉などが多い（出入国在留管理庁ホームページによる）。

日本人の人口減少が理由で、彼らの労働力に対する期待は膨らむ一方である。とはいえ、彼らの子女たちが日本の学校現場で抱えているストレスはいかばかりであろうか。民族差別を受けずに、みんなが「光の中に」生きているのであれば幸いだが……。

引用・参考文献

・金史良『光の中に　金史良作品集』講談社文芸文庫、一九九九年。
・安宇植『金史良　―その抵抗の生涯―』岩波新書、一九七二年。

18　お母さん、私は千代女ではありません――太宰治『千代女』

キーワード「作文教育」

作文教育に対する太宰のこだわり

「朝顔につるべ取られてもらひ水」の句（「朝顔や」云々とする説もある）で知られる江戸時代の俳人が加賀千代女（かがのちよじょ）（一七〇三～一七七五）である。現在の石川県白山市に生まれ、幼いころから俳句をたしなみ、一六歳のころには女流俳人として頭角を現したという。

旧制弘前高校卒、東京帝大仏文科中退、小説『斜陽』や『人間失格』などで知られる太宰治（一九〇九～一九四八）には、『千代女』（一九四一年）と題する短編小説がある。これは、少年少女への「綴方（つづりかた）」教育、現代でいうところの「作文」教育に対して、太宰が強い懸念を込めて書いた作品と言える。

小学校の校長などを歴任した小砂丘忠義（一八九七～一九三七）が昭和初期に主唱した教育運動に「生活綴方運動」というのがあった。これは、日々の「生活」を教育の中心原理に据えようとする「生活教育運動」の一環であり、綴方教育の革新を通して教育全体を改革することを目指した民間教育運動であった。

この「生活綴方運動」は、芦田恵之助（一八七三～一九五一）による「随意選題綴方」の運動や、児童文芸誌「赤い鳥」を拠点とする鈴木三重吉（一八八二～一九三六）らによる子どもの純性を育む運動などの成果をふまえ、一九二九年以降、雑誌「綴方生活」を拠点として結実している。

自らの生活をよく観察し、文章化することを通してものの見方・考え方を鍛え上げることを目指す生活綴方運動は、やがて全国的な広がりをみせたが、社会の矛盾に子どもたちの眼を大きく開かせることになりかねないこの運動は、第二次世界大戦中に官憲によって弾圧されたが、戦後一九五〇年頃から復興している。ちなみに、戦時中の弾圧の実態は、三浦綾子（一九二二～一九九九）の長編小説『銃口』（一九九四年単行本化）などによって窺い知れる。本節の主旨は、この運動の意義を正面から取り上げることではない。太宰治はこの運動に批判的だった。

雑誌への入選がもたらす逆効果

『千代女』のヒロインである和子が一二歳のとき、叔父が雑誌「青い鳥」に投書した和子の「お使い」と題する綴方が一等に当選して、選者からたいそう褒められる。さらに、叔父にすすめられて「春日町（かすがちょう）」と題する綴方（つづりかた）を投書したところ、今度はそれが同誌の巻頭に大きな活字で掲載されてしまった。

以前はよかった。本当に、よかった。父にも母にも、思うぞんぶんに甘えて、おどけたことばかり言い、家中を笑わせて居りました。弟にも優しくしてあげて、私はよい姉さんでありました。それが、あの、「青い鳥」に綴方を掲載せられてからは、急に臆病な、いやな子になりました。母と、口喧嘩をするようにさえなりました。「春日町」が、雑誌に載った時には、その同じ雑誌には、選者の岩見先生が、私の綴方の二倍も三倍も長い感想文を書いて下さって、私はそれを読んで淋しい気持になりました。先生が、私にだまされているのだ、と思いました。岩見先生のほうが、私よりも、ずっと心の美しい、単純なおかただと思いました。それから、また学校では、受持の沢田先生が、綴方のお時間にあの雑誌を教室に持って来て、私の「春日町」の全文を、黒板に書き写し、ひどく興奮なされて、一時間、叱り飛ばすような声で私を、ほめて下さいました。私は息がくるしくなって、眼のさきがもやもや暗く、自分のからだが石になって行くような、おそろしい気持が致しました。こんなに、ほめられても、私にはその値打が無いのがわかっていましたから、この後、下手な綴方を書いて、みんなに笑われたら、どんなに恥ずかしく、つらい事だろうと、その事ばかりが心配で、生きている気もしませんでした。また沢田先生だって、本当に私の綴方に感心なさっているのではなく、私の綴方が雑誌に大きい活字で印刷され、有名な岩見先生に褒められているので、それで、あんなに興奮していらっしゃるのだろうという事は、子供心にも、たいてい察しが附いて居りましたから、なおのこと淋しく、たまらない気持でした。私の心配は、その後、はたして全部、事実となってあらわれました。くるしい、恥ずかしい事ばかり起りました。学校のお友達は、急に私によそよそしくなって、それまで一ばん仲の良かった安藤さんさえ、私を一葉さんだの、紫式部さまだのと意地のわるい、あざけるような口調で呼んで、ついと私から逃げて行き、それまであんなにきらっていた奈良さんや今井さんのグルウプに飛び込んで、遠くから私のほうをちらちら見ては何やら囁き合い、そのうちに、わあいと、みんな一緒に声を合せて、げびた囃しかたを致します。私は、もう一生、綴方は書くまいと思いました。

むろん、「一葉さん」とは明治時代の作家樋口一葉（一八七二～一八九六）のことで、雑誌名「青い鳥」は「赤い鳥」のパロディーである。

「もう一生、綴方は書くまいと思」った和子は、やがて女学校に進学する。

母は時々、金沢ふみ子さんや、それから、他の娘さんでやっぱり一躍有名になったひとの噂を、よそで聞いて来ては興奮して、和子だって、書けば書けるのにねえ、根気が無いからいけません、むかし加賀の千代女が、はじめてお師匠さんのところへ俳句を教わりに行った時、まず、ほととぎすという題で作って見よと言われ、早速さまざま作ってお師匠さんにお見せしたのだが、お師匠さんは、これでよろしいとはおっしゃらなかった、それでね、千代女は一晩ねむらずに考えて、ふと気が附いたら夜が明けていたので、何心なく、ほととぎす、ほととぎすとて明けにけり、と書いてお師匠さんにお見せしたら、千代女でかした！ とはじめて褒められたそうじゃないか、何事にも根気が必要です、と言ってお茶を一と口のんで、こんどは低い声で、ほととぎす、ほととぎすとて明けにけり、と呟き、なるほどねえ、うまく作ったものだ、と自分でひとりで感心して居られます。お母さん、私は千代女ではありません。

「金沢ふみ子」については、引用文の直前の個所に、「たいへん立派な文章を書いて、それが世間の大評判になったのでした」とある。これは、作家の野澤富美子（一九二一～二〇一七）をモデルにしたものである。野澤は、太宰の『千代女』発表の前年にあたる一九四〇年に、一九歳の若さで『煉瓦女工』を著し、それがベストセラーになっていた。

作文力の真の向上法

太宰はこの『千代女』において、子どものころに思いつきで綴っただけの文章が褒めそやされると、嫉妬を買いこそすれ、当人のその後の人生にかえって悪い影響を及ぼしかねない、と言いたいようである。前掲の引用部分にも、「私」の懸念として、「この後、下手な綴方（つづりかた）を書いて、みんなに笑われたら、どんなに恥ずかしく、つらい事だろうと、その事ばかりが心配」とある。

作文教育は確かに必要である。しかし、ただやみくもに自分の思いを綴るだけでは作文の力は向上せず、きちんとした日本語の運用能力の修練をともなわなければならない、と太宰は主張したかったようである。

ましてや、現代ではSNSが普及しているので、短文によるやり取りはあっても長文を書く経験には乏しい児童・生徒が増えている。学校教育のなかで、きちんと作文の修練をする機会をどのように確保するかが課題であろう。

大人でも作文力を向上させたいと思っている人が多い。現に私も、いまだにその一人である。そんな読者を対象とした指南書も少なくないが、十数年前に私が読んで感銘を受けた本に、高知大学・関西外国語大学教授などを歴任した作文教育専門家の野内良三（のうちりょうぞう）が著した『日本語作文術』（後掲）がある。説得力があり、分かりやすい文章をどのように書くかについて懇切に指南されている。そのコツは、短文を意識すること、語順や読点に敏感になること、段落の構成や論証の仕方に気を配ること、起承転結ではなく「結」起承「転」とすること、そして定型表現をうまく使いこなすこと、であるという。本書を繰り返し読んだ私は、還暦を過ぎて自分の文章の説得力がアップしたと、改めて強く実感させられた。

これらのコツは、野内（のうち）自身が記しているように、「学校では教えてくれなかったこと、あるいは教えてくれたけれども、きちんと教えてくれなかったこと」である。

さらに同書には、「本書のモットーは『型』（パターン）の重視だ」ともある。本書には、オノマトペ（擬音語・擬態語）、慣用句、諺・格言の類など、覚えて活用すべき「型」が満載されている。型も身につけず、ただやみくもに思いついたことを書き並べても立派な「綴方」にはならない。太宰の批判の矛先も、明らかにそこに向けられている。

ちなみに、『日本語作文術』で「型」として例示されている表現は膨大な数にわたるが、オノマトペに関する例文から引用してみよう。――「あたふたと現場を立ち去る」、「いけしゃーしゃーと口にする」、「けたけた笑う」、「さめざめと泣き続ける」、「しおしおと出て行く」、「そそくさと退散する」、「つくねんと座っている」、「とくとくと喋る」、「とっぷり暮れる」、「にんまりとほくそ笑む」、「はったと睨（にら）む」、「ふつふつと湧き上がる」、「まんじりともしない」、「よよとばかりに泣き伏す」、「わなわなと震える」。

　これらを的確に使いこなすには、相当の努力が必要とされるであろう。和子の母親も言っているように、「何事にも根気が必要です」。

引用・参考文献
・太宰治『きりぎりす』新潮文庫、一九八八年改版。
・野内良三『日本語作文術　伝わる文章を書くために』中公新書、二〇一〇年。

19　すべてのことが逆立ちをしている――阿川弘之『雲の墓標』　キーワード「学徒出陣」

徴兵猶予の廃止すなわち「学徒出陣」

　一八七三年、明治新政府は「徴兵令」を公布した。二〇歳以上の成年男子に、徴兵検査を経て三年間の兵役に服することを義務づけたもので、「国民皆兵」を旨としていた。しかし、当初から猶予の規程があり、一八八九年の改正「徴兵令」では、中学校以上の在学者などは二六歳まで猶予された。そして一九二七年、「徴兵令」を改正した「兵役法」では、中学二二歳、高校・師範学校二五歳、専門学校・大学二七歳が猶予年齢とされた。

　しかし、太平洋戦争開戦の年、すなわち一九四一年の改正「兵役法」では、大学生・高校生の在学徴集延期期間は約一年のみとされた。さらに、戦局の悪化によって、一九四三年一〇月二日には勅令として「在学徴集延期臨時特例」が公布され、理・工・医・教員養成以外の大学・高等専門学校在学生の徴集延期は廃止され、満二〇歳に達した学徒は、臨時徴兵検査のうえで同年一二月一日に入営・入団することとなった。いわゆる「学徒出陣」である。

阿川弘之（一九二〇〜二〇一五）は、その前年の一九四二年に東京帝国大学国文科を繰り上げ卒業し、海軍予備学生となった。一九四四年、海軍中尉として中国に渡り、漢口（かんこう）で敗戦を迎えて抑留されたが、翌年に帰国している。

それ以後、戦時下の青春や復員体験を自伝風にまとめた小説などで作家的地位を確立した。一九五五年に発表した『雲の墓標』は、実在の海軍飛行予備学生の日記をもとに、同じ世代の阿川自身の体験と心情を投入した作品である。

阿川弘之が描く学徒出陣世代

京都帝国大学文学部で学んだ「吉野次郎」は、一九四三年一二月、学徒出陣で旧友の「藤倉晶（あきら）」らと海軍に入隊し、予備試験で航空科に合格し、茨城県土浦・鹿児島県出水（いずみ）の両航空隊での訓練を経て、一九四四年九月、大分県の宇佐航空隊に配属された。

吉野は、戦い抜くことを至上命令とする運命のもとに、自分を鍛えることだけが残された道と達観するが、これに対して藤倉のほうは懐疑的で、無意味な死を受け入れることができず、さりとて生き延びることにも虚しさを覚え、一九四四年五月に土浦海軍航空隊から、恩師で『万葉集』研究者である「E先生」に手紙をしたためる。

死ぬ可能性が高いのに「なぜすすんで操縦を志願したか」と藤倉は手紙のなかで自問し、「何にすすんだところで、結局自分の生死がそんなに自在に切りさばけるものか、露骨にいえば、偵察を志願したからとて、それで生きてかえられるという保証はなにもないという、そんな多少なげやりな気持からであったようにおもいます」と書いている。そして次のように続けている。

書き出した以上、はっきり申しあげますが、この戦争は日本の負けにおわるだろうと、私はこのごろある程度確信するようになってまいりました。先生はそうお考えにはなりませんか。私たち教育の途上にある、いわば十把ひとからげの予備学生にも、とにかく士官に準ずる資格で身を軍籍においているという、そのことだけで、おそらく学園のE先生たちが御存じない、なにがしかの機密事項らしいものが始終耳にはいって来るのですが、それから判断すれば、すでに日本と米国とのあいだには、物質の量においてちょっと想像もつかないほどの懸隔（けんかく）が生じていることは、おおよそうたがえない事実のようでございます。

手紙はさらにこう続く。

——先生。このつたない手紙を、温習のあい間あい間に教官の眼をぬすんで書きためて、もう十日になりました。一昨日からきょうまで三日間は、私たちはここから七里半ある、筑波山のふもとの小幡村という村へ野外演習に行ってまいりました。出発の朝は、四時半の起床で、私たちは雨衣を肩に背負い、雑嚢、水筒を腰につけ、三八式（つまり明治三十八年から全然進歩していない古い）歩兵銃を手に、暁闇の号令台まえに整列して、教育主任の、「諸子のこの隊装は、マキン、タラワ、およびアリューシャン列島に玉砕せる戦友たちと、まったくの同装である。こころをひきしめ、意気と熱とで、この三日間の野外演習を頑張り抜け」という、さけぶような訓辞をうけました。おおくの者が、この言葉に緊張をおぼえ、なにくそやるぞという気持に燃えたったようでございます。そして事実、私たちはよく頑張って、一名の落伍者も出さずにかえって来ました。しかし私にはこんなことも、やはり奇妙に考えられるのでございます。悪い装備で敵の圧倒的な火力のまえに、あわれに全滅した部隊の人たちと、その装備がおなじだということが、悲惨でこそあれ、どうしてそのように感動的で、私たちの張りきるよすがになるのでありましょうか。なにかしら、すべてのことが逆立ちをしているように、私には感じられてなりません。

こちらの方面へ、先生は旅をなさったことがおありだったでしょうか。筑波山のふもとの裕福そうな村々には、桐の花と藤の花がうつくしく咲いていて、蛙が鳴いておりました。巻の十四に出て来る歌々の土地でございます。私は栗の木の下に伏せをして、山椒の葉をちぎってそれを嗅ぎながら、「筑波嶺（つくばね）の石もとどろに落つる水世にもたゆらに我が思はなくに」という一首を、なんということなく思い出しておりました。かえりは猛烈な追撃退却戦で、銃は肩の肉に喰いこみ、事業服は完全に泥だらけになり、顔からは塩が吹き出しました。脚が棒のようになるという言葉が、まったく実感のある形容だということもわかりました。それだけに、航空隊へかえりついて、洗濯と掃除当番とをすませ、入浴後一と袋の砂糖菓子にありついたときの幸福感は、たとえようもありませんでしたが、私の同班の学生が、菓子を食いながら、「つらかったけど、実にいい経験だったな。」といっているのを耳にすると、私はまた突っかかりたい気持にとらえられ、それを抑えるのに苦労せねばなりませんでした。つらいこと、苦しいことがいい経験になるというのは、ながい生涯を約束された人のいう言葉ではありませんでしょうか。私にはいまの生活の、つらい苦しいことは端的にただつらく苦しいだけで、それが自己の将来によき収穫をもたらすなどとは、おもうことが出来ないのでございます。

「野外演習」の際に藤倉が「なんということなく思い出して」いたという『万葉集』巻十四所収の歌は、「筑波山(つくばさん)の岩も轟くほどに流れ落ちる水のように、漂って定まらないような気持を私は持っていないのになあ」という意味（岩波書店「新日本古典文学大系3」二〇〇二年刊、の解釈による）の相聞歌(そうもんか)、つまり、男女・親子・兄弟・友人などの間の恋慕あるいは親愛の情を述べた歌である。この歌の作者が、相手に対して「漂って定まらないような気持」をまったくもっていなかったのに対し、皮肉にも藤倉は、日本という国家の命運に対して懐疑的であった。

この藤倉に、その後、どういう運命が待ち受けていたのか。それについては、ぜひ原文を読んでいただきたい。

日本の負けをいつから予感したか

吉野や藤倉の思いは、私も含む戦後生まれの者の想像の遠く及ばないところであるが、かつて日本の大学生にはこういう世代もあったのだと心に留めておくだけでも意義はあろう。

さて、「この戦争は日本の負けにおわるだろう」と藤倉は、「このごろある程度確信するようになっ」たとある。その根拠に「機密」情報を挙げ、「すでに日本と米国とのあいだには、物質の量においてちょっと想像のつかないほどの懸隔(けんかく)が生じていることは、おおよそうたがえない事実のようでございます」とある。

こんなことを一九四四年になって初めて気づいたのかと、戦争中のことをよく知らない戦後生まれの私には、ある種の違和感を禁じ得ない。そもそも勅令「在学徴集延期臨時特例」が公布されて、大学・高等専門学校在学生の徴集延期が廃止されたこと自体、戦局が極めて悪化してきたことの証左であろう。藤倉にも、すでに学徒出陣の前に何らかの予感があったのではないか、と考えたいところである。

『雲の墓標』はあくまでも小説であり、しかも戦後一〇年が経ってから発表されたものである。しかしながら、学徒出陣世代の作家が、実在の人物が残した日記に基づいて執筆したものである以上、内容の真実性に疑義を差し挟むというのは大変失礼なことである。それに、文芸評論家の小田切秀雄（一九一六～二〇〇〇）が日本戦没学生の手記として著名な『きけわだつみのこえ　第1集』（後掲）で次のように解説しているが、当時の学生たちが軍隊内で書いた手記や手紙や日記は、普通の条件下で書かれたものではないのだ。

戦争下というだけでなく、日本軍隊の徹底した私生活支配が手紙や日記にまで及んで、すべて厳重な検閲のもとにおかれており、自由な表現は原則として行なわれていない。（中略）最後の出撃を前にしての家族あての別離の手紙までが、型どおりの軍国主義用語で書かれるのがふつうで、真情の吐露は堅く禁ぜられていた。ひそかに書いて外出のさいにポストに入れたり、面会にきた友人にこっそりと持ち帰ってもらったりという例はあるが、それはまったくの例外であった。(同書二三一～二三二ページ)

別の証言も聞いてみよう。一九四三年一〇月に東京帝大文学部国史学科に入学したのは三二名であった。彼らがともに学んだのはわずか二か月で、みな一二月一日に「学徒出陣」した。ほとんどの者が生き延び、出陣から四半世紀を経た一九六八年、うち一九名が『学徒出陣の記録』(後掲)に当時の思い出を寄稿している。そのなかから、旧制山形高校出身で、寄稿当時は東京の公立中学校教諭であった雑賀千尋(さいがちひろ)が記した、「君皇(くんのう)のために死す」と題する文章の一部を引用しよう。出陣が迫った一九四三年一〇月から一二月ころの追憶を記した部分である。

勝てると確かに思っていた者はほとんどなかった。にもかかわらず敗けることを真剣に考えた人もきわめて少なかったと思う。そしてそれが当時の私の抱いた敗けるという不安の一つの根拠になっていた。ただやみくもに死地に赴けばよいのか、勝てる見通しがなければ当然敗けた時の用意をしておかなければならないではないか。敗けるということは確かに当時の禁句であった。それを考えるというだけで不敬とされる時代であった。しかし真に国の大難に赴こうというならば、敗ける戦争をどのように敗ければよいのか、敗けた戦争をどのように処理すればよいのかをこそ究めておかなければならない。敗けることを考えることさえできない余裕のなさが、すなわち敗けることを明らかに示しているように私には思えた。あの戦争が帝国主義の侵略戦争であることや、日米間の科学的水準と生産力の相違などについて、私はほとんど何の知見も持ってはいなかったが、

唯(ただ)君皇の為めに生き、君皇の為めに死す

の一途(いちず)に育てられ、そこに純粋に自己を意義づけようとしていた一念がかえって敗けるということを私に考えさせていたのである。（同書七九〜八〇ページ）

敗戦から二三年も経た一九六八年に書かれた文章であるが、私にとっては、前掲した『雲の墓標』の「藤倉」の手紙を読んだときに感じたような違和感がまったくない。

それから数年を経た一九七〇年代前半の日本では、大学生の同棲カップルを主人公とする『同棲時代』という漫画・映画・テレビドラマが若者たちの間で大ヒットした。映画の主演は、戦後生まれの由美かおる（一九五〇〜）と仲雅美（一九五〇〜）である。原作は上村一夫(かみむらかずお)（一九四〇〜一九八六）である。

ある週刊誌は、「むかし徴兵、いま同棲」と揶揄(やゆ)した。ちょうどそのころ、私も大学生になった。しかし、同棲にはまったく縁がなかった。

引用・参考文献
・阿川弘之『雲の墓標・米内光政』（新潮現代文学39）新潮社、一九七九年。
・日本戦没学生記念会監修『きけわだつみのこえ　日本戦没学生の手記　第1集』光文社、一九五九年。
・東大十八史会編『学徒出陣の記録　あるグループの戦争体験』中公新書、一九六八年。

20　神のたよりじゃなくて悪魔のたよりだ——石野径一郎（けいいちろう）『ひめゆりの塔』

キーワード「学徒勤労動員」

沖縄地上戦の悲劇

第二次世界大戦中、政府は戦争遂行上の労働力不足を補うために、しばしば学生・生徒を強権的に動員した。これが「学徒勤労動員」である。一九四三年六月、「学徒戦時動員体制確立要綱」が閣議決定され、学徒の軍需部門への勤労動員が強化された。一九四四年三月には、「決戦非常措置要綱に基く学徒動員実施要綱」において、学徒全員の工場配置が閣議決定された。そして、一九四五年三月には、本土決戦体制に向けた極限的勤労動員体制の一環として、「決戦教育措置要綱」において、一年間の授業停止による学徒勤労総動員の体制がとられた。

大戦中の日本最大の惨事として広島・長崎への原爆投下と並び称されるのが、沖縄地上戦である。一九四五年四月一日から六月二三日にかけて、第三二軍（司令官牛島満中将）とアメリカ第一〇軍の間で、沖縄本島を舞台として戦われた。

日本軍は、沖縄決戦で米軍の艦船・航空機を撃滅したうえで最終的な本土決戦に備えようとし、多数の島民からなる防衛隊を組織した。そのなかに、沖縄師範学校女子部と県立第一高等女学校の生徒で組織された看護隊があった。その名を「ひめゆり部隊」と言い、一九四五年四月のアメリカ軍上陸に際して、総数二〇〇人の生徒が沖縄陸軍病院に動員され、六月の沖縄戦終結まで、天然の洞窟を利用した外科壕で負傷兵の看護にあたった。

アメリカ軍の圧倒的な戦力で、日本軍は首里防衛線から摩文仁（まぶに）八九高地の最終防衛線まで追い詰められ、日本軍が民間人を守らなかったこともあって、戦闘終結までの間に、約五〇万人の島民のうち一〇万人ほどが犠牲になっている。日本軍の死者は約六万五〇〇〇人であった。犠牲者の多かった摩文仁には、戦後、職員・生徒二一〇人を合祀した慰霊塔「ひめゆりの塔」が建立された。

沖縄生まれの小説家石野径一郎（一九〇九～一九九〇）は、一九二七年に小学校教師となって一〇年間勤めたあと、編集者などを経て、江戸中期の沖縄を描いた歴史小説『南島経営』（一九四二年）で作家デビューした。戦後、教師であった自らの痛苦を込めて、沖縄地上戦の悲劇を描いた『ひめゆりの塔』（一九五〇年）ほかを発表している。ご存じのように、この作品は何度も映画化・テレビドラマ化されている。

八〇〇万枚に及ぶ対日宣伝ビラ

アメリカ軍に追い立てられた「ひめゆり部隊」は、南風原（はえばる）の野戦病院を捨て、負傷兵を介護しつつ南下を余儀なくされる。その途中、少なからぬ友人、引率教師、傷病兵が死んでゆくが、「伊差川（いさがわ）カナ」や「波平暁子（なみひらあきこ）」らは米須（こめす）の洞窟にたどり着く。

アメリカ軍は、日本軍将兵隊や沖縄の一般住民の戦意を削ぎ、投降を促すことを狙って大量のビラを空から散布した。散布は沖縄戦にかぎったことではなかったが、沖縄戦の場合、わずか三か月の間に八〇〇万枚に及んでいる。その経緯については、土屋礼子の著書『対日宣伝ビラが語る太平洋戦争』（後述）に詳しい。ビラの内容は多種多様であったが、その一つが『ひめゆりの塔』でも言及されている。

男の教師は衛生兵なみで、女教師は看護婦なみだったから、生徒たちにとっては宮村婦長が直属の最高官だった。夜は文字通り寸暇もなく、昼は地下水にぬれた冷たい岩の上や糞尿のにおう湿地でも、かまわずごろりと横たわってどんよくに休息と睡眠をとった。

そのころから艦砲のつるべうちは前よりも激しくなり、もはや太鼓の音どころではなく、時計のセコンドに比すべき間隔になった。話はほとんど聞こえなかった。洞窟が今にも落盤するのではないかとあやうんでいるうちに、寝だなが揺すぶられて患者がころげ落ちた。もう、かれこれ八か月の壕(ごう)生活をつづけた彼女たちも、南風原(はえばる)の野戦病院を引き揚げてからは雨と鉄火の降りしきる中の行進で、すがたかたちはいちじるしく変わり、性格までも変化して見えた。さらに米須(こめす)の壕へきてからは、おおかたのものは普通ではなく、気ちがいとかたわと死人の集まりにひとしかった。人間は死ぬと死臭をはなち、やがてうじ虫がわきはじめたなと見ているうちに、幾日もたたずに軍服を着た白骨ができあがるというぐあいだった。死人をいやがるのはしばらくの間で、白骨ともなれば話し相手にもなった。

夜になると、おそろしい照明弾のあかりを利用し、水くみに行ったり野菜さがしで畑から畑とはいずりまわった。犠牲者は野らのいたるところに散乱し、どこまでいっても死臭は鼻につきまとう。照明弾が消えたくらやみで、歩行のじゃまするものはほとんど死骸だといっても過言ではなかった。

ある夜ひめゆりの生徒が米軍機がまいたビラをひろってきた。生徒たちはこわい物にでもさわるように手から手へ渡し、すべすべする西洋紙をなでながらかつての読書の日を思いだしていたが、やがてこっそり壕からでて照明弾の明りで読むものがいた。波平暁子(なみひらあきこ)をかわきりに、つづいて伊差川(いさがわ)カナが読んでくると、カナの尊敬者がぞろぞろとでてきて読ませてくれといいだした。暁子はさすがに警戒して許さなかったが、そのかわり中に書いてあることは全部話してきかせた。聞いていた生徒たちはおよそ内容の真実を疑わず、自分の暗い宿命に思いをはせるらしかった。

「うそとは思えない」、「勝っているほうでデマを飛ばすなんてありえない」というのが彼女たちの率直な感慨であった。しかし、暁子（あきこ）やカナは、八木軍医長にどなりつけられる。

「――今ごろは米軍の物量も底をつかなければならんわけだ。皇軍（こうぐん）のやり方を見ればわからんはずはない。われわれの境遇を袋のねずみと考えるようでは、おろかものというか近視眼というか、全く問題にならない。袋の中におびき入れられたのは、ほかならぬ米軍なんだ。日本軍が戦いに負けていると思うものは手をあげろ。――ないか。それでよし。これからの戦いは、沖縄上空に友軍機が千機も飛べばたくさんだろう。制空権はそれでじゅうぶん確保できる。わかったな。デマのビラに迷わされるな。ビラを読んではならん。苦しいときの神頼みというからお前たちの気持ちもわかるが、米軍のビラは神のたよりじゃなくて悪魔のたよりだ」

この軍医の言葉のほうこそ、まったくの「デマ」であった。

ところで、学業半ばで動員された彼女たちが、文字を読むことに飢えていたことは想像に難くない。ビラを拾った衝動には無理からぬものがある。引用文中に、「すべすべする西洋紙をなでながらかつての読書の日を思いだしていた」とある。ビラは活版印刷されたものではなく、手書きの文字を石版で起こしたものなどであった。彼女たちは、活字というより「文字」そのものに飢えていたのである。

土屋の前掲書によると、米軍の沖縄上陸前後の三月二五日から四月一七日までに上空で撒布されたビラは約五〇〇万枚で、ハワイのオアフ島などで印刷されて持ち込まれたものであったが、その後のビラ印刷は沖縄沖に停泊する三隻の戦艦内の印刷所で行われており、そのうち、住民向けのビラは八点あったという。

宣伝ビラ「シマ　ノ　ヒトビト　ヘ」

『ひめゆりの塔』の上記引用文中に、「生徒たちはおよそ内容の真実を疑わず、自分の暗い宿命に思いをはせるらしかった」とあり、これが八点のうちのどのビラに該当するのかは定かではないが、土屋が前掲書一九八ページで詳しく紹介している、全文カタカナで書かれた「シマ　ノ　ヒトビト　ヘ」と題するビラであった可能性も高いと思われる。その全文を転載しよう。

キョウリョク　ナ　グンカン　ト　タクサン　ノ　ヒコウキ　ニ　マモラレテ　アメリカノ

グンタイ　ハ　コノシマ　ニ　ジョウリク　シマシタ。シカシ　アメリカ　ノ　ヘイタイ　ハ　シマノヒトビト　ヲ　キヅツケニ　キタノデ　ハ　アリマセン。アメリカ　ノ　ヘイタイ　ハ　ニッポン　ノ　ヘイタイ　ト　センソウスル　タメニ　ジョウリク　シタノデス。アナタガタ　ハ　センヂョウ　ヤ　ニッポン　ノ　コウバ　ヤ　イロイロナ　シセツ　カラ　ハナレテ　ヰルト　ケガヲシタリ　コロサレタリ　スル　ヨウナコト　ハ　アリマセン　センソウガ　シズマッテ　カラ　ワレワレ　ハ　アナタタチ　ニ　タベモノ　ヤ　ミズ　ヤ　タバコ　ヲ　サシアゲマス。ソノウエ　ケガ　ノ　テアテ　モ　シテアゲマス。アメリカジン　ハ　ヒジョウ　ニ　シンセツデ　アナタガタ　ヲ　シンセツ　ニ　トリアツカヒマス。アナタタチ　ガ　モシ　ワレワレ　ノ　イフヨウニ　シタナラバ　スコシモ　シンパイ　スルコト　ハ　アリマセン

以上の文面はビラの裏面で、表面には、「米軍は皆様の友達です」とのタイトルと、両親と幼い姉弟のイラストが載っている。以下は、このビラを紹介した土屋の重い言葉である。

「沖縄戦では、本土から来た日本兵だけでなく、民間人である沖縄住民が一〇万人近くも死に追いやられたことを忘れてはならない。宣伝ビラは彼らの命を救えなかったのである」

ちなみに、学業半ばで戦争に駆り出された学徒が「文字」に飢えていたのは、学徒出陣（「19すべてのことが逆立ちをしている――阿川弘之『雲の墓標』」を参照）該当者の場合も同様であった。『きけわだつみのこえ』（「19」参照）に収録されたある戦没学生の日記の一部を引用してみよう。一九四四年二月一六日付となっている。

空白な時間には、書物へのノスタルジーが沸々とたぎってきた。（中略）文字の方は手当たり次第、目につき次第むさぼった。（中略）新聞はいかなる古新聞でも、たとえば私物の泥靴を包んでおいたぼろぼろの新聞まで読み尽くしてしまった。食器箱の下に誰かが投げ込んでおいた半年ほど前の内閣のパンフレットを手にした時は、ほとんど一週間もかかってそれを読み返し読み返しした。（中略）メンソレータムの効能書を裏表丁寧に読み返した時などは、文字に飢えるとは、これほどまでに切実なことかとしみじみ感じた。（同書一三七ページ）

ちなみにこの学生は、一九四五年四月、朝鮮半島済州島沖で戦死している。二二歳であった。

引用・参考文献

・石野径一郎『ひめゆりの塔』旺文社文庫、一九七二年。
・土屋礼子『対日宣伝ビラが語る太平洋戦争』吉川弘文館、二〇一一年。

第5期（一九四六年〜一九六九年）

参考年表

一九四六（昭和二一）年　天皇が詔書で自らの神格を否定／「日本国憲法」公布（翌年施行）。

一九四七（昭和二二）年　「教育基本法」「学校教育法」公布／新学制による小学校・中学校発足／日本教職員組合結成。

一九四八（昭和二三）年　新制高等学校発足／盲・聾唖（ろうあ）児童・生徒の就学義務化／文部省著作の中高生用教科書『民主主義』上巻発行（下巻は一九四九年）／全日本学生自治会総連合（全学連）結成。

一九四九（昭和二四）年　日本初のＡＩＤ児が慶應義塾大学病院産婦人科において誕生。

一九五二（昭和二七）年　駿台（すんだい）予備校が学校法人として認可（河合塾は一九五五年、代々木ゼミナールは一九五九年）。

一九五四（昭和二九）年　義務教育の政治的中立などを謳ういわゆる「教育2法」公布。

一九五七（昭和三二）年　佐賀県教職員組合による定員削減反対の大規模休暇闘争／教職員の勤務評定をめぐり教育委員会と組合が各地で対立（〜一九五九年）。

一九六〇（昭和三五）年　新「日米安全保障条約」批准反対デモに多くの大学生・高校生が参加。

一九六五（昭和四〇）年　慶大生が学費値上げ反対で全学授業放棄（以後、多くの大学で同様事態）／家永三郎が教科書検定を違憲として国に損害賠償請求訴訟。

一九六八（昭和四三）年　日大・東大など全国一一五大学で紛争発生（いわゆる「大学紛争」～一九六九年）。

21　敗戦が古い秩序をぶちこわした――石坂洋次郎『山のかなたに』　キーワード「民主主義」

民主主義の「生みの苦しみ」

第二次世界大戦終結後まもなくのころまで、多くの小学校（国民学校、「15　あんた、増税より大変だわよ――徳永直『八年制』」を参照）や旧制中学校には「奉安殿」あるいは「奉安所」と呼ばれていた施設があった。「御真影」（天皇・皇后の写真）や「教育勅語」の謄本などが納められていた場所である。

御真影の下賜がはじまったのは一九一〇年代であり、天長節（天皇誕生日の前身）・紀元節（建国記念の日の前身）などの祝賀式典の際には、職員・生徒全員が御真影に対して最敬礼し、校長が「教育勅語」を奉読した。また、登下校時や前を通過する際には、職員・生徒すべてが服装を正してから御真影に最敬礼するようにと定められていた。

これらの奉安殿・奉安所は、敗戦後の一九四五年一二月、GHQ（連合国軍最高司令官総司令部）の「国家神道廃止令」のなかで撤去指令が出され、一九四八年までに撤去されている。

それらがまだ散見された一九四七年の、ある旧制中学校を舞台とする長編小説に、石坂洋次郎（一九〇〇〜一九八六）の『山のかなたに』がある。石坂は青森県に生まれ、慶應義塾大学国文科を卒業している。高等女学校で教鞭をとるかたわら創作を続け、戦後は、民主主義思想に立脚した健全な青春性と庶民的正義感、それに加えて適度のユーモアとエロティシズムを作風の基調とした新聞小説で一世を風靡した。

一九四七年六月から一〇月にかけて「朝日新聞」に連載された『青い山脈』が代表作であり、舞台は旧制高校と旧制高等女学校である。第一部でも述べたように、一九四九年に映画化もされている。これに比べると、『山のかなたに』はさほど知られていない。一九四九年六月から一二月にかけて「読売新聞」に連載され、一九五〇年には映画化もされている。こちらのほうは、前掲したように旧制中学校が舞台である。

いずれも、終戦直後の新時代のなかでの生徒・教師間、生徒同士、教師同士の葛藤が鮮やかに描き出されている。その葛藤は、「日本国憲法」を基盤にしてはじまったばかりの民主主義の「生みの苦しみ」を象徴するものであった。

民主主義教育の副読本になり得る『山のかなたに』

『山のかなたに』に描かれているのは、一九四七年当時の、東北のある旧制中学校（架空の「奥羽中学校」）の混乱・荒廃ぶりと、そこから立ち直ろうとする教師や生徒たちの奮闘ぶりである。これまでに紹介した多くの作品と同じく、底本（後掲）のままでは読みにくいと思われるので、表記を適宜、現代風に改めたうえで引用しよう。

――敗戦が古い秩序をぶちこわした。

学校の場合、戦争に協力する教育の陣頭に立たされた校長や幹部職員は、指導力を失い、職員間から投票で選ばれた六人の運営委員が、合議制で、いわゆる民主的な新教育の方針を樹て、その運営に当っていた。選ばれた六人は、独身者か、でなければ、生活に困らない環境にある者ばかりだった。つまり、衣食に事を欠かない連中だけが、まともな口を利いていられる、空白の時代だったのである。

上島（うえしま）健太郎も運営委員の一人だったが、委員会の討議が、ともすれば独善的、観念的に陥り、厳しい現実から遊離しそうな傾向にあることを、彼はいつも苦々しく思っていた。

英語の教師「川井」は、戦争中、右翼の英語亡国論に共鳴して自分の授業時間を軍事訓練に割いたりしていたが、敗戦後は態度を豹変し、自称「民主派」として幹部職員の戦争責任を追及する急先鋒の一人になり、委員会では「保守派」の上島健太郎とことごとく対立していた。以下は、ある日の運営委員会の模様である。

「教育の民主化は、職員の封建的な意識を清算することが第一だと思いますが、生徒の話ですと、いまでも登校下校の際、元の奉安所に頭を下げる職員がおるという事ですが……。どうも困った事ですな。ハハハハハ」
「ああ、川井君」と、間宮校長は顎ひげに手をやりながら苦笑した。
「奉安所にお辞儀をする職員というのはわしのことじやろう。何しろ三十年間も続けてきた習慣だから、ウッカリやってしまうんだね。気をつけましょう……」

「川井派」つまり「民主派」の「杉本」と「正岡」が発言する。

「職員の封建的な意識を清算する。——大賛成！」と、川井派の杉本教師が、煙草の煙を吐き出すのと一緒に、傲然とうそぶいた。

「いや、まったく、どんなに民主的な教育方針が樹てられても、それを実践する教師が旧態依然たる人間では、仏つくって魂入れずですからな」と、やはり川井派の正岡教師が、頭のフケをテーブルに掻き落すような仕草をしながら、もっともらしい註釈を加えた。

「保守派」の上島健太郎が皮肉を咬（か）ませる。

「君らのいうことはもっともだよ。古い意識を清算する。これあたしかに必要なことだが、しかし非常にむずかしい事だと思う。そういう点で、僕は君らが、戦争中の意識を切り換えた見事さにいつも感心してるんだ。どうだろうね。川井君、杉本君、正岡君たちで、全職員、いや、生徒も全部聞いた方がいいね、講堂あたりで、戦争中から今日までの諸君の魂の歴史――精神史かね、そういうものを、よく分るように話してもらいたいと思うのだがね。その方が、こんな委員会を百ぺん開催するよりも、学校の民主化にはるかに役立つと思うんだ」

針を含んだ健太郎の提案は、ただ一人の味方である、歴史担任の溝口（みぞぐち）教師によって、大げさに確認された。

「それそれ。民主主義の選手たちに物を聞く会だな。同僚や生徒の蒙（もう）を啓（ひら）くには、その手にかぎるて……」

健太郎は目顔で溝口を抑えて、もう一本の針をうちこんだ。

「ただしだな、その場合、諸君の話を聴いて、諸君の意識の成長発展史に真実性を認めるか否かは、第三者である傍聴者の権限に属する事だからね」

民主派は目を外らせて黙っていた。

溝口が「問題を具体的に」せよとたしなめる。

「それでは……」と、柏教頭が、落ちついてはおるが、ひどい素早い動作で立ち上った。

「この頃、生徒の中でわしらに礼をしない者がチョクチョクあるんだが、聞いてみると、職員の中で、先生だからっていちいちお辞儀をする必要がないと教える人があるとかいうんだが、これはいったいどういうものでしょうかの？」

川合は赤くなつた。

「そう言ったのは僕です。お辞儀なんてものは、相手に敬意を感じた時、自然に出てくる動作だから、教師と生徒という偶然の関係だけで、形式的なお辞儀をする必要がないというのが僕の信念です。お辞儀がやたらに多いのは、日本の社会の恥ですよ」

「その通りだ。日本人が安っぽくお辞儀をする習性が沁みついたのは、封建的な階級制度の社会で、特権階級が一般大衆に強制したことにはじまるんだ。一種の奴隷的風習だな」と、正岡教師も一票を投じた。

「その論法でいくと、われわれ職員の間でも、校長や教頭にお辞儀をする必要なしということになりそうだな」

剣道や柔道ができて、人柄が素朴で単純な溝口は、そう言い出せば、相手が困るだろうと思ったのである。

「いや、溝口君」と、間宮校長は、塩を嚙んだような苦い顔をして、「君の言ったことは、すでに実行済みですよ。もうずっと前から、わしは一部の職員から、お辞儀を忌避されていますよ。つまり、わしにそれだけの人格が無いんじゃろうな」

溝口は唖然とした。自称民主派のグループは、さすがに間宮校長から目を外らせた。健太郎は、腕組みで胸を固く抱き締め、興奮しそうになるのを抑えつけて、

「川井君や正岡君の意見は、一応理屈が通っているようだが、非常に平板で浅薄だと思うね。君らの考え方でいくと、子供は、両親が性的快楽にふけった結果生れたものだから、両親に対して義務や責任を感じなくてもいい。また上級生ともなれば、一人前の大人の状態になりかけてるのだから、酒も煙草も、女を買うことも差支えない。授業が退屈だったら勝手に教室から、出ていく権利がある。――そういう事も、君らは認めるのかね？」

息づまるような数刻の沈黙のあとで、川井教師が吐き出すように、
「君は……反動だよ」
そう言うのが、戦時中、都合のわるい相手に「米英思想」というレッテルを貼りつけたのに似ている。昨日の今日、日本人の本質はそう変る筈がないのだ。

こうして、自称「民主派」は民主主義の意味をはき違えていて、かえって「保守派」のほうが、実は民主主義の本質をわきまえていることが明らかになる。

文部省著作の教科書『民主主義』

前掲のように、この小説の舞台は一九四七年の旧制中学校で、新聞に連載されたのは一九四九年である。間に挟まった一九四八年と翌一九四九年、文部省は自らを著作権者とする、新制中学・新制高校の生徒を対象とした教科書『民主主義』（上下二巻、後掲）を発行した。その下巻（第十四章「民主主義の学び方」）には、生徒を諄々と説き伏せるように、次のように書かれていた。

民主主義の社会にも、各個人の能力や人格や経験の高下、大小に応じた秩序がなければならない。すぐれた才能と、深い経験と強い責任感とを持つ人が、みんなから推されて重い任

務を受け持ち、おおぜいの人々を指導する立場に立つのは、当然なことである。学校では、そういう意味で、先生が生徒を指導するのである。学校生活を貫ぬくものは、上からの強制による秩序でもなく、わがままかってを許す無秩序でもなく、先生と生徒との間の人間としての責任と尊敬とを基礎とする民主的な秩序でなければならない。（同書三〇三ページ）

戦後まもなくのころから十数年間の日本は、新聞小説を家族そろって愛読するという時代であった。当時の中学生・高校生のうちには、学校で教科書『民主主義』を用いて民主主義の理念を学び、家庭で新聞連載の『山のかなたに』を読んで、それを具体的・実践的に学んだ者も少なくなかったと思われる。『山のかなたに』は、『青い山脈』と並び、今日なお民主主義教育の副読本としての命脈を保っていると言っても過言ではないであろう。

『山のかなたに』からの引用文の最後にあるように、「昨日の今日、日本人の本質はそう変る筈がないのだ」。真の民主主義社会は、この小説のタイトルと同じく、遠い「山のかなたに」実現するものなのかもしれない。

引用・参考文献

・石坂洋次郎『山のかなたに』新潮文庫、一九五四年。
・『文部省著作教科書　民主主義』径書房、一九九五年（原本は教育図書刊、上巻一九四八年・下巻一九四九年）。

22 村がほろびると思って、こらしめてやった――田宮虎彦『異端の子』

キーワード「いじめ」

「シベリア抑留」はソ連の日本人「いじめ」

第二次世界大戦末期の一九四五年八月九日、ソビエト社会主義共和国連邦（ソ連）は、「日ソ中立条約」を一方的に破棄して対日参戦した。ソ連の国家権力は、唯一の合法政党であるソ連共産党が独占していた。

満州（中国東北部）・樺太（サハリン）などでは、捕虜となった日本軍兵士と一部民間人が、ソ連の手でシベリアから中央アジアに至る各地へ移送されて強制収容所（ラーゲリ）に入れられ、酷寒のなかで鉄道建設、石炭採掘、道路工事、農作業などの労働に従事させられた。その数は約六四万人で、二年から四年、長い場合は一一年もの収容所生活を余儀なくされ、死亡者は六万二〇〇〇人に達した。帰国は一九四六年一二月にはじまり、一九五〇年までにほぼ終了した。

この「シベリア抑留」は、ソ連による国際法違反の「日本人いじめ」であったと言ってよい。しかも、帰国した日本人は、「シベリア帰り」、つまりソ連によって恐ろしい共産主義を洗脳された危険人物と見なされて、日本人同胞からもいじめを受けるといったことが少なくなかった。

教育現場におけるいじめ問題、これは古くて新しい問題である。子ども社会におけるいじめは、大人社会のいじめの反映、ひいては大人社会の価値観の反映であると言ってよい。この点はもっと強調されてもよいのではないだろうか。

田宮虎彦（一九一一～一九八八）が一九五二年に発表した『異端の子』は、そんな「いじめ」を扱った小説である。なお、底本（後掲）における表記は「シベリヤ」となっているが、以下の引用紹介では、私が勝手に「シベリア」と統一している。

田宮は東京に生まれ、東京帝大国文科卒業後、さまざまな職業を転々しながら創作を続け、戦後まもなく、没落士族を描いた歴史小説で注目を集め、作家活動を軌道に乗せた。『異端の子』に典型的に示されているように、彼の作品には、弱者へ同情を注ぎながらも、絶望的な状況を如何ともしがたく、破滅に向かうという筋立てのものが多い。

絶望の極み『異端の子』

「粟沢万治（あわさわまんじ）」は、もとは東京で小学校の教員をしていた。戦後、シベリアに抑留されたのちに帰国している。一九四五年三月の東京大空襲で焼け出された妻と二人の子（「美津子」と「良一」）とともに、四人で某県の「西鷺村（にしさぎむら）」に転居してきた。美津子は四年生に、カリエスを患う弟の良一は二年生に編入された。父の万治は教員の辞令が下りることを期待するが、「シベリア帰り」だという理由で不採用となり、「ブローカーの使い走り」などをして糊口（ここう）をしのいでいた。

ある日、美津子が同じ四年生の児童たちからいじめに遭う。

うしろから、男の子の一人が不意に、美津子を力いっぱいつきのめした。よろよろとよろけかかるのを、別の一人が美津子の髪をつかんで、ひき倒した。

美津子が、また、砂を噛んで倒れると、数人がひしめきあうように倒れた美津子におそいかかり、蹴ったり、つねったり、砂にまみれた美津子の髪をひきむしったりした。美津子は、そんな男の子の手にまじって、柔らかい女の子の手もあることを感じた。美津子は、おし伏せられながら、手足をばたつかせて身もだえした。手あたり次第に爪をたてて相手の顔といわず、手といわずかきむしった。

やっと口が自由になった時、美津子は砂の上におしふせられたまま、

「私が何をしたのよ、なぜいじめるのよ」

とわめいた。

折れた松の枝で、美津子の胸をおしつけていた小鷺（こさぎ）部落の吉田清吾が、

「われのうちでは、宮様がおいでになった時、日の丸たてたか」

といった。吉田清吾は六年の男の委員長であった。だから、清吾がそういった時、美津子にはそれが自分をとりまいているものすべての意見であることがわかった。

美津子の家には日の丸の旗がなかった。もとからなかったわけではない。美津子の家がまだ空襲を受けないで東京にあったころには、旗日（はたび）にはもちろん、町内に出征人があるたびに軒にかかげたことも覚えている。しかし、その日の丸の旗も空襲で家が焼かれた時、焼けてしまい、それきり美津子の家には日の丸の旗はなかったのだ。

美津子は吉田清吾をみあげて、

「旗がない」

と叫んだ。すると、清吾は、松の枝の先きにぐっと力を入れて美津子の胸板をこづきながら、

「ナニ、旗がない、ごたくぬかすな、日本人の家に、日の丸の旗がなくて、それでも、われたちゃ日本人か」

とわめいた。


美津子はやがて、「赤」と赤インキで書いた紙などを顔や背中や袖にはりつけられ、棒で突かれながら歩かせられる。次いで、弟の良一もいじめに遭う。

四年生のかたまりの前には、松葉杖をこぎながら良一が、ひょろひょろ歩いていた。良一の背中にも赤と書いた紙がはりつけられていた。午後の授業の鐘が鳴った時、四年生の池田大平

と増谷金市とが、良一が両脇にかかえている松葉杖を力まかせにひったくった。それは、何もはじめから二人がいいあわせてしたことでなかったが、鐘がなりはじめた瞬間、良一のすぐうしろにくっついていた二人が、まるでいいあわせてでもあったかのように、同時に良一から松葉杖をひったくったのであった。

良一は、刹那（せつな）にうしろへひっぱられたかたちになった。カリエスになってから、成長からとりのこされていた両脚が、泳ぐように踊ったと同時に、真直ぐな上半身を支えた腰が、瓦（かわら）の落ちたようなボソンという音をたてて、地面に落ちた。良一の口からかすかな呻（うめ）き声がもれた。だが、昂奮（こうふん）している子供たちに、その呻き声がきこえようはずがなかった。その時、子供たちは、一斉にワッと喊声（かんせい）をあげて、午後の授業のはじまる教室に走りこんでいった。

いじめはさらにエスカレートしていき、警察が捜査に乗り出すが……。

問題には、もちろん、警察の手がのびた。五十人近い小学生と、その父兄と、小学校の校長や教師たちが豊野町にある佐木地区署に任意出頭の形で呼び出されたが、大人たちは皆、そんな事件があったことも知らなかったといいはった。良一の受持教師の林も、美津子の受持教師の根本もその中にいた。もちろん、二人とも、一向に知らなかったといった。ただ、子供たち

は、刑事の尋問するままに、

「栗沢の家はシベリア帰りの赤で、宮様がおいでになった時も道普請にも出なかったし、日の丸の旗も出さなかった悪い奴だから、そんな奴が村にいては、村がほろびると思って、こらしめてやった」

と答えた。五十人近い生徒が、誰も別に悪いことをしたと思ってもいず、むしろ、正しいことをしたといった誇りを頬にうかべて、にこにこ笑いながらそれを答えた。子供の言葉というよりは、誰か大人のいった言葉をそのまま暗誦していっているような単調ないい方に聞えた。もっとも、借りものの言葉をいうような単調ないい方は、表てだった場所に出た時、四十、五十の大人でも言う場合がある。

大人社会のいじめが子ども社会に反映

ここで描かれているいじめは、前述したように、大人社会のいじめの反映、ひいては大人社会の価値観の反映であると言ってよい。取り上げておいて言うのも恐縮であるが、私はこの作品のもつ「重さ」や「暗さ」に耐えきれない。原文には、美津子や良一が受けたいじめの、もっと凄惨な場面もあるが、とても引用するに忍びない。

ましてや、いじめ問題全般に対し、門外漢の私がコメントするのは憚られる。よってここでは、いじめ問題を根本から理解するうえでの必読文献と定評のある、内藤朝雄(あさお)が著した『いじめの構造――なぜ人が怪物になるのか』（後掲）から、『異端の子』のいじめた側の児童たちの心理を的確に分析していると思われる一節を引用させていただく。内藤の分析は、この小説の内容に向けられたものではないが、まるでその現場にいて書いたかのような強い説得力をもっている。


いじめは、そのときそのときの「みんな」の気持ちが動いて生じた「よい」ことだ。いじめは、われわれが「いま・ここ」でつながっているかぎり、おおいにやるべき「よい」行為である。いじめで人を死に追い込む者は、「自分たちなり」の秩序に従ったまでのことだ。

大勢への同調は「よい」。ノリがいいことは「よい」。周囲のノリにうまく調子を合わせるのは「よい」。ノリの中心にいる強者（身分が上の者）は「よい」。強者に対してすなおなのは「よい」。

「悪い」とは、規範の準拠点としてのみんなのノリの側から「浮いている」とかムカツクといったふうに位置づけられることだ。自分たちのノリを外した、あるいは踏みにじったと感じられ、「みんな」の反感と憎しみの対象になるといったことが、「悪い」ことである。（同書三九～四〇ページ）

引用・参考文献
・谷崎潤一郎ほか編『井上友一郎　田宮虎彦　木山捷平』（日本の文学64）中央公論社、一九七〇年。
・内藤朝雄『いじめの構造　―なぜ人が怪物になるのか』講談社現代新書、二〇〇九年。

23　外人みたいに話せば外人になってしまう——小島信夫『アメリカン・スクール』

キーワード「英語コンプレックス」

敗戦後の日本人の英語コンプレックス

「1　僕があんまりアイデヤルだもんだから——坪内逍遥『当世書生気質』」で見たように、日本人の西洋コンプレックス、欧米コンプレックス、とりわけアメリカコンプレックス、そして、日本語で表現すればすむ場面でもやたらに英単語を混在させたがることに象徴される「英語コンプレックス」は、幕末のペリー来航後まもなくのころから現れていたようである。

さらに、第二次世界大戦で日本は、アメリカに完膚なきまでに打ちのめされた。戦争中、英語は敵性語として使用を制限され、一九四三年には、野球の「セーフ」は「安全」、「アウト」は「ひけ」、「ファウル」は「圏外」などと言い換えさせられていた。しかし、終戦からわずか一か月後、アメリカ軍が進駐してまもなくの時期には、小川菊松（一八八八〜一九六二）が編集した三二ページの小冊子『日米会話手帖』がベストセラーになっている。わずか三か月で三六〇万部も売れたというから驚きである（井上ひさし『完本　ベストセラーの戦後史』文春学藝ライブラリー、二〇一四年刊による）。

そして、一九四七年に義務教育となった新制中学校では、「外国語」、実質的には「英語」が必修教科となった。英語コンプレックスに悩まされることが国民の義務といっても過言ではない状況が現出したわけである。

小島信夫（一九一五〜二〇〇六）が一九五四年に発表し、芥川賞を受賞した短編『アメリカン・スクール』は、日本人の英語コンプレックスを見事に照射した小説である。小島は岐阜県に生まれ、東京帝大英文科を卒業している。戦後、明治大学工学部教授などとして英語を教えつつ、旺盛な文筆活動を展開した。

『アメリカン・スクール』は、戦後三年を経た一九四八年の冬のある日、日本人の英語担当教師たち三〇名ほどが、向学のために県庁学務部の役人に伴われてアメリカン・スクールの授業を参観するという話である。

二種類のコンプレックス

参観に加わった教師のうち「山田」は、英語に堪能で自信に満ちあふれている。

一週間まえ打合せの時、その男はいく度も手をあげて係の役人の柴元に質問をした。
「私たちはただ見学をするだけですか」
「というと？」

「私たちがオーラル・メソッド（日本語を使わないでやる英語の授業）をやってみせるというようなことはないのですか」

「それはあなた、見学ですからね」

係りの者はそのガッシリした柔道家のようなからだをゆすぶり声を一段と高くした。

「この承諾を得るためには、われわれ学務部は並大抵でない苦労をしたんです」

するとその男は口惜しそうにだまってしまった。

一方、「伊佐」という男は、英語教師でありながら英会話が大の苦手であった。

伊佐は英語を担当しているというだけで選挙の時に通訳にかり出されて、ジープに乗って村々の選挙場をまわったことがある。選挙はすべて占領軍の監督の下に行われたのだ。彼は英語の会話をしたことはそれまで一度もなかったし、自分が英語を教えている時、会話が出てくるとくすぐったいような恥(はずか)しい気持になった。まだ三十そこその男だが、平素英語の話をさせられるのを恐れて、視察官が来た時、二日前から学校を休み、熱もないのに氷嚢(ひょうのう)をあてて臥(ね)ていたことがある。選挙場まわりのジープに乗せられた時も、彼は又もやこの仮病を用いるつもりでいたが、軍政部に登録されていて休むと、何をされるか分らなかった。彼はある黒人と

乗合せになったのだが、その時彼はとたんに、英語で、
「お待たせいたしましてまことに相すみませんでございました」
と言ったが、相手には分らないらしくて、彼はそれを三度ばかりくりかえし、やっと相手は伊佐の顔を穴のあくほど眺めた。それは余りにもオーソドックスな、ていねいな英語であったからだ。

(伊佐はいく日も前からその英語を用いることを考えてくらしていた)

伊佐はそれから遂にゴウ、ストップの二語以外は何も云わなかった。彼はその日の五時間くらいのあいだは釜の中で煮られるような思いですごした。その実相手にとっては、彼はジープの中で眠りつづけていたも同然で、もちろん何の役にも立っていなかったのだ。

いよいよアメリカン・スクールの参観である。先に到着した伊佐に、アメリカ人女生徒たちの立ち話が聞こえてきた。

彼はこのような美しい声の流れてある話というものを、なぜおそれ、忌みきらってきたのかと思った。しかしこう思うとたんに、彼の中でささやくものがあった。

(日本人が外人みたいに英語を話すなんて、バカな。外人みたいに話せば外人になってしまう。

そんな恥しいことが……）

　彼は山田が会話をする時の身振りを思い出していたのだ。

（完全な外人の調子で話すのは恥だ。不完全な調子で話すのも恥だ）


しばらくして、すべての参観者が到着する。


　参観者は生徒のじゃまをしないように二列になってすすんだ。山田が校長ウイリアム氏にへばりついていた。ウイリアム氏が発声すると山田は片手をあげて、ふりかえり何ごとかをしゃべるのだ。それが順々に逓伝（ていでん）されてくる。それは誰が発案したともなくいつのまにかそうなってしまったのだ。そしてそれは、まだ生々しい軍隊の命令伝達のやり方や、防火バケツの手渡しの記憶がのこっていたせいであろう。ミチ子は伊佐の前にいたが、ミチ子を経て伊佐に伝わるまでには時間がかかった。そして逓伝者のおどろきの部分だけが伊佐の耳に伝わった。

　ウイリアム校長というより、通訳者山田の第一声は、次の如きものであった。

「私たちのアメリカン・スクールの校舎は日本のお国のお金で建てたものです。お国の建築屋が要求通りにしないのとズルイために、ごらんの通り不服なものなんですが。第一、経費も本国の場合とくらべると約五分の一です、明るさというのが私たちアメリカ人のモットーなのですが、まだまだこれではそのモットーに添っていません。ここの生徒は一クラス二十人です。まだこれでも多すぎます。十七人が理想なのです。お国の学校は七十人だそうですが、あれはいけません。（中略）なぜならばそんなに多くては団体教育になり、軍国主義になるもとにちがいないからです」

英語教師でありながら英会話を苦手としている「伊佐」が英語コンプレックスを抱いているのは当然としても、英語に堪能であると自負している「山田」でさえ、一クラスは「十七人が理想」だの、「お国の学校は七十人」では「軍国主義になるもと」だのという校長の言を聞いたとき、コンプレックスを抱かざるを得なかった。

これは、英語コンプレックスというよりアメリカコンプレックスであるが、実はこの小説で山田は、戦時中は日本陸軍の「将校」だったという設定になっている。敗戦国の元将校にとっては、戦勝国に改めて強く掻き立てられた当然のコンプレックスであった。

克服に向かう日本人の英語コンプレックス

伊佐が抱えているような、読解（読む・書く）はそこそこできるが、会話（聞く・話す）は苦手という日本人に多い英語コンプレックスには、私も悩まされてきた。このコンプレックスの正体は、自意識過剰と完璧主義にあるとよく指摘される。伊佐の「お待たせいたしましてまことに相すみませんでございました」ではないが、私も、アメリカ人との会話のときに、うまく話そうと思ったり、文法的にまちがいのない英語を話そうと思ったりしたため、余計に話せなくなってしまったことが何度もある。

こんな英語コンプレックスの解消法は、英語学習を欠かさないことを前提としたうえで、完璧主義を捨てることと、まちがいなど誰もたいして気にしていないと気づくことらしい。

哲学者の中島義道（一九四六～）に、『英語コンプレックスの正体』（後掲）という著書がある。そのなかの、一九九三年に執筆した文章のなかで彼は、「現在のわが国の英語教師に最も欠けており最も求められることは、必死の思いで自分のうちにうごめく英語コンプレックスと闘うことである」と述べ、次のように続けている。

> この闘いは、彼らが英語コンプレックスを解消するためにアメリカやイギリスに留学し英語をマスターするという方向とは正確に反対の方向をめざしている。つまり、自分の下手な英語を断じて恥じないという態度を徹底的に身につけ、それを全身で生徒に伝えるべきなのである。（同書八三ページ）

この意見に寄り添うならば、『アメリカン・スクール』のなかの「伊佐」が、アメリカ人女学生たちの会話を聞いて、「外人みたいに話せば外人になってしまう」、「完全な外人の調子で話すのは恥だ」と思ったのは、極めてまっとうな反応だったと言えよう。

完璧な英語とは文法的に正しい英語で、私（たちの世代）が高校時代までに受けてきた英語教育といえば、細かい文法に比重を置いたものであった。これは、「10 ドン・キホオテよりも勇ましく――芥川龍之介『毛利先生』」で扱った芥川龍之介の『毛利先生』に活写されているような、大正時代における英語教育の「負の遺産」と言えるものであろう。

現代は、むろん大正時代でもなければ、『アメリカン・スクール』が背景としている終戦直後でも、中島の前掲文章が書かれた一九九〇年代でもない。英語コンプレックスを感じている日本人は減っている。私も、相変わらず英会話は苦手だが、コンプレックスはほとんどない。逆に、苦手であることが日本人としてのアイデンティティを保てているという誇りにつながっている。

引用・参考文献
・小島信夫『アメリカン・スクール』新潮文庫、一九六七年。
・中島義道『英語コンプレックスの正体』講談社＋α文庫、二〇一六年（原題『英語コンプレックス　脱出』ＮＴＴ出版、二〇〇四年）。

24 そんな時期が来たような気がするの――三島由紀夫『永すぎた春』 キーワード「性道徳」

流行語「永すぎた春」

一九五七年の流行語に「永すぎた春」というのがあった。これは、一九五六年に三島由紀夫が一年間にわたって月刊誌に連載し、翌年に単行本となった小説『永すぎた春』に由来する。婚約から結婚までの期間（いわゆる許嫁（いいなずけ）の間柄にある期間）が「永すぎ」たために危機に陥るが、やがてそれを克服してゴールインしたカップルの姿を描いた小説で、映画化もされた。

三島由紀夫（一九二五〜一九七〇）は東京に生まれ、祖父も父もエリート官吏。一五年間を学習院で学び、東京帝大法学部に在学中、最初の小説集を刊行している。戦後の一九四七年に卒業し、大蔵省入省というエリートコースを歩んだが、一九四八年に退職して作家生活に入った。硬質な『仮面の告白』（一九四九年）や『金閣寺』（一九五六年）でよく知られている。

『永すぎた春』は、三島にしては軽快な作風の、一種の娯楽小説である。東大法学部の学生「宝部郁雄（たからべいくお）」は、大学界隈の古本屋の娘「木田百子（きだももこ）」と婚約するが、種々の理由で婚約期間が長引く。やがて郁雄は、男性経験の豊富な画家「本城（ほんじょう）つた子」と知り合う。

――百子との間柄については、許婚同士の間で、云わず語らずのうちに、黙契が出来ていた。結婚までは肉体関係を結ばずに行こうと思っていたのである。この考えは、父の意見で、婚約期間が永くなってしまったとき、ちょっと郁雄を不安にさせたが、愛が周囲から許された結果が、却って彼の意地を固めて、よし、そんなら婚約の間ぐらいは我慢してみせるぞ、という気にさせたのである。もちろん郁雄は、新聞の身の上相談によくあるような、「許婚の体を知ってから忽ちこれを捨てた不実な男」になる惧れは、全くないことを自ら確信していた。しかし、いささかでもそういう危惧や不安に百子をさらしてまで、百子に無理を強いる気持はさらさらなかった。

ところが、ある日、郁雄は百子から意外なことを告白される。

「あのね」と百子が言い出した。「あの、……」

「え？」郁雄は訊きかえした時、ある不安を感じた。

「云いにくいお話なのよ。私、きのう一晩考えちゃったの。あのね……、ええ、言っちゃうわ。もしね、もし私の我儘で、あなたが苦しんでいらっしゃるんだったら、私、目をつぶって、我儘を引込めてもいいと思ったの。何だか、そんな時期が来たような気がするの」

「何のことだい？」

「あのね、……まじめにきいて下さらなくちゃいやよ。私たちが、式をあげなくても、その前に結婚してもいいのじゃないか、と思ったの。あなたのお顔を見ていると、このごろ、そういうことを感じるの、私が悪いんじゃないかって」

そこまできいた郁雄は、やっと意味がわかって唖然（あぜん）とした。唖然としたのは、事柄そのものからだけではない。たまたま郁雄も同じ結論を考えて、さてその結論が、百子の顔を見た静かな幸福のおかげでくつがえされた矢先、又、他ならぬ百子によって、それがむしかえされたという愕（おどろ）きであった。しかもそれは嬉しい愕きではなく、何ともやりきれない愕きであった。

婚約期間中の危機

一方で郁雄は、執拗につた子から誘惑を受ける。

早い梅雨のはじまった六月のはじめまで、郁雄は百子のあの提言を何度も心の中で反芻（はんすう）していた。百子があんなことを言いだしたのは、たしかに考えに考えた末であろう。そして、百子が処女であればこそ、ああいう思い切った意見を切り出す勇気も出たのだと思われる。

しかし郁雄の心理は、百子の口からそれをきくと、見事に逆転してしまった。

『この娘はどうあっても、結婚まで大事にしておかなければならない。指一本触れてはならない。僕のやるべきことは、早くつた子の体を知った上で、一日も早く、百子のために、つた子を捨てることだ。よし！　そう決めたぞ』

こんな考えには、肉体と精神の分裂した青年の観念的な考え方がいかにも露骨に出ていた。それは世間で現代青年の特徴と言われているものだが、いつの時代でも青年にはそういう傾向があり、明治時代の青年は娼家通いで肉体的欲望を処理しつつ、天下国家を論じただけの差があるだけだ。その当時の女には、素人と玄人の二つの別しかなかった。

郁雄は、こんなわけで百子の「清純さ」を、自分の浮気の言訳にするという、月並な心理を辿りつつあった。

別の日、郁雄は、「大学で気の合う友人、数少ない一人」である同級生「宮内」に相談をもち掛ける。宮内は郁雄より六つも年上の二八歳で、妻子があった。

宮内に催促されて、郁雄はあらましの事情を話した。

「ふうん」と宮内はつまらなそうに、「君のやり方は、回避しながら深入りしてゆく典型的な例だから、危なくて見ちゃおれんね。まあ、そうなったら、君の決心したように、つた子って女と、はっきり対決しちまうほかはないな。対決というと体裁はいいが、つまり寝ちまうのさ。

……それから百子さんの問題だが、このことについちゃ、ずっと前に君に話したような気がするぞ。そうだ。何て言ったっけな。結婚前にはあれをやらないほうが賢明だが、君みたいに婚約期間が永い場合には、やりたかったら、やったほうが賢明かもしれない。いずれにしたって同じ事さ。……とか何とか、言ったっけな」

このあと、郁雄と百子、郁雄とつた子、そして百子とつた子がどういう関係をたどり、どのような葛藤を経験するのかについては、ここではあえて書かない。知りたい方は、ぜひ原作を読んでいただきたい。

『永すぎた春』はベストセラーとなり、大映株式会社でとんとん拍子に映画化が進み、一九五七年七月に公開された。監督は田中重雄（一九〇七～一九九二）、百子役は若尾文子（一九三三～）、郁雄訳は川口浩（一九三六～一九八七）であった。

この映画は、作者の三島が撮影所に足を運んで若尾・川口らと親交を深めるほどの、いわば作者公認の映画であったが、ＤＶＤで観た私は強い違和感を禁じ得なかった。確かに、川口浩にはひ弱な感じが漂い、「童貞」役にはうってつけだったかもしれない。しかし、逆に若尾文子は、当時すでに大映の看板女優の一人であり、しかも川口より三歳も年上だったため、貫禄がありすぎて「処女」役の初々しさに乏しく、本城つた子役の角梨枝子（一九二八～二〇〇五）との違いが際立っていなかったからである。

また、若尾は、前年の一九五六年、巨匠監督溝口健二（一八九八～一九五六）の最後の作品『赤線地帯』においてしたたかな娼婦を演じ、その演技力が高く評価されてもいた。

近年の大学生・高校生・中学生の性交経験率

ともあれ、この小説や映画で描かれているのは、双方の両親も交えたうえできちんと「婚約」した男女が、結婚前に性交渉をもつかどうかで葛藤する姿である。婚約していない男女の間ですらセックスがタブーでなくなっている現代の若者には、郁雄（いくお）や百子（ももこ）が何を悩んでいるのか、意味がまったく分からないという人も少なくないであろう。

日本性教育協会（一般財団法人日本児童教育振興財団内）は、一九七四（昭和四九）年からほぼ六年おきに、全国の中学生・高校生・大学生を対象に青少年の性行動に関する調査を実施しており、二〇一七（平成二九）年六月から同年一二月までの間に八回目が行われている。掲載した**表**は、同協会がまとめた『「若者の性」白書』（後掲）からの抜粋である。ちなみに、第八回調査は、中学生四四四九人、高校生四二八二人、大学生四一九四人の計一万二九二五人を対象として行われ、第七回以前は、いずれも対象は中・高・大を合わせて数千人の規模であった。

『永すぎた春』が書かれた一九五六年ではまだこの調査ははじまっていないが、結婚を約束している男女の間でさえ上記に引用したような葛藤があったのだから、中学・高校生はおろか、大学生の性交経験率もおしなべて低かったと想像される。

一貫して上昇していた経験率だが、近年では減少に転じていることも注目に値する。ただし、この不活発化は斉一的な現象ではなく、性行動に活発な層と不活発な層への分極化をともなっていると分析されている（同書第1章による）。

ちなみに、『永すぎた春』が単行本になる前、一年間にわたって連載された月刊誌が「婦人倶楽部（クラブ）」なわけだが、これは、一九二〇年に創刊された、いわゆる専業主婦向けの雑誌であった。一九五二（昭和二七）年には、「主婦の友」、「主婦と生活」、「婦人生活」と並ぶ、戦後の「四大婦人雑誌」に数えられた。当時は幅広い世代に読まれて、発行部数も五〇万部を超えていたが、女性の社会進出が進みつつあった昭和末期の一九八八年、いわば時代の役割を終えて休刊となってい

表　大学生・高校生・中学生の性交経験率（%）

調査年度	第1回 1974年	第2回 1981年	第3回 1987年	第4回 1993年	第5回 1999年	第6回 2005年	第7回 2011年	第8回 2017年
大学男子	23.1	32.6	46.5	57.3	62.5	63.0	53.7	47.0
大学女子	11.0	18.5	26.1	43.4	50.5	62.2	46.0	36.7
高校男子	10.2	7.9	11.5	14.4	26.5	26.6	14.6	13.6
高校女子	5.5	8.8	8.7	15.7	23.7	30.3	22.5	19.3
中学男子	—	—	2.2	1.9	3.9	3.6	3.7	3.7
中学女子	—	—	1.8	3.0	3.0	4.2	4.7	4.5

る。「専業主婦」あるいは「良妻賢母」という語は死語になりつつあった。

一九五六年当時、「婦人倶楽部（クラブ）」愛読の専業主婦たちは、どのような気持ちでこの三島の連載小説を読んだのであろうか。おそらくは、自分を百子（ももこ）、夫を郁雄（いくお）と比べ、自分たちの青春時代を回想しながら、ドキドキしながら、頬を赤らめながら読んだことだろう。

引用・参考文献

・三島由紀夫『永すぎた春』新潮文庫、一九六九年改版。
・日本性教育協会編『「若者の性」白書　第八回青少年の性行動全国調査報告』小学館、二〇一九年。

25 退職させられる理由は何もない——石川達三『人間の壁』

キーワード「教職員組合」

教職員組合の初期の輝き

日本教職員組合（日教組）は、一九四七年に結成された、都道府県単位の教員・学校職員の組合の全国連合体である。かつては、日本労働組合総評議会（総評）内部の有力組合であった。しかし、一九八九年に総評が解散したあとに分裂し、主流派は日本労働組合総連合会（連合）の傘下となり、左派は一九九一年に全日本教職員組合（全教）を設立している。

日教組傘下の一つである佐賀県教職員組合は、一九五七年、県が財政再建の一環として実施した教職員定数削減に反対して大規模な休暇闘争を展開した。いわゆる「佐教組事件」である。第一回芥川賞を受賞し、社会派作家として知られる石川達三（一九〇五～一九八五）には、この佐教組事件を扱った長編小説がある。一九五七年八月から一九五九年四月まで計五九三回にわたって「朝日新聞」に連載され、のちに単行本化された『人間の壁』である。

メインのストーリーは小学校教諭「志野田ふみ子」（のち離婚して「尾崎ふみ子」）を軸に展開されるが、ここではそれには触れず、県の定数削減方針のなかで退職勧告を受けたある中年女性教師の証言に注目したい。

彼女は最初の退職勧告を、一九五六年二月中旬に勤務校の校長から受けた。夫の「家が農家であって田地ももっているのだから、やめても生活に困らないはずだ」など三点が挙げつらわれた。以下は、二回目以降の勧告に関する証言の描写である。

その次に勧告をうけたのは三月十八日。地教委の事務局で教育長に呼ばれて会いました。この時の勧告理由は、県の赤字財政のためにどうにもならないということ。教育長も県や市に対して大いに頑張ってみたが何とも仕方がないということで、つまり公的な理由が主でした。

その次は三月二十六日、相手は教育長と主事という人と二人でした。その時の言い方は、（教育者であるから、その立場を考えて、おだやかにやめてほしい）（未亡人でさえも手内職で食っている。あなたはやめても食えない訳ではあるまい）というのです。

更に我慢のならないことは、（いままで使ってもらった事だけでも有難いと思わなくてはならんだろう）というのでした。


ちなみに「地教委」とは、市区町村に置かれている教育委員会のことである。女教師の発言は続く。


それからまた教育長は、退職金の額についても大いに考慮するし、退職後も（産代）あるいは（病代）として仕事ができるように考えようと申しました。

しかし（病気欠勤の教師の代理）とか（出産欠勤の女教師の臨時代理）とかいう仕事は、不定のものであってあてにはならない。要するに体裁のいい口実としか考えられないのであります。

第四回に勧告をうけたのは四月四日、相手は教育長と人事委員と出張所長と、三人に私はとりかこまれた訳です。出張所長は、（性格的に教育者としてふさわしい人とそうでない人とがある。あなたは教育以外のところで働く方がいいと思うからやめてほしい）と言いました。また更に、（ＰＴＡで陰口をきいている人もある。長くつとめておれば物笑いになるだろう）という、まことにひどい事まで面と向って言ったのであります。

　それからまた、（たびたび遅刻して、カリキュラムを変更しなくてはならぬような事もあった）と言われましたが、バスの事故で遅刻したことが一回、洪水で橋が流れたために遅刻したことが一回だけで、あとは十年間に一日の欠勤もしていないのです。教科課程をそのために変更した事実はありません。これも明らかに口実であって、故意に私を傷つけてまでやめさせようとしているのです。

　最後に、組合分会の婦人部の教師が教育長と話しあったとき、教育長ははっきりと、（女の先生はいらないのだ。父兄もそう言っている）と申したのです。

　そういう考え方に対して私はすこしばかり抗議したのですが、向うは、（男女同権は認める。個人としての権利も認める。しかし男女差がないわけではない。それは仕方がないことだ）と言っておりました。

　以上の体験をふり返ってみますと、私の方には退職させられる理由は何もないのに、無理矢理に理由をつけて追い出そうとしていることがはっきりと読みとれるのであります。


「地方公務員法」第二八条には、当時も今も、「その意に反して降任しまたは免職する」場合の規定として以下のように定められている。

①勤務実績がよくないとき。
②心身の故障のため任に堪えないとき。
③適格性を欠くとき。
④職制や定数の改廃、または予算の減少によって廃職または過員を生じたとき。

しかし、当時の佐賀県では過員は生じていない。生徒が教室にあふれ、教員はむしろ足りなかった。職制が変ったわけでもないし、定数を減らすべき理由もない。そこで教育委員会は、「適格性を欠く」という③を無理矢理あてはめようとしているらしい。これは、どう考えても不当退職要求である。法律による正当な免職ならば退職を勧告する必要はない。罷免（ひめん）の通告だけで足りるはずである。

佐教組事件の歴史的意義

それにしても、なぜ佐賀県教育委員会はこんな暴挙に出たのだろうか。

朝鮮戦争（一九五〇年〜一九五三年）にともなう特需（とくじゅ）（在日米軍の発注による特別な需要）が終了したことによる景気後退で慢性的な赤字に陥っていた佐賀県は、一九五三年に起きた大規模水害などといった相次ぐ天災にも見舞われ、一九五六年にはついに自主再建を断念し、財政再建団体の指定を受けていた。

その後、国の指導のもと策定された財政再建計画には大幅な人件費削減が盛り込まれ、教育現場においては、一〇年間で教職員約七〇〇〇名のうち二六〇〇名を整理すべく、四五歳以上の全員退職、養護教員・事務職員の全廃などを余儀なくされていたのである。

しかしながら、教育の現場では前年までに既に五回に及ぶ教職員の定数削減が行われており、なおかつ、ベビーブーム世代の大量就学で、翌一九五七年の春には児童が七〇〇〇人増えるという状況であった。

事態は労働争議に発展し、一九五七年二月一四日から三日間にわたって佐賀県教職員組合の組合員約五二〇〇名は、一斉に有給休暇を取得する「休暇闘争」で対抗した。「国家公務員法」第九八条、「地方公務員法」第三七条で労働争議が禁止されている教員が起こした、実質的なストライキであった。

佐賀県教育委員会は、闘争を指導した佐賀県教職員組合の執行委員長、副委員長、書記長など組合幹部で専従職員の一一名を停職一か月から六か月とする行政処分（無効を訴えたが、一九八八年最高裁にて敗訴）、また佐賀県警察も組合幹部一〇名を逮捕し、四名を起訴した（一九七一年、最高裁にて無罪確定）。

しかし、本事件の衝撃は大きく、全国への波及が懸念されたため、当時の自由民主党幹部は、違法行為が処罰されることは当然としながらも、地方財政の赤字のしわよせを教育にもってくるのは不適切で、赤字県は少数の教員しか置けないという事態は解消すべきであるとし、義務教育の全額国庫負担への道筋を示した。そして、一九六三年には、「公立義務教育諸学校の学級編制及び教職員定数の標準に関する法律」の改正により、全国で教職員定数六万人の増員が実現することとなった。

石川達三の長編小説『人間の壁』はベストセラーとなり、一九五九年には山本薩夫（一九一〇～一九八三）監督、香川京子（一九三一～）主演の映画も公開されている。

政治に傾斜しすぎた労働組合「日教組」

そもそも労働組合は、労働者が主体となって、自主的に労働条件・生活条件の維持・改善を目指す組織である。行政処分や逮捕・起訴にまで発展した上述の「事件」も、その本質は、佐教組やそれを傘下に収める日教組が教員の生活を守るために起こした一種の労働争議であったと言える。

しかしながら、他方で日教組は、設立当初から労働組合という枠を大きく超え、しばしば政府・与党の教育政策と政治的に対決する運動を精力的に展開していた。一九五一年には「教え子を再び戦場に送るな」というスローガンを掲げ、GHQ（連合国軍最高司令官総司令部）占領下で進んだいわゆる「民主化政策」に対する、政府の改革是正政策（いわゆる「逆コース」）と対決する姿勢を強めた。さらに一九五四年には、「義務教育諸学校における教育の政治的中立の確保に関する臨時措置法」などをめぐって政府・自民党と鋭く対立した。

しかし、そんな政治性に嫌気を感じはじめる教員も少なくなく、日教組の組合加入率は落ち込んでいった。『人間の壁』が新聞に連載されていた一九五八年の加入率は八六・三パーセントであったが、その後、ほぼ一貫して低下し続け、一九六二年には七割台（七四・〇パーセント）、一九六四年には六割台（六八・七パーセント）になった。さらに、一九六七年には五割台（五七・二パーセント）となり、それ以降、漸減しつつも五割台を保ってきたが、一九八五年には五割を切って四九・五パーセントとなり、平成期の一九九〇年には三割台（三五・七パーセント）にまで低下した。

一九九五年、自由民主党・日本社会党・新党さきがけからなる連立内閣が成立して、社会党の村山富市（一九二四〜）が首相となった。この年、社会党を支持していた日教組は、文部省と「歴史的和解」を遂げた。しかし、その後も組合加入率は低下し、二〇〇四年には二割台（二九・九パーセント）に、そして令和に入って二〇二三年には、ついに一割台（一九・二パーセント）にまで低下している。

加入率の低下と連動するかのように、学校現場では、教員の労働条件の劣悪化が進行していった。いわゆる「ブラック職場化」である。その背景には、現在の「公立の義務教育諸学校等の教育職員の給与等に関する特別措置法」、いわゆる「給特法」がある。同法は、もともと一九七一年に制定されたものだが、実情に合わなくなってきた。

一般に、教員の職務は児童・生徒を対象にしているだけに、「これでよい」という到達点が見えにくい。そのため、勤務時間内に収まりきれないこともしばしばである。同法の第三条では、こうした教員の職務の特殊性をふまえ、公立学校の教員について、時間外勤務手当や休日勤務手当を支給しない代わりに、給料月額の四パーセントに相当する教職調整額を一律に支給することが定められている。ただし、時間外に勤務することが通例とならないために、「正規の勤務時間の割振りを適正に行い、原則として時間外勤務は命じない」こととなっている。つまり、時間外勤務を命じ得るのは、生徒の実習、学校行事、教育実習の指導、教職員会議、非常災害など、やむを得ない場合のみにかぎられている。

しかし、この「給特法」によって教員は「定額働かせ放題」の状況に置かれることとなり、その状況は年々悪化してきた。日教組などが設立した「親と子と教職員の教育相談室」の機関誌「教育相談室だより」に、ある中央執行委員が二〇二〇年に寄稿した、学校現場の現状に関する文章を要約してみよう。

――教職員の平均勤務時間は一一時間一七分で、小学校教員の三割、中学校教員の六割が「過労死ライン」とされる月平均八〇時間以上の残業（時間外勤務）を余儀なくされている。教員は勤務時間が把握されておらず、休憩時間もほとんどない。近年では、授業準備より部活指導に追われ、さらに、プログラミング教育の導入や小学校での英語教育の導入など、やることは増える一方である……。

ただでさえ少子化の影響で若者の教員への志望は少なくなり、他方で、ブラック化が進行する学校現場から離職する教員が年々増加している。政府も、給与のいわゆる「上乗せ分」の大幅増額を骨子とする「給特法」改正などに向けて対策を講じはじめている。

日教組の歴史を扱った書籍は、かつての政府・与党との対立を背景に、日教組が依拠する政治的イデオロギーを賞賛するものと、逆に糾弾するものとに大きく分かれていた。日教組が冷静な分析の対象となってきたのはつい最近のことであり、その成果は大著『歴史としての日教組』（上下二冊、後掲）で窺い知ることができる。しかし、この大著が分析しているのは、日教組の発足まもないころのことと比較的新しい時期のことにかぎられており、その中間の、「佐教組事件」を含む時期はまだ手つかずのままとなっている。

教職員の生活を守る掛け替えのない「人間の壁」として、労働組合の日教組が初期のころの輝きを取り戻すことを切に願いたい。

引用・参考文献
・石川達三『人間の壁』（全三冊）岩波現代文庫、二〇〇一年。
・広田照幸編『歴史としての日教組』（上下二冊）名古屋大学出版会、二〇二〇年。

26 出場することを、自発的に辞退されるよう——杉森久英(すぎもりひさひで)『黄色のバット』

キーワード 「連帯責任」

甲子園出場辞退の実例

「全国高等学校野球選手権大会」は、毎年夏に朝日新聞社と日本高等学校野球連盟(高野連)の主催で開催されている。その歴史は古く、同新聞社の主催で一九一四年にはじまった「全国中等学校優勝野球大会」がその前身である。

これが甲子園球場で初めて開催されたのは、同球場が完成した一九二四年であった。同大会は、第二次世界大戦の激化のために一九四二年の予選中に中止となり、戦後、一九四六年夏に復活している。そして、学制改革にともなって、一九四八年の夏から冒頭に示した大会名となった。

これとは別に、毎年春には「選抜高等学校野球大会」(通称「センバツ」)が、同じく甲子園球場で毎日新聞社と高野連の主催によって実施されてきた。これも、夏の大会とほぼ同じ長い歴史をもっている。夏の大会には各地方大会の優勝校が自動的に出場しているが、春の大会の場合は、選考委員会によって出場校が決められている。

さて、これら春・夏の高校野球大会では、大会への出場が内定しながら、出場辞退を余儀なくされた高校も少なくない。近年の実例を挙げてみよう。

二〇〇〇年春、福井県のある高校では、センバツ開幕を目前に控えた三月上旬、二年生部員が飲酒のうえに乗用車を無免許運転し、追突事故を起こしたことから同校は出場辞退を申し出た。

二〇〇六年三月には、夏春連覇を狙っていた北海道のある高校で、野球部の卒業生一〇名が卒業式の夜に居酒屋で飲酒・喫煙をして、警察に補導されたという事件が明らかになった。同校は出場辞退を申し出た。

夏では、二〇〇八年に高知県のある高校が、予選を勝ち抜いて八年連続出場を決めていたものの、部員の暴力事件などの理由で出場を辞退している。

このような出場辞退のケースでは、たとえ出場選手自身には非がなくても、チームとしての、あるいは高校としての「連帯責任」を問われて、辞退せざるを得なくなってしまったケースが少なくない。その理不尽さを照射して直木賞候補にもなった小説に、杉森久英（一九一二～一九九七）の『黄色のバット』がある。発表されたのは一九五九年で、今から六〇年以上も前のことである。

杉森久英は石川県生まれ、東京帝大国文科卒。旧制中学教員などを経て、戦後、文芸誌の編集長となった。そのかたわら、発表した短編小説が一九五三年に芥川賞候補となったのを機に文筆生活に入り、風刺とユーモアにあふれた小説を次々に発表した。『黄色のバット』もそんな作品である。

甲子園「連帯責任」問題を描いた最初の小説

埼玉県の「魚谷高校（魚高）」と「大宮農業高校」は、甲子園出場をかけた地区予選決勝戦に進出した。両校が無得点のまま迎えた八回裏、魚高の攻撃中に事件は起こった。


二死で走者一塁と三塁――いよいよ魚高にチャンスがおとずれたとみて、応援団は沸きかえった。

つぎの打者は三番の荒木である。

第一球が投手の手をはなれると同時に、一塁の野口が二塁へ突進した。大宮農の捕手は受けた球をそのまま二塁へ投げたが、そのあいだに三塁の走者が本塁へ殺到すると見るや、遊撃手はカットして、本塁へ投げ返した。

篠原がすべりこむのと、捕手が彼の腰にタッチするのと同時だった。一瞬、球審は迷っているふうだったが、思い切ってアウトを宣告した。

一塁側にいて、いまのすべりこみを真横から見ていたコブやんはじめ魚高応援団の目には、篠原が先にホーム・ベースに手をかけるところが、はっきり見えた。

ダッグアウトにいる校長の目にも、それが見えた。彼は真っ赤にいきり立って、

「ロング君、いまのはセーフじゃないのか？」
「たしかにセーフです。まちがいありません」
「けしからん審判だ。制裁をくわえてやらにゃならん！」
校長はダッグアウトを飛び出すと、審判めがけていっさんに駆け出した。

駆け出したのは校長だけではなかった。

ところが、校長のななめうしろから、疾風のようにせまるものの気配がして、誰かが追い越して行った。

私設応援団の暴力行為に、当然ながら審判団は激怒し、これ以上の危険と侮辱には耐えられないので即時「退場」を宣言した。しかし、県代表を決める大事な決勝戦の続行が不可能となることを危惧した主催者である県野球協議会の理事長が間に入り、試合は再開された。九回表の大宮に得点はなく、九回裏に魚谷高校が一点を入れる。決定打を放った選手のバットの色は黄色であった。

以下に紹介するのは、その後日談である。場所は魚谷高校の校長室である。

客は、先日の県下大会の責任者である県の野球協議会の理事長であった。彼は挨拶(あいさつ)もそこそこに、

「残念ですが、魚谷高校が甲子園に出場することを、自発的に辞退されるよう、おすすめに来たのです」

若山校長は真っ青になった。

「そ、それは誰の意志ですか？　どこの決定ですか？　そして理由は？」

「誰の意志でもありません。わたくし個人の勧告とお考えください。それから理由は、このあいだの審判員に対する暴行の責任をとっていただくことです」

いったん青くなった校長は、こんどは怒りのために真っ赤になって、

「あなたはどういう権限があって、そんな重大な問題について、個人で勧告しようとなさるのです？」

「形式は一応個人ですけれど、これは主催者側および審判員一同の気持ちを代弁したものとお考えください」

「あなたの権限の問題はわかりました。ところでお聞きしますけれど、学校が指揮したのでもなければ、命令したのでもない市中の暴漢が、自分勝手に審判員に暴行したことについて、ど

うしてわれわれが責任をとらねばならないのです？」

言いながら、しかし校長は、あのとき最初は自分も審判を殴るつもりで飛び出したのだったと思って、内心ひやりとした。

理事長はおだやかな顔に困惑の表情を浮かべて、

「その点を厳密に追及されると、実は問題の所在があいまいになってくるのです。しかし審判員たちはひどく怒っていて、謝罪の実があがるまでは高校野球にいっさい協力しないと言っています。応援団の行為については、やはり学校のほうで責任を持ってもらわねばなりますまい」

よく新聞やテレビの報道で見かけるようなストーリーである。辞退は当然、と考える人たちがいる一方で、それでは選手があまりにも可哀そう、と同情する人たちも少なくないであろう。ともあれ、一九五〇年代にすでにこんな小説が書かれていたと知って驚く方がかなり多いと思われる。

スポーツの世界でよく取り沙汰される「連帯責任」について、その是非を考える手掛かりを与えてくれる文献は実に少ない。スポーツ倫理を専門とする大峰光博の著書『スポーツにおける逸脱とは何か』（後掲）が唯一と言ってもよいだろう。以下において、同書に依拠して問題を整理しよう。

「連帯責任」の哲学的根拠

「日本学生野球憲章」という一種の掟（おきて）がある。これは、日本学生野球協会によって、大学野球および高等学校野球の、組織・活動・運用の基準として定められたもので、戦後まもない一九四六年に「学生野球基準要項」として制定され、一九五〇年に「日本学生野球憲章」と改称されて以後、たびたび改正されて今日に至っている。

現行「憲章」第二七条には、学生野球団体・野球部・部員・指導者・審判員および学生野球団体の役員が「憲章」に違反する行為をした場合には、協会が当該の者や野球部に対して処分をすることができる、と記されている。つまり、「部」の連帯責任を認めているわけである。

集団の一部構成員による行為に対する連帯責任のことは、政治哲学・法哲学の領域では古くから論じられてきた。一般に、ある集団の構成員たちが連帯責任を課されるのは、次の四つの条件がすべて満たされる場合とされている。

①構成員たちが、殺害や拷問のような深刻なリスクなしに、当該行為（未成年の飲酒や喫煙、部内での暴力やいじめ、一般人に対する暴行や恐喝や万引きなど）に反対する機会をもっている。

②構成員たちが、容易に入手できる実用的な知識や、集団によって受け入れられ共有されている価値に訴えることによって、当該行為に反対する機会をもっている。

③構成員たちにとって、当該行為に反対することが完全に無益なものであると信じる根拠がなく、何らかの貢献ができる見込みがある。
④上記の①②③が成立しているにもかかわらず、構成員たちが当該行為に反対せず、受け入れている。

以上が『スポーツにおける逸脱とは何か』の説く主旨である。とはいえ、連帯責任の問題は一般論だけでは片づけられない。それゆえ、個別に見ていく必要もあろう。

この問題は、野球以外のスポーツでもしばしば起こってきた古くて新しい問題である。近年では、部員が不祥事を起こしたとしても、個人の事案や学校の管理下にない場で起こったケースについては、連帯責任を問われない方向にシフトしてきている。

『黄色のバット』に描かれた不祥事は、あくまでも私設応援団によるものであって、魚谷高校とも同校野球部とも無関係であると言える。しかし、校長自らもグランドへ駆け出し、「あのとき最初は自分も審判を殴るつもりで飛び出したのだった」わけであって、そういう意味では、明らかにグレーゾーンを抱えている。果たして、魚谷高校は甲子園に出場することができたのであろうか。気になる方はぜひ原文をお読みいただきたい。

ちなみに、『黄色のバット』というタイトルは、魚高の一人の選手が持つバットの色に由来するが、これは、終戦直後の一九四六年にプロ野球ペナントレースが再開されたとき、読売巨人軍の川上哲治（一九二〇〜二〇一三）が自分のバットをペンキで赤く塗り、対するセネタースの大下弘（一九二二〜一九七九）が青く塗って、競い合うようにホームランを打ったことに由来する。ボールに塗料がつくためにプロ球界では一年で禁止になったが、このパフォーマンスはその後も長らく語り継がれ、多くの野球ファンに影響を与えた。

作者の杉森は、街角の「注意」信号を意識して、最後に決定打を放った選手のバットの色をあえて「黄色」にしたのではないだろうか。サッカーの「イエローカード」を連想させる。

引用・参考文献
・杉森久英『黄色のバット』朝日ソノラマ、一九七六年。
・大峰光博『スポーツにおける逸脱とは何か――スポーツ倫理と日常倫理のジレンマ』晃洋書房、二〇一九年。

27　過去をそのたびたびに都合よく書く――阿部知二『白い塔』

キーワード　「歴史教科書」

「国定」教科書の歴史

「2　先生のお名前を拝借致し――内田魯庵『社会百面相』」で触れたように、小学生用の教科書が従来の検定制から国定制に改められはじめたのは一九〇二年であった。一九四三年以降には中学校（旧制）などの教科書も国定化され、国定制は終戦直後まで続いた。

阿部知二（一九〇三〜一九七三）は岡山に生まれ、東京帝大英文科を卒業し、明治大学教授として英文学を講ずるかたわら、小説家・翻訳家として活躍した。一九六二年に雑誌に連載され、翌一九六三年に単行本化された『白い塔』は、検定制度に翻弄（ほんろう）される教科書執筆者や出版事業者の生態を描いたものである。タイトルの由来については、本節の主題とは直接の関係がないうえに長くなるので割愛しよう。

一九五六年、哲学者「楯（たて）」、同「深木」、歴史学者「広井」、出版社の編集者「北牧」らが、『近代日本の教科書』と題する本を、思想的・歴史的観点から執筆・編集することになる。四人は、差し当たって戦前の国定教科書の変遷を核にして、大まかな構想を打ち合わせる。以下は、その作業過程における、「広井」による「北牧」へのミニ・レクチャーである。なお、原文のままでは年号が分かりにくいので、和暦だけでなく括弧内に西暦を併記して引用している。

「第一期は」広井はいった。「明治三十九（一九〇六）年から四十二（一九〇九）年だが、これは日露戦後、日本の資本主義が上昇してくるときで、今から見ると――多少誇張していえば――嘘かと思うほど近代的で社会的なのだ。民主的でもあり、教科書の中に外人の名も多く出てきているとにも見られるように、国際協調的でもあった。みながそれぞれりっぱな職業人にな

ったり、公徳を重んじる人になったりすることを望んでいた。修身教科書についてみると、個人道徳と社会道徳とをもっとも多く説いている。これは第五期――昭和十六（一九四一）年から二十（一九四五）年までのものが、もっとも多く国家道徳を説いているのと、はっきりした対照をなしている。

それから第二期は明治四十三（一九一〇）年から大正六（一九一七）年までだが、しだいに家族道徳や国家思想が強くなってきている。もちろん軍国主義の謳歌（おうか）がいちじるしく多い。国語でも、唱歌でもそうだ。

しかし、大正六（一九一七）年から昭和七（一九三二）年までの第三期の教科書は、また反対の性格が強くなってきている。つまり、いわゆる大正デモクラシー大正リベラリズムを反映した教科書というべきで、表紙の色も黒から灰色になり、民主主義的で、またしきりに国際平和や国際協調を強調している。また児童心理というものを重んじており、童謡童話趣味も入ってきている。といってももちろん、そういう性格だけではない。どの期にも、二つの性格は必ず混じていたのだ。ただその割合がその時々の歴史的情勢によって消長を見せているということだけなのだ。ただこの期の教科書では、軍国主義的な性格が量的に少かったというだけのことだ。

広井のレクチャーはさらに続く。

第四期は昭和八（一九三三）年から十五（一九四〇）年までだ。国家主義軍国主義の性格がいちじるしく強化したことは、いうまでもなかろう。しかし、この期は、その反面にきわめて文化的なところがあったともいえよう。五期を通じて、もっとも文学的な要素が強くて、『源氏物語』などが出てきたりしている。その他、古典が多く教材に用いられているが、もちろんそれは愛国心の鼓吹（こすい）という目的からのことにちがいなかった。

第五期、つまり昭和十六（一九四一）年から二十（一九四五）年までの、超国家主義、超軍国主義にぬりつぶされた教科書については、もう省くとしよう。

「第五期」の教科書については「もう省くとしよう」とあるが、補足すると、小学校に代わって一九四一年度から設けられた国民学校の教育に対応したものとなっている。国民学校は、「国民学校令」において、「皇国（こうこく）の道に則（のっと）りて初等普通教育を施し国民の基礎的錬成を為す」という目的が掲げられた。そして、教科の学習を皇国臣民としての実践や行動に直結させるという趣旨から、それまでの「修身」、「国語」、「国史」、「地理」は統合・再編されて「国民科」となった。

ちなみに、「楯（たて）」は国定になる前の検定教科書で育てられた最後の世代、「深木」は第一期、「広井」は第三期、「北牧」は第四期国定教科書の世代と設定されている。

広井による以上のレクチャーを聴いて、編集者の北牧がある疑問を口にする。

「歴史の奪い合い」

「歴史というのは」北牧は、もちろん広井の顔を見ずに、彼に対して、また思わず口をひらいた。「何だかくるくると勝手にまわす手車みたいに、過去をそのたびたびに都合よく書く——というより、こしらえあげてゆくことなのですか。そうすると、これからだって、またいろいろと、そんなことばかり繰りかえしているうちに、しまいに人類はそれにくたびれて、もうやめてくれ、と叫ぶようになりはしないのですか」

この問いかけに広井は黙っていたが、深木が割って入る。

「そんなことはないよ、北牧君」深木が、広井の代りを引受けたかのようだった。「歴史は、はじめは皇帝とそのまわりの一にぎりほどのもののために書かれ——または君のいうように——こしらえあげられ、それからやや広範囲での支配階級のために、それから市民階級のために書かれるようになってきた。そしてこれからは、もっとも完全に全大衆のために書かれてゆくようにならなければならない。ぐるぐる廻りなんかじゃない。教科書だって、そういう一つの目的によって進歩してゆくのじゃないか。もちろん君は、こんなことくらい百も承知していながら発言したのだろうが」

教科書の国定制は終戦後に廃止され、一九四七年、「学校教育法」によって、新制の小学校・中学校・高等学校の教科書に検定制が復活した。検定権者は文部大臣で、検定は文部省が作成する「学習指導要領」をふまえた基準に照らして行われることが建前とされてきた。

上記レクチャーが展開されたと設定されている一九五六年当時、日本における政界の図式はごく単純なもので、復古主義者を含む「保守」陣営と、社会主義者を含む「革新」陣営とに大きく二分されていた。

阿部は革新陣営に属し、日本の将来については、大局的には「日本国憲法」の三つの基本原則である「国民主権」、「基本的人権の尊重」、「平和主義」をより徹底させてゆく方向に推移してゆくという歴史観、いわゆる「進歩史観」を信じて疑っていなかったようである。歴史は「全大衆」のために書かれるべきもので、「教科書だって、そういう一つの目的によって進歩してゆくのじゃないか」という「深木」の発言は、そのまま阿部の思想的立場を代弁していたものと見える。

しかし、その後の、教科書検定をめぐる事態の推移はそう単純なものではなかった。とりわけ、高校生用あるいは中学生用の歴史教科書は、「歴史認識」や「歴史観」をまったく異にする両陣営による「歴史の奪い合い」の舞台のようになった。「歴史の奪い合い」とは、「深木」がこの小説の末尾近くにおいて発した言葉である。

そもそも教科書の「検定」は必要か

東京教育大学教授（当時）の家永三郎（一九一三〜二〇〇二）が執筆した『高等学校日本史』が検定不合格になったのは一九五七年であった。文部省初等中等教育局長から家永に通知された不合格理由には、「過去の史実により反省を求めようとする熱意のあまり、学習活動を通じて祖先の努力を認識し、日本人としての自覚を高め、民族に対する豊かな愛情を育てるという日本史の教育目標から遠ざかっている感がつよい」、「記述が往々評論に流れ表現や語調に教科書として適当でないところが認められる」などとあった。これらの指摘は、主として以下に挙げる家永の記述に向けられたものであることは明らかである。

①『古事記』や『日本書紀』にある「神武天皇以後の最初の天皇数代の間の記事も、すべて大和朝廷が日本を統一してのちに、皇室が日本に君臨するいわれを権威づけるために作り出した物語である」。

②明治時代に広まった進化論の思想はやがて歴史的発展の哲学に置き換えられ、「マルクスの

唯物史観のような発展史観が知識人の間に勢力を得てき」て、「今や、人類社会の無限の進歩を信じ、将来に向かっての積極的な努力を試みようとする人生観が現われたことは、近代社会人の精神生活の中でも大きな特色とすべきであろう」。

家永は、教科書検定は「思想審査・思想統制」にあたり、憲法違反であるとして、一九七四年に訴訟を起こしたが、一九九三年になって最高裁は、検定そのものは合憲であるとする旨の判断を示している。

一九八二年六月、日本の各新聞が、昭和前期の日本軍の記述に関する教科書検定において「侵略」が「進出」と書き改めさせられた旨の報道（のちに誤報と判明）をしたため、中国・韓国の反発を招き、外交問題に発展した。事態収拾にあたった文部省は、検定基準のなかに、「近隣のアジア諸国との間の近現代の歴史的事象の扱いに、国際理解と国際協調の見地から必要な配慮がなされていること」との条項を追加した。

一九八六年七月、「日本を守る国民会議」（現・日本会議）が提唱し、東大教授（当時）の小堀(こぼり)桂一郎や筑波大教授（当時）の村松剛(たけし)らが執筆した高校用教科書『新編日本史』が検定に合格した。元東大総長で、当時は自由民主党・自由国民会議所属の参議院議員を務めていた林健太郎（一九一三〜二〇〇四）は、本書について、『古事記』や『日本書紀』の国生み神話、建国伝承が日本史の「教科書の中に取り入れられたのはこれが始めてであり、天皇や皇室関係の記述が比較的多く（中略）、且つそれが敬語を使って述べられているのは新しい。しかしこれは果して悪いと言うべきであろうか」云々と論評した（月刊誌「文藝春秋」一九八六年一〇月号）。

一方、この教科書では、文部省による修正意見を経ても、一九四六年元旦に昭和天皇が自らの神格性（一九三五年に文部省が編纂した「国体の本義」にいう「現御神（あきつみかみ）」）を否定した旨の、いわゆる「人間宣言」については言及されておらず、「日本国憲法」の理念とは相容れ難いものと言ってよかった。

二〇〇一年、いわゆる「自虐史観」からの脱却を標榜する、西尾幹二（かんじ）（電気通信大学名誉教授）らが執筆した『新しい歴史教科書』（扶桑社）が、中学校社会科の教科書として検定に合格した。同書の冒頭には「歴史を学ぶとは」の項があり、「歴史を学ぶとは、今の時代の基準から見て、過去の不正や不公平を裁いたり、告発したりすることと同じではない。過去のそれぞれの時代には、それぞれの時代に特有の善悪があり、特有の幸福があった。（中略）歴史に善悪を当てはめ、現在の道徳で裁く裁判の場にすることもやめよう」とあった。これは、従来の歴史教科書を貫く「歴史認識」や「歴史観」とは大きく異なるものであった。

このように、歴史教科書の叙述内容や教科書検定のあり方は、昭和後期から現代にかけて、国内外でしばしば物議を醸してきた。検定の時期が異なるとはいえ、家永が執筆した教科書が「不合格」で、小堀・村松らによる教科書が「合格」であるというのは理不尽だ、とする意見も根強い。

とはいえ、そもそも教科書の叙述内容にいちいち目くじらを立てること自体がおかしいのではないか、というのが私の意見である。現代では、教科書以外の書籍、新聞・雑誌やＳＮＳなど、巷には情報があふれているので、児童・生徒や教員は、教科書のみからとりわけ強い影響や、まして「洗脳」を受けることはないと思われる。

むしろ、教科書は、検定制を廃止して自由採択制にし、教育現場では、教科書の叙述内容も対象に含めて、「情報の真偽をきちんと見極める教育」や「情報を的確に取捨選択する能力を養う教育」を強化・徹底することこそが大切ではないだろうか。少なくとも、教科書自体をいたずらに神聖視することはやめるべきである。

ちなみに、教科書国定制導入以前に死去した福沢諭吉（一八三五〜一九〇一）は、自身が創刊した新聞「時事新報」（一八九七年四月二日付）に発表した「教科書の編纂検定」と題する評論のなかで、以下のように説いている。

世間の人は案外に眼識に乏しからず、めいめいに取捨して適当のものを用うるに、他人のお世話は待たざるなり。もしも文部省が、みだりに検定を窮屈にするのみならず、一種の偏見を構えて、その間に我が意を調合すること、これまでの如くならんには、ただ教育の発達進歩を妨害するにすぎざるのみ。

引用・参考文献
・阿部知二『白い塔』岩波書店、一九六三年。
・山住正己編『福沢諭吉教育論集』岩波文庫、一九九三年。
・家永三郎『検定不合格　日本史』三一書房、一九七四年。
・小堀桂一郎・松村剛ほか『新編国民日本史』原書房、一九八七年（これは『新編日本史』の市販本に相当）。
・西尾幹二ほか『市販本　新しい歴史教科書』扶桑社、二〇〇一年。

28

正体のつかめぬもの、そりゃあおばけだ——北杜夫（もりお）『こども』

キーワード「ＡＩＤ」

ＡＩＤの光と影

子どもを欲していながら妊娠できない夫婦にとって福音となり得るのが、「人工授精」や「体外受精」である。このうち、もっとも早く導入されたのが配偶者間の人工授精（ＡＩＨ）で、日本では戦前から行われていたと思われる。

夫が無精子症などの場合に適応となるのが、夫以外の第三者の精子を用いる非配偶者間人工授精（AID、artificial insemination with donor's semen）で、日本初のAID児誕生は、戦後まもない一九四九年、慶応義塾大学病院産婦人科においてであったとされている。AIDによって誕生した日本人は少なく見積もっても一万人以上いるとされているが、多くの場合、施術は医師・精子提供者・夫婦がそれぞれ事実を秘匿することを暗黙の前提として行われてきた。

小説家の北杜夫（一九二七〜二〇一一）には、このAIDをモチーフにした作品がある。一九六八年に発表した短編『こども』である。北は、歌人で医師の斎藤茂吉（一八八二〜一九五三）の次男として東京で生まれ、自身も東北大学医学部を卒業して医師となり、一九五三年に慶應義塾大学病院で精神科医としてのキャリアをスタートさせた。そのかたわら創作活動にも励み、一九六〇年、『夜と霧の隅で』で芥川賞を受賞した。

『こども』の内容を垣間みてみよう。主人公は、氏名不詳の「男」である。

男は自分で学校に出むいてゆき、担任の先生と会った。そのかなり年配の教育者としての経験も長そうな女の先生は、彼よりももっと困ったような表情で、口ごもりながら、それでもありのままを話してくれた。

それによると、男の子供は、予想していたよりも学校では更に悪評の的となっており、休み時間に孤立して校舎の壁にもたれているかと思うと、だしぬけにそばを通りかかる子を襲ったり、女の子のパンツをひきはがそうとしたこともあった。同じ学年の他の教師にも相談しているが、父兄の間でも問題になり、自分としても御子息の教育には自信が持てなくなっている、という話であった。

「男」は、改めて息子が誕生するまでの経緯について振り返る。

子供はできなかった。妻は月のものも元から不順であったし、そこで長いあいだの婦人科通いが始まった。医者は投薬し注射をし、体温表をつくらせ、二人が床を共にする日々を指示したりまでした。それでもやはり子供はできず、ついに男が呼びだされ、無精子症と告げられた。

「男」の無精子症を医師から告げられても、妻は病的に子どもを欲しがった。

けれども、妻があのことを言いだしたとき、きっぱりと拒否すべきではなかったか。いや、あれはあれで仕方なかったのだ。妻は四回目に妊娠した。あれだけ喜んだ妻が残酷にもあんなにあっけなく早く死んだことが、この慎重に計画された芝居の筋書きを変えたのだ。いや、妻

が生きていたとて、あいつはどんなように育ったろうか。精子の有していた遺伝子のほうが強力で、やはり似たりよったりになったのではあるまいか。いや、遺伝より環境のほうが強いかも知れない。妻には子供へむかっての本能まるだしの愛情があった。そりゃあ自分の真実の子だもの。おれにはそれがなかった。いや、たとえ無限の愛情にとりまかれていたとて、はたしてあの子は？　あの兇々（まがまが）しい性質と小悪魔の知恵は尋常のものではない。いや……。

「男」は、息子の真実の男親を突き止めたくなって、妻が出産した大学病院を訪れるが、医師によって拒否される。

「個々のケースの記録はありません。そのときの精子提供者に登録されている全員の記録だけです」

医者は学術報告をするように言い、なお男がその全員の名を教えてくれとでも頼むことを予期したように、急いでつけ加えた。

「あなた、医者には秘密を守らねばならぬ義務も法律もあるのですよ。それに、そのことをお考えになるのはタブーです。あなた御自身を不幸にするだけです」

男は医師と別れてから煩悶する。

個々の記録はない？　いいや、科学とはそんなものではないはずだ。医者の使う善意の嘘にちがいない。少なくともあの医局のどこかに、当時の精子提供者の名前がしまってあるはずだ。この病院ではこのごろ精子提供者が常に六十名は登録されているというが、妻が妊娠したころにはもっと少なかったのではないか。

情報開示を拒否されたことで「男」の苦悩は深まる。

そのときの男の気持では、深夜、病院の医局に忍びこんで、精子提供登録者の名簿を盗みだしたいと、本気で考えたものだった。

なんとしても、あの子の真実の男親の正体を知りたい。どこの誰で、どんな顔をし、どんな性格の男なのか。

それを知ることができたら、このもやもやとして救いのない、ねばっこく灰白色に閉ざされた靄（もや）の渦の中から、いくらかでも逃れられるのではないか。せめてこの乱れきり休まることのない気持が、もうちょっと静まりはしまいか。

――正体のつかめぬもの、そりゃあおばけだ……。

出自を知る権利

ノンフィクションライター歌代幸子（うたしろゆきこ）の著書に『精子提供』（後掲）がある。ＡＩＤによって誕生して成人し、ふとしたことでその事実を知った人たちを取材した渾身のルポルタージュである。彼らは、出自の半分が分からないことに「言いようのない居心地の悪さ」を覚えている。実の母親、そして、父親と信じてきたが実は血縁関係のない、いわゆる義理の父親との関係もぎくしゃくしてくる。精子提供者（ドナー）の手掛かりを探り出そうとする人も多くなってきた。

海外では、一九八〇年代の半ばからスウェーデン、アメリカ、イギリスなどで、「出自を知る権利」が議論されてきていた。二〇〇三年、厚生労働省の生殖補助医療部会からは、当人の「出自を知る権利」を認める、すなわちドナーを特定できる情報を全面開示することを認める旨の答申が出された。しかし、いまだにこの権利は法制化されていない。当人の苦悩は計り知れない。そんな苦悩に、ルポライターの歌代はていねいに寄り添っている。

しかしながら、妻に死なれたあとＡＩＤ児の素行に悩むこの小説の「男」、残された子どもとは血縁関係がない、いわば義理の父親の苦悩には、どのように寄り添ったらよいのであろうか。「男」はＡＩＤ児本人ではない以上、子どもの「出自を知る」ことは、少なくともその子どもが成長して、自分の意志で知ろうとする気にならないかぎりは許されない。引用文中にあるように、「男」には、「妻があのことを言いだしたとき、きっぱりと拒否すべきではなかったか」という後ろめたさもあって、自分を責めることしかできない。しかし、「正体のつかめぬもの、そりゃあおばけだ」という感覚も、さぞかし居心地の悪いものであろう。こうした義理の父親の苦悩については、残念ながらルポ『精子提供』では何も触れられていない。

北杜夫（もりお）の『こども』と山本有三の『波』

ところで、第一部でも触れたが、作家の山本有三（一八八七～一九七四）には、戦前の一九二八年に発表した『波』という長編小説がある。

小学校教師「行介」の妻は、ある学生と不義密通を犯して駆け落ちしてしまう。数日後、行介は二人の行方を突き止め、妻を連れ戻す。そして妻を許し、元どおりの夫婦関係を続ける。やがて妻は男児の「駿（すすむ）」を出産するが、産後に痙攣（けいれん）を起こし、意識不明となってまもなく死亡する。行介は、残された駿の実父が果して自分なのか、それとも密通相手の学生なのかと苦悩するが、親子鑑定の技法に乏しい戦前のことゆえ、確かめる術（すべ）がないまま駿を育てる。やがて駿は小学生になる。

小学校教師の行介は、教え子のことは差別なく一様に愛せるのに、駿のこととなると、成績や素行がよいときは自分の子どもと信じられるが、悪いときは亡妻の不倫相手の子どもではないかとつい考えてしまい、どうも素直には愛せない。

明らかに実子ではない子どもの、小学校での素行に苦悩する父親を描いた北杜夫の短編『こども』、他方、子どもが実子かどうかで悩む小学校教師を描いた山本有三の長編『波』。直接には何の関係もない二つの作品であるが、「小学校」という現場が媒介となって主人公が苦悩するという点では共通している。『こども』（そして『波』）を、「学校小説」と見なしてここにあえて取り上げたゆえんである。

引用・参考文献
・『北杜夫　辻邦夫集』（筑摩現代文学大系87）筑摩書房　一九七六年。
・山本有三『波』岩波文庫、一九四三年改版。
・歌代幸子『精子提供　父親を知らない子どもたち』新潮社、二〇一二年。

29　定員の学生だけではやってゆけない――三浦朱門（しゅもん）『竹馬（ちくば）の友』　キーワード「大学紛争」

大学紛争とは何であったか

一般的に「大学紛争」というと、一九六八年から一九六九年、佐藤栄作（一九〇一～一九七五）

が首相を務めていた時期において全国に吹き荒れた、大学生を主体として引き起こされた紛争を指す。東京大学や日本大学を筆頭に、当時の全大学の約八割にあたる一六五校で、学生主体のバリケード封鎖、要するに、授業ボイコットの「ストライキ」ないしは「サボタージュ」が行われたほか、教員に対する学生の暴力行為、闘争方針の異なる学生間での暴力行為も少なくなかった。

直接的には、大学の学費値上げ、管理体制のあり方、マスプロ教育などへの不満・反発が噴出したものであったが、その背景には、ベトナム反戦運動など、当時盛り上がっていた反政府という気運があった。

ベトナム戦争は、社会主義陣営の「北ベトナム」と資本主義陣営の「南ベトナム」との間で繰り広げられた内戦にアメリカが介入したという戦争である。一九六四年、アメリカは北ベトナムへの爆撃（北爆）・地上戦を開始したが、それ以後、「日米安全保障条約」に基づいて置かれている日本の米軍基地からは、米軍機がベトナムに向けて頻繁に飛び立っていった。

大学紛争直前の時期には、左翼陣営の政党・労働組合・学生有志などによる、佐藤首相の南ベトナム訪問・アメリカ訪問を阻止する闘争（一九六七年）、ベトナム戦争に関与し、核の持ち込みも疑われていた米原子力空母「エンタープライズ」が佐世保に寄港するのを阻止する闘争（一九六八年）、米軍野戦病院の埼玉県入間（いるま）郡から東京都北区王子への移転に反対する闘争（同）などを内容とする、ベトナム反戦運動が盛り上がっていた。

この大学紛争は、それまでの全学連（全日本学生自治会総連合）中心の学生運動とは異なり、政党・政派を直接の核としない、「全共闘（全学共闘会議）」と呼ばれた新たな大衆的学生運動組織が闘争を牽引したことも大きな特徴であった。

とはいえ、各大学の紛争は警察力によって沈静化に向かい、一般学生の運動離れも加わって急速に退潮し、全国的な大学紛争状態は発生後一年を経ずに実質的に解消した。ちなみに、当時の私は中学生であったが、紛争のことに関しては訳が分からず、連日のテレビ報道を通じて、「大学生になれば勉強しなくていいんだ」と印象づけられた。

作家で、のちに文化庁長官も務めた三浦朱門（しゅもん）（一九二六〜二〇一七）は、当時、日本大学の教授を務めていたこともあって、日大紛争の事態収拾に忙殺されていた。一九六九年に雑誌「文藝春秋」に発表した『小説大学紛争』（のちに『竹馬の友（ちくば）』と改題）は、大学紛争を大学内部から描いたもので、舞台は架空の「明倫大学」となっているが、日本大学をモデルにしていることは疑いない。

主人公は教授の「私」である。教授陣のなかには「スト派」の学生の味方をする「井村」のような人物もいて、情勢は混沌としていた。

日大紛争をモデルにした小説

『竹馬の友』を引用しよう。

明倫大学は学生を定員の倍以上とっている。定員オーバーはほとんどの私大では経営上やむを得ないことというのに、井村たちは毎年、入試の度ごとに定員厳守を主張する。それは一応は正しいことだった。しかし、理事会側で示す資料によると、定員だけでは、教職員の給与も出ないという。勿論、その資料だって疑えば疑えるが、私としては定員以上に学生をとることは認めたくないにしても、経営上、やむをえざる限界のようなものがあるならば、理事会がそれを守ってくれることを期待するばかりだった。

ここには、当時の多くの私立大学の、経営構造上の根本的な矛盾が指摘されている。「明倫大学」の紛争は、理事が高額の給料をとっていることを学生有志が糾弾したことからはじまった。

理事がでたらめをしなくとも、明倫大学は定員の学生だけではやってゆけないのだった。それでも井村は初めて大学内で実質的な機能を果しはじめた。彼は大学当局と教授会、さらには現在の日本の体制に一切の非があるという文章を世間に発表しながら、学生に対しては、積極的に大学の内幕を暴露しはじめた。彼の主張は、そしてスト派の学生の主張は、入学者定員を厳守することが正しいような意味で正しかった。

文部省が要求する基準をそろえるためには金がいる。そのために定員以上に学生をいれる。すると増えた分に対する設備が必要になる。そのためには……。新制大学がはじまって以来の、この追いかけごっこは、今では米の統制のように、原則論では割りきれない既成事実を作ってしまった。しかしこれが大部分の大学関係者が暗黙のうちに了解していればともかく、それは認められないと大部分の学生――その中には定員外入学生もはいっているのだが――と教職員が考えだしたのなら、日本の教育制度の根本にまでさかのぼって、改革すべきであろう。

その限りでは井村は間違っていない。しかし彼と彼の支持者が言うように、これは明倫大学の問題に止まらず、日本の教育の問題だ――ここまでは、ほとんどの者が納得する――同時にこれは、安保体制下の日本の地位、ひいてはベトナム戦争に現われている世界政治の矛盾、人類の解放につながり、そこにまで到達すべき闘争だ、という風にひろげられると、もう手がつけられない。

「井村さん、日本の教育問題だということはわかります。しかし我々として、井村さんのように社会に発言力のある人は別ですが、ここの教授会としては、うちの大学紛争の解決という形で日本の教育問題の改革に参加することしかできないのではないですか。」

「いや、今はそんな時代じゃない。学生は自分がどこの大学の学生かというようなことは問題にしていない。同じヘルメット、同じ角材を持って立ち上っている。我々教員も……。」

井村とその二三の支持者がいると、あらゆる会議は抽象論の討議になって、具体的なことは何もきまらないのだ。しかも教授会が何もしないと非難するのは、常に井村だった。さらに悪いことに、会議の中の、個々の教授の発言が学生に筒抜けになることだった。

こうして紛争は、やがて一部の学生による、学部長などの監禁・つるし上げの事態にまで発展する。ちなみに『竹馬(ちくば)の友』というタイトルは、前掲のように『小説大学紛争』を改題したものだが、これは登場人物の「私」と「井村」とが旧制高校の同級で、同じ大学の英文科を一緒に卒業して、今はともに明倫大学の英文科の教授である、という設定から来ている。思想的立場を異にする「私」と「井村」とが「竹馬の友」なのである。

もっとも、この井村は、彼が肩入れしてきた学生セクトが執行部から追放され、もっと過激なセクトが勢力を得たために、やがて見棄てられてしまう。

大量水増し入学や施設不備に対する学生の反発に端を発した日大紛争であったが、現在では、国公立はもとより私立大学においても、定員を厳格に守る努力が文部科学省から課せられている。また、私学助成として税金が大量に投入されている。近年の多くの私立大学は、学校数の多さと少子化の影響とが相まって、定員を満たすのに汲々としており、まさに隔世の感がある。

なお、往年の日大紛争の一部始終については、小熊英二の上下二冊に及ぶ大著『1968』（後掲）の上巻第Ⅲ部において、一一〇ページ余りを費やして詳述されている。とはいえ、この大著を読んで、半世紀以上も前の日大紛争のことを知ろうとする現代の若者はほとんどいないであろう。全共闘世代と五年ほどしか年齢が離れていない私ですら、当時も今も、彼らの思想や行動にはほとんど興味をもてないでいる。というか、ほとんどついていけない。

現代における学生の社会運動

翻って、現代の学生たちはどのような政治的運動を展開してきたのかを見てみよう。それには、小林哲夫の『平成・令和　学生たちの社会運動』（後掲）が最適である。本書では、主として二〇一〇年代の、大学間の垣根を超えた社会運動が概括されているが、「学生運動」という語は用いられていない。「学生運動」というと、一九六〇年の全学連を主体とする「日米安全保障条約」改定阻止闘争や、前掲した、一九六八年前後の全共闘を主体とする大学紛争を想起させるので、あえて避けている。

二〇一〇年代の学生たちの社会運動といえば「街頭デモ」が中心で、授業ボイコットなどといった一般学生に迷惑を及ぼすような行為は、大学当局が厳正に対処する方針を掲げるとともに学生のほうも自粛していたので、皆無であると見てよい。

団体名と当時の活動内容を具体的に挙げると、「特定機密保護法」に反対する《SASPL》、「安保関連法」に反対する《SEALDs》、「組織的犯罪処罰法」改正案に抗議する《未来のための公共》、最低賃金一五〇〇円を訴える《エキタス》、戦争反対・平和希求を訴える《Peace Night 9》、「安保関連法」に反対しハンストを実行する《直接行動》、コロナ禍の貧困学生に食料支援する《民青（民主青年同盟）》、ゼネストを通しての革命を目指す《中核派・全学連》、高等教育無償化や奨学金制度充実を求める《FREE》、気候変動をとめる政策を求める《Fridays for future Japan》、女性の人権を擁護する《Voice Up Japan》が主なものであった。

これらの活動のなかには、古稀に近づいた私でも心から応援したくなるものが少なくなかった。

引用・参考文献
- 三浦朱門『竹馬の友』三笠書房、一九七〇年。
- 小熊英二『1968（上）若者たちの叛乱とその背景』新曜社、二〇〇九年。
- 小熊英二『1968（下）叛乱の終焉とその遺産』新曜社、二〇〇九年。
- 小林哲夫『平成・令和　学生たちの社会運動』光文社新書、二〇二一年。

第6期（一九七〇年～一九八九年）

参考年表

一九七一（昭和四六）年	文部省が小中学校通知表の記載様式・内容を自由化／「教育職員給与特別措置法」公布（超過勤務手当の廃止）。
一九七二（昭和四七）年	内申書特記事項のため高校を不合格になったとして卒業生と親が東京都と千代田区に損害賠償請求訴訟（いわゆる「内申書裁判」）。
一九七四（昭和四九）年	高校進学率が九〇パーセントを突破。
一九七九（昭和五四）年	国公立大学共通一次学力試験を初めて実施／養護学校の義務教育化／総理府「青少年の自殺問題に関する懇話会」が自殺防止対策を提言。
一九八二（昭和五七）年	文部省が教科書検定基準に「近隣のアジア諸国への配慮」を追加。
一九八四（昭和五九）年	「いじめ」問題陰湿化に対し文科省が小学校・教育委員会に指導書配布。
一九八五（昭和六〇）年	小・中学生の「登校拒否」（年間五〇日以上）が激増（約二万八〇〇〇人）。

30　内申書には特記事項がありました——小中陽太郎『小説　内申書裁判』

キーワード「内申書」

ペーパーテストプラス内申書

私がとある都立高校に入学したのは一九七〇年四月である。都立高校は一九六六年度まで、中学校で学ぶ全九教科のペーパーテストの結果によって入学者が選抜されてきた。しかし、折しも高校進学率が急速に高まってきた時期で、翌一九六七年には、ペーパーテストは三教科（国語・数学・英語）のみとなり、その代わりに、中学校でのいわゆる「普段点」を重視し、それと合算して合否を決めるという方向へシフトした。

普段点は、出身中学校が提出する「内申書」（調査書）に記載された普段の成績（いわゆる内申点）をメインにして把握された。同時期、ほかの多くの道府県も同じ方向を向いていた。

ちなみに、私が都立高校に入学したときの内申点の計算法は、国語・数学・英語については第三学年二学期の五段階相対評価の素点そのままの計一五点満点、他の六教科（社会、理科、音楽、美術、保健体育、技術・家庭）については各教科二割増しの計三六点満点、それらを合算し、五一点満点とされた。これがペーパーテスト（三〇〇点満点）と同じウエイトで換算されて、合否が判定されたわけである。

ペーパーテストだけでは当日の体調によっては著しい不利益を被ることにもなりかねないが、内申書の点数も重視されるとなると、いわゆる「普段点」も評価されることになるので、普段からいわゆる「お行儀のよい」私としては、この制度はうれしいかぎりであった。

しかしながら、内申書には、学業成績の点数を表示する欄だけではなく、当人の生活習慣（三段階評価）や遅刻・欠席日数、部活動の状況などを記載する欄もあった。さらに、いわゆる「特記事項」という欄があり、その欄への記載の有無やその内容は出身中学校の裁量に任されていた。高校、とくに私立高校の場合には、これらをどの程度のウエイトで考慮するかは当該高校の裁量に任されていた。さらに、私立では面接を課すところも少なくなかった。

内申書をめぐって裁判が

一九六八年から一九六九年に全国で吹き荒れていた大学紛争（〔29　定員の学生だけではやってゆけない――三浦朱門『竹馬の友』〕を参照）は、一九七〇年には高校、果ては一部の中学校へも飛び火した。同年から翌年にかけて、全国の少なからぬ高校生・中学生が学校内外で「政治活動」を行っていた。私にも、高校の同級生にそういう生徒が少数ながらいた。

さて、私よりも一学年下、一九五五年生まれの保坂展人は、一九七〇年度に東京都千代田区立麹町中学校の三年生であったが、卒業間近の一九七一年の春に実施された高校入試において、全日制高校をすべて不合格となっている。
保坂の内申書には、「基本的な生活習慣」、「公共心」、「自省心」の欄に、三段階の最下位にあたる「C評価」が付されたとともに、特記事項として、「文化祭粉砕を叫んで他校生徒と共に校内に乱入し、ビラまきを行った」、「大学生ML派の集会に参加している」など、政治活動に関する経歴が記述されていた。「ML派」とは、当時の新左翼党派「日本マルクス・レーニン主義者同盟」のことである。

のちに彼は、自身がいわゆる学生運動をしていた経歴を内申書に書かれたために全日制高校に入学できず、学習権が侵害されたとして、千代田区と東京都を相手どり、「国家賠償法」に基づく損害賠償請求訴訟を起こした。一審の東京地裁は慰謝料を認めたが、二審の東京高裁は内申書を執筆した教員の裁量を認めて保坂側が敗訴した。その後、最高裁判所に上告したが、最高裁は一九八八年、単に経歴を記載したにすぎず、「思想、信条そのものを記載したものではないことは明らか」であるとして上告を棄却した。

以上がいわゆる「麹町中学校内申書事件」の顛末である。裁判の進行中、評論家の小中陽太郎（一九三四〜）が保坂自身や多くの関係者に詳細な取材をしてまとめあげ、一九八〇年に発表したのが『小説　内申書裁判』である。

小中陽太郎は神戸市生まれで、東京大学仏文科を卒業している。NHKディレクターを退職後、大学客員教授などを務めながら、さまざまな分野の文筆活動を続けた。教育問題に関連した著作には、『小説　灘高校』（一九七四年）や『教育の誤算　教育荒廃をうちやぶれ』（一九八七年）などがある。

『小説　内申書裁判』はタイトルどおり「小説」であり、生徒名や高校名・教員名などは、「麹町中学校」を除いてすべて架空のものである。生徒の氏名は「尾花沢昇（おばなざわのぼる）」。受験した高校の一つに私立の「日東学園」があった。以下に挙げるのは、同校教員による一九七一年春の合否判定会議の模様である。

「本校の成績を申し上げます。『国語』九十四点、『数学』六十八点、『英語』七十六点、合計二百三十八点であります。三で割ると、四捨五入で平均八十点です」

「三で割ると」以下の計算は、少しおかしいが、それには目をつぶることにしよう。

「席次は今回受験生中十四番です。しかし、面接が『3′』ですな。この件について渡先生、ご説明願いましょうか」

渡先生は、温厚な人だったが、内心、心に期することがあるようだった。

「実は、その生徒の内申書には特記事項がありました」

「それで」

一座に先に聞きたい、という様子がある。

「特記事項には、『二年生の時、麹町（こうじまち）中学全共闘を名のり、機関紙「砦（とりで）」を発行し、文化祭粉砕を唱えて他校の生徒と校内に乱入し、校庭でデモを行いビラをまいた』と、だいたいこのようなことが、書かれておりました」

「え！それは大変だ」

と嘆声が洩れた。

「それで私も動機をいろいろ聞いたのですが、本人の言うには、学校のクラブで政治研究会を作ろうとしたところ禁止され、それで次第にエスカレートしてこうなったと言っておりました」

次いで、生徒の内申点が確認される。

「中学の成績はどうなんでしょう」

「内申書によりますと、一年が三十九点、二年が三十五点、三年が二十一点と下がっています」

「オール５として、五十一点、オール３で三十点だね」

校長がたしかめた。

入学賛成派が意見を述べる。

渡先生は、最後まで自分の考えを言い尽くさなければやまないという感じで、

「尾花沢昇（おばなざわのぼる）がビラを撒いたりした原因は、政治研究会を作りたいというのにそれが許可されなかったから、ということでした。現在、本校では、政治研究会にせよ、社会科学研究会にせよ、生徒が作ろうと言えば許可しているから、その点で問題になることはないわけです。ですから自分は、この生徒の入学に賛成します」

次は反対派の発言である。

それから討論になった。校長が司会した。すぐに手が上がった。数学の小野田先生だった。

「私は、この子の入学に反対します。理由は簡単です。暴力学生はいけない」

「どうして暴力学生はいけないのですか」

と、若い英語の鈴木先生が言った。

するとと小野田先生は、呆れたというように、
「どうしていけないといって、学園の秩序を乱す暴力学生がいけないのはあたりまえじゃあないですか」

そして、建設的な意見も出る。

五十代の国語の先生はこういう意見だった。
「政治だ、暴力だといっても、わずか十五歳の中学生ではありませんか、将来いろいろな可能性を持っている。私どもの学校に入れて、教育してみようではないですか、幸い成績もいいようですし」

この意見は多くの先生の共感を得たようだった。試験の結果を重視するこの先生の意見は、説得力があった。日東学園の先生たちは、真剣に自分の意見を述べあった。

すでに時間は、四十分近くたっていた。しかし、結論は出ない。一人の生徒のために、これほど討論したことはかつてなかった。
「どうでしょうか、午後四時には、結果を発表しなければならない。保留というわけにもまいりませんな、無理にも結論を出さねばなりませんが……」

――と、校長が頭をぬぐった。

原告の現在と内申書の現在

ペーパーテストは当日の体調に左右されやすい。面接は印象に左右されやすい。内申書重視は、いわゆる「普段点」の重視といえば聞こえはよいが、この小説にも描かれているように、評価基準があいまいである。内申書をめぐっては、現在も大小さまざまな問題が発生している。

教育評価を専門とする田中耕治らが執筆した本に『内申書を問う』（後掲）がある。内申書に期待される役割は何か、どのように記載されるべきか、学校間格差にどう向き合うかなど、さまざまな観点から論じられている。

そもそも内申書は、「保護者や子どもたちに内密に申告する書類」である。「内密に」という点にこそ、問題の本質があると言えよう。田中らは本書で、内申書改革の方向性として、ペーパーテストと内申書のそれぞれの役割を理解すること、評価基準の合意を目指して地域単位の取り組みを進めることなどについて、数々の具体的な提言を行っている。

ちなみに、裁判の原告となり、小説のモデルとなった保坂展人（ほさかのぶと）は、全日制高校を不合格になったあと、ある都立高校定時制課程に入学したが、そこを中途退学している。自身の数奇な体験を活かしつつ、やがて『先生、涙をください』（集英社、一九八三年）や『学校に行きたくない』（同、一九八四年）などの著書によって、弱者に寄り添う教育ジャーナリストとして頭角を現した。さらに一九九六年、衆議院議員選挙に社会民主党（社民党）公認で立候補して初当選したのち、通算で三期当選し、その後、二〇一一年には東京都世田谷区の区長選挙に無所属で立候補して当選を果たし、二〇二四年現在、四期目となる区長職を務めている。

もしも彼が、一九七一年に全日制高校を不合格にならず、その後、大学にも順調に進学して卒業していたとしたら、果たして、政治家として華々しく活躍できる未来が待ち受けていたであろうか。このように書くと、失礼がすぎるであろうか。

引用・参考文献
・小中陽太郎『小説　内申書裁判』光文社、一九八〇年。
・田中耕治・西岡加名恵編『内申書を問う――教育評価研究からみた内申書問題』有斐閣、二〇二四年。

31 外の人って、いざとなると結局私たちを――宮原昭夫『誰かが触った』

キーワード「療養所内教育施設」

ハンセン病患者の苦難の歴史

かつて「らい（癩）」もしくは「らい病」と呼ばれていた疾患は、らい菌の感染によって起こり、皮膚の変性を特徴とする慢性感染症である。「らい」という名称それ自体に差別がまつわりついているという理由で、近年では、一八七二年に病原菌を発見したノルウェーの医学者ハンセン（Armauer Hansen, 1841 ~ 1912）にちなんで「ハンセン病」と呼ばれている。

感染力は極めて弱く、死亡する危険もまずない。にもかかわらず、外見が特異なものになり、異臭も放つことなどから患者は忌み嫌われ、長い間、差別と偏見に苦しんできた。日本では、一九三一年に「癩予防法」が成立し、全患者を生涯にわたって強制隔離するという「絶対隔離」が推進されることとなった。ハンセン病患者にとっては、病むということが、すなわち家や故郷を失うことにほかならなかった。

第二次世界大戦中の一九四一年、アメリカで特効薬「プロミン」が開発され、それが戦後まもなく日本でも量産されるようになり、ほどなくハンセン病は不治の病ではなくなった。しかし、一九四七年施行の「日本国憲法」で国民の基本的人権が保障されるようになったにもかかわらず、ハンセン病患者に関しては、一九五三年の法改定（「癩予防法」から「らい予防法」へ）によっても、隔離主義そのものに改善が見られなかった。長年にわたる関係者の尽力で同法が廃止されたのは一九九六年のことである。

一九五三年の法改定により、療養所内には、義務教育の学齢期の患者のための教育施設が設けられた。今日の、いわゆる「院内学級」の一種である。院内学級には法的な規定は存在しないが、その多くは、病院内に設置された、特別支援学校の分教室や小・中学校の特別支援学級である。また、特別支援学校が病院などへの訪問教育を行っている場合、指導のための場所が確保されていれば、それも「院内学級」と呼ばれる。

ハンセン病療養所内の、いわゆる「らい学級」の様子が内部から描かれたノンフィクションに、一九六三年に単行本となった鈴木敏子（一九二四〜）の『らい学級の記録』がある。これは一九六〇年度から一九六三年度までの記録で、著者は当時、東京都の北多摩郡東村山町（現・東村山市）のある町立小学校の助教諭で、ハンセン病療養所である「国立療養所多磨全生園（たまぜんしょうえん）」の分教室に派遣教諭として勤務していた。

フィクション（小説）としては、宮原昭夫（一九三二〜）が一九七二年に発表し、芥川賞受賞作品となった『誰かが触った』がある。宮原は横浜に生まれ、早稲田大学露文科を卒業し、予備校に勤務しながら創作に打ち込んでいた。『誰かが触った』の舞台は、あるハンセン病療養所内の、小学校ではなく中学校の分教場である。

この小説をめぐっては、素材が前掲した『らい学級の記録』からの「盗作」ではないかというクレームがつき、論争となった。その過程で、さすがに「盗作」と評するのは行き過ぎで、「借物」という表現がふさわしいとする意見が大勢を占めたようであるが、一部の読者の間にはモヤモヤとした感情が残っているようである。この論争の経緯については、栗原裕一郎が著した『〈盗作〉の文学史』（後掲）においてかなり詳しく取り上げられている。

ハンセン病療養所内の分教場を舞台とする小説

以上の論争を頭の片隅にとどめたうえで、『誰かが触った』からの次の引用文をお読みいただきたい。

その時、だしぬけに扉が開いて、ここの教師の馬場が、見知らぬ女性と連れ立って入って来ながら、

「……ここと、隣りが、中学の教室です」説明している。馬場は三十そこそこといった齢恰好の長身の男で、連れの小柄な女性は彼よりいくらか齢上にみえる。二人とも白い予防衣を身にまとっているので、非患者であることが一目で判る。

女性のほうは戸口でかすかなためらいを見せてから、ぎこちなく入ってくる。

この女性は「加納妙子」と言い、ここの小学校の先生になることを前提に見学に訪れていた。

——だしぬけに歌子が、場にそぐわぬほどうわずって、

「あたしら、別に悪いことして入れられてるわけじゃなし、動物園の猿でもないんだからね。なにもわざわざ見物に来ることないよ」

「歌子、どうしたんだ？　急に」馬場は怒るよりもびっくりしてそんな歌子を見つめる。それから、彼は噛んで含めるような調子になって、

「いつも言ってきかせてるだろう。むしろ一人でも多くの人に参観してもらって、癩がごく普通の病気なんだってことを知らせなきゃいけないんだ、って。参観をいやがるのは、自分で自分の病気に偏見を持って差別してるってことだぞ」馬場はかたわらの女性を振りかえり、ちょっとまごまごして、

「どうも失礼。気になさらないで下さい」

「そんな、気にするなんて……」参観の女性――加納妙子はせきこんで、

「私こそ、みんなの気分を害してごめんなさいね。だけど……」歌子の方に向き直り、

「私だって、面白半分で見物に来たわけじゃないのよ。私、ここの小学校の先生になるの。だからあちこち見学して勉強しとかないと困るでしょ？」

妙子は、ハンセン病に対する自分なりの学習の成果を披露し、歌子たちを喜ばせる。

「結局、今じゃ、遅れてるのは医学じゃなくて、社会常識なのね。社会通念が医学よりも百年も遅れてるのよ。私たちは、みんなでこの偏見の厚い壁を、手をとり合って打ち破って行かなければいけないいんだわ」

「わあすてき！」突然歌子が歓声を上げ、席を立って寄って来ながら、

「あたし、感激しちゃった。ほんとにそうだわ。あたしたち、手をとり合って偏見とたたかわなきゃいけないのね。手をとりあって！」

歌子はうたうようにくりかえしながら、加納妙子の鼻先にいきなり手を差し出して握手を求める。妙子はとっさに、どうしても手が出せなくて、顔を赤くして、度を失ったにやにや笑いを浮べたまま棒立ちになった。歌子はわざと執念深くそのまま手を引っこめようとしない。

取り返しのつかないほど気まずい間があいてしまってから、馬場が、やっと、

「歌子」あわてて目くばせをしてみせる。歌子はわざとらしく鈍感ぶった顔つきのまま、

「あら、だって、いま、手をとり合って行こう、って言ったわ、この人」

さすがに馬場も一瞬黙り込み、加納はまるで叱られた生徒のようにうつむいて立ちつくしてしまう。


歌子が妙子に、きつい一言を発する。

　　「外の人って、いざとなると結局私たちを見捨てるんだから」

　　馬場は、何か言おうとして、急にひるんだように口をつぐむ。


　医師から学んでハンセン病に関する正確な知識をもちながらも、妙子は握手を求める歌子に対し、「どうしても手が出せなくて」、「棒立ちになっ」てしまった。いわば、「頭」では分かっていても「心」がそれに追いついていない状態である。

「らい予防法」廃止までと廃止後

　この『誰かが触った』の発表から二四年後、『らい学級の記録』の発表から実に三三年も経った一九九六年に「らい予防法」は廃止され、その後、社会復帰を実現した患者（らい菌陽性者）・元患者は少なくないが、自由の身になっても視覚障害や歩行困難などの後遺症のため、あるいは帰る場所がないために療養所内にとどまり続けた人が高齢者を中心に多くいる。しかも、患者・元患者に対する差別と偏見は続いた。無知が偏見を生み、偏見がさらに無知を増幅させていくという構図である。

　二〇〇一年五月、熊本地方裁判所は、ハンセン病の患者・元患者らが起こした損害賠償請求訴訟に対して、「ハンセン病隔離政策は憲法違反であった」として原告勝訴の判決を下した。政府は控訴せず、翌六月には補償金の支給を行う法律が制定された。

こうして国家賠償の道が開かれたわけだが、差別と偏見はどれほど解消されたのだろうか。二年後の二〇〇三年、熊本県のあるホテルは、患者・元患者集団の宿泊を拒否している。この事実がマスコミ報道されたあと、同ホテルには宿泊拒否を当然とする一般市民からの激励の手紙や電話が相次いだという。

「外の人って、いざとなると結局私たちを見捨てるんだから」という歌子のつぶやきは実に重い。「外の」、「誰か」に「触」られ、やがて「見捨て」られたのでは、彼女たちの立場がない。

歌子のような、療養所内の「学級」で多感な少年・少女時代を過ごした患者・元患者は、現在、どのような生活を送られているのだろうか。

引用・参考文献

・宮原昭夫『誰かが触った』河出書房新社、一九七二年。
・鈴木敏子『「らい学級の記録」再考』学文社、二〇〇四年。
・栗原裕一郎『〈盗作〉の文学史』新曜社、二〇〇八年。
・山本俊一『増補　日本らい史』東京大学出版会、一九九七年。

32 つまり、教師をテストするという意味ですか——城山三郎『今日は再び来たらず』

キーワード「予備校」

予備校を企業として捉えた小説

小説家の城山三郎（一九二七〜二〇〇七）は名古屋に生まれ、一橋大学で理論経済学を専攻し、のち愛知学芸大（現・愛知教育大）で経済学を講じた。在職中に企業や組織に絡む経済小説を書きはじめ、一九五九年に『総会屋錦城（きんじょう）』で直木賞を受賞している。やがて、伝記小説や政治小説など、さまざまなジャンルで活躍した。

一九七〇年代後半から一九八〇年代にかけては、大学はおろか高校や中学への受験競争も過熱してきていた時期にあたるが、その最中の一九七七年に発表された『今日は再び来たらず』は、大学受験予備校を企業という観点から照射した作品である。第一部で述べたように、登場する三つの予備校「田町予備校」「湯島セミナー」「田代塾」のモデルは、東京都千代田区に本拠を置く「駿台（すんだい）高等予備校」（のちに「駿台予備学校」と改称）、東京の渋谷区が本拠の「代々木ゼミナール」、そして愛知県名古屋市に本拠を置く「河合塾」である。当時、これらは日本の「大手三大予備校」と言われていた。

実在のこれらの予備校は、当時も今も、教育や運営の方針にそれぞれ特色をもっているが、これらをモデルにした「田町予備校」、「湯島セミナー」、「田代塾」も同様に、それぞれに方針が異なっている。小説中の三予備校の方針と、モデルとなった実在の三予備校の当時の方針とは、かなり一致していたと見てよい。

タイトルとなった「今日は再び来たらず」は、湯島セミナーの壁に張られた、院長から生徒への説諭の言葉とされているが、これは明らかに、当時の代々木ゼミナールの「日日是決戦（ひびこれ）」をふまえたものである。

主人公は、銀行への就職に失敗し、高校生のための塾を経営するかたわら予備校の英語講師となった「津島」で、彼が、田町予備校、湯島セミナー、そして名古屋の田代塾へと渡り歩くという設定でストーリーが展開されている。数年ごとのタイムラグはあるものの、作品中では、三つの予備校の特色が随所に描かれている。

津島が最初に講師となった田町予備校では、難関の入学試験があり、座席は指定席。しかし、講師の授業は自由裁量であり、講師に対する監視の目もゆるかった。

次の湯島セミナーは、無試験で入学し、座席指定はなし。教室の移動も比較的自由で、セミナー形式の単科授業も豊富であった。入学式や運動会、元旦の特別講義といったイベントもある。時代の流れでもあろう、授業はテレビ・カメラで監視されていた。

教師をテストする予備校

さて、やがて津島は、三つ目の田代塾の講師に採用されて名古屋に移る。ここで戸惑う彼の姿を引用してみよう。

田代塾には、テスト作成には作成の専門家、採点には採点の専門家、その成績の集計や分析にはまたその専門家のグループがある、ということであったが、それから間もなく、理解度テストと名づけた塾内テストを終ったところで、今度は津島が英語科の主任からテストについて質問されることになった。

主任は教材を繰りながら、「ここはどう教えたか」「この点はどの程度まで説明したか」などという質問を皮切りに、英語の教え方について、あれこれ質問や意見を述べた。まちがったことの指摘というより、ウエイトのかけ方についての示唆が多い。

津島はあっけにとられ、同時に、腹も立った。教師の自由に任されているはずの授業について批判されるのは、はじめての経験であり、心外でもある。

「いったい、どうして、そういうことをいわれるんですか。人おのおのに教え方があるのに」

気色ばんでいうと、主任は表情も変えず、

「わたしの個人的意見でなく、テスト結果の科学的分析にもとづいて申し上げているのです」

「…………」

「教材サービスの成果分析委員会からの報告によりますと、先生担当の各スタディ・クラスの成績に共通して現れる偏差値は……」

主任は、さまざまな統計表を次々にひろげて、津島に見せた。

「コンピューターにより抽出したデータを、専門の先生方が分析されますと」

と、一々、注をつけながら説明したが、そのあと、思いついたように、

「誤解なさらないでください。理解度テストのあとでは、どの先生にも御説明し、こちらの参考意見を申し上げるしきたりになっているものですから」

「…………」

「そもそも、理解度テストは、生徒が教材をどこまでこなしているかを調べるためのテストなので、生徒の成績を出して、順位づけとか選別をするということよりも、むしろ、先生方のテストなんです」

「つまり、教師をテストするという意味ですか」

「結果としては、そういう役割をしているということです」

「…………」

「お気をわるくなさらないでください。先生方に、今後さらによりよい授業をしていただくための反省点というか、チェック・ポイントを探らせていただき、それを情報として御提供する、というだけのことですから」

かつての田町予備校や湯島セミナーを懐しみつつ、管理された予備校講師のあり方にため息を漏らす津島であった。

ひとり教室から教室へと巡回していた田町予備校の老事務長の猫背姿が、いまとなっては牧歌的にも見えた。テレビ・カメラで観察するという湯島セミナーのやり口もまた、まだまだ初歩的という気がする。

といって、精密機械になりきればよいというものではない。相手は人間である。情熱を注いで、酔わせたり、笑わせたりすることも、また必要である。

「むつかしい注文ですねえ」

と、津島はまた、ため息が出た。

このように『今日は再び来たらず』には、一九七〇年代の三つの大手予備校の個性がつぶさに描き出されており、一九八〇年代に入って、実際の大手三大予備校を含む予備校業界はさらに激烈な競争の時代に突入してゆくことになる。

予備校の後塵を拝する大学

あわせて、この作品にしばしば見え隠れするのは、予備校と比べたときの、当時の大学における授業の「締まり」のなさである。開始時間が遅い、終了時間が早い、休講が多い、学生の居眠りや私語が多い……。当時、大学はまだ「レジャーランド」としての最後の輝きを見せていた。

平成になって、大学数の増加と一八歳人口の減少によって、こんな姿は徐々に姿を消してゆく。大学の生き残り競争が本格的にはじまるのは二一世紀になってからである。学生による教員授業の評価、評価結果の給与への反映、休講したあとの補講などは、今では多くの大学で当たり前のように行われている（「6　活きてる頭を、死んだ講義で封じ込め――夏目漱石『三四郎』」を参照）。

同じ二一世紀初頭には、予備校関係者から啓発書による発信がいくつもなされるようになった。『駿台式！　本当の勉強力』（後掲）では、駿台予備学校の五人の講師の工夫が紹介されている。

英語科講師の大島保彦は、まず、「英語に存在しない単語」を五つ例示し（具体的には、①ptocity ②mnemical ③pneumachology ④mlogenic ⑤psycal）、このうち、「英語の歴史や発音ルールから考えると原理的に存在しえないのは一つだけである。その単語を選べ」と問う。そして、英単語の成立の際にモデルとなったギリシア語・ラテン語などに説き及んで正解を導き出す。

また、「君の息子は大学で何を取ったの?」、「あー、僕の有り金を全部」という意味の英文会話ジョークを引き合いに出し、英単語「take」には、前半の「単位を取る、専攻する」という意味も、後半の「もっていく、奪う」という意味もあることを理解させる。

同様に、「医学部出るのに三年かかったよ」、「で、具合はどうなの?」と訳せる英文ジョークでは、「take medicine」という熟語には「大学で医学を専攻する」という意味と「薬を飲む」という意味があることを理解させせている。

同じく化学科講師の鎌田真彰(まさてる)は、まずこのように問う。

「同じ半径の球が無数にあるとする。一つの球ができるだけ多くの別の球と接触するように空間的に配置した場合、一つの球は最大何個の球と接触できるか」(同書二四一ページ)

そして、「この構造は最密構造といって、原子や分子が集まって結晶をつくるときの基本構造の一つなのです」(同書二四三ページ)と、化学の本質を徐々に解き明かしていく。

一方、日本史科講師の竹内久顕(ひさあき)は、『予備校講師からの提言』(後掲)のなかで、従来の陳腐でステレオタイプ的な塾・予備校像――「こういうパターンの問題は、こういう手順で考える」という思考法を暗記させせて、練習させて、「反射的にできるようにする」という「手続き主義」や「やり方暗記主義」は実態と大きくずれていることを指摘し、次のように説いている。

少なからぬ受験生が、予備校に学ぶことで初めて学習内容が理解できるようになったり、世界観・人生観をゆさぶられたりしたのであれば、なぜその受験生を高校までの学校教育では掬いきれなかったのか。また、大学生の学習意欲喪失がよく言われますが、であるならば、なぜ予備校で得られた知的感銘が大学教育では引き取れないのか。このように問題をたてるほうが、現実の切実な教育問題を解決するうえで、よほどか生産的な議論になるでしょう。

（同書二一六〜二一七ページ）

さらに、河合塾で教務部長・進学教育本部長などを歴任していた丹羽健夫は、『予備校が教育を救う』（後掲）のなかで、「逆さま世界史」を考え出した同塾講師の発想を次のように紹介している。

より身近な現代の事象からスタートして、なぜそうなったかを、逆に追いながら過去に遡ることによって、現実感を持った歴史の学習ができるのではないだろうか（中略）。たとえば、なぜ日本は太平洋戦争の開戦を決意したのか ↑ＡＢＣＤ経済包囲網 ↑中国への侵略 ↑遅れて来た帝国主義の青年 ↑先進諸国の植民地主義のお手本 ↑……。この逆さま世界

史は『分かりやすい』『あっ、そうだったのか』『謎解きみたい』と生徒には大変好評であった。（同書三八ページ）

大学の専任教員になってまだ日の浅かった二一世紀初頭の私は、これらの、自信に満ちあふれた予備校講師陣の言に触れるたびに、横面（よこつら）を張り倒されたような激しい衝撃を受けたことを、今、鮮明に思い出してしまう。

引用・参考文献
・城山三郎『今日は再び来たらず』講談社、一九七七年。
・大島保彦ほか『駿台式！　本当の勉強力』談社現代新書、二〇〇一年。
・竹内久顕『予備校講師からの提言　授業・入試改革へ向けて』高文研、二〇〇一年。
・丹羽健夫『予備校が教育を救う』文春新書、二〇〇四年。

33

それ以上の、ぴいんとくる理由がないものですから——藤原審爾（しんじ）『死にたがる子』

キーワード「自殺」

今も増加傾向にある中高生の自殺

いつの時代にも自殺者は絶えない。日本における自殺者の総数は、ピーク時の二〇〇三年には三万五〇〇〇人に迫る勢いであったが、二〇〇六年に「自殺対策基本法」が制定されたこともあって、その後、徐々に減ってゆき、二〇一九年には二万一六九人にまで減った（ただし、近年また漸増傾向にある）。

中学生と高校生の自殺は、一九七〇年代後半に深刻な社会問題になりはじめ、その後、時期によっては漸減傾向も見られたが、二〇〇六年以降は一貫して増加傾向となっている。小学生はだいたい一〇人前後で推移しているが、中学生は、二〇〇六年が八一人、二〇二二年が一四三人で、二〇一三年頃から一〇〇人前後で推移しており、漸増傾向にある。一方、高校生は二〇〇六年が二二〇人で、二〇二二年は三五四人と、かなりの増加傾向にある。

原因としては、小学生の場合は「家族からのしつけ・叱責」が多いのに対し、中学生の場合は「学業不振」と「家庭問題」、高校生は「進路問題」が多いとされている。「いじめ」が原因となることは、むしろ少ないと言える。とはいえ、自殺の原因を単純化したり犯人捜しをしたりすべきではないと、児童・生徒の自殺予防活動の専門家である髙橋聡美は言う。

「たとえば、進路問題を動機として生徒が自殺をしたときに、進路指導の翌日に自殺をしたら、あたかも指導した先生が原因かのように報道されがちです。しかし、進路問題は①進路に関する親との希望の相違、②経済問題、③友人との葛藤、④きょうだいとの比較、⑤発達障害や学習障害など、いろいろな要素が絡んできます」（後掲『教師にできる自殺予防』三六ページ）

とりわけ、多感な中学生の場合は、自殺の理由がよく分からず、周囲の大人たちが戸惑うことも少なくないであろう。直木賞作家の藤原審爾（しんじ）（一九二一～一九八四）が一九七七年から翌年にかけて日本共産党系の総合雑誌「文化評論」に発表したあと、直ちに単行本となった『死にたがる子』は、中学生の自殺を扱った、当時としてはセンセーショナルな小説であった。

藤原審爾は東京生まれで、三歳で母と生別、六歳で父と死別し、岡山の父の生家で祖母に育てられたが、旧制中学在学中にその祖母も他界している。そんな孤独な幼少期を経験したことも反映してか、虐げられた若者や疎外された若者に対して愛情を注いだ作品が多いわけだが、よく知られているのは、一九六二年に発表され、一九六三年に吉永小百合・浜田光夫主演、一九七七年に山口百恵・三浦友和主演で映画化された『泥だらけの純情』である。『死にたがる子』も、その延長線上に位置づけられる作品かもしれない。

中学生の自殺を扱った小説

社会部の新聞記者「川辺秀樹」は、隣家の中学生「的野勇一」の首つり自殺事件に遭遇し、死の原因の取材をはじめる。以下は、勇一の生前の様子をよく知る担任教師の「中川」に、校長室でロングインタビューをする場面である。

「なにかふんわりとした感じと言いますか、夢見心地の子と言うのでしょうかね。普通の子どもたちが持っている関心を身につけていないんです。仲間が出来ないというのも、それなんですよ。話が合わないんですよ、ほかの生徒とね」

「人間としての発育がわるいということではなくてですか」

「ええそうですね。勉強なんて全然しないんです、興味がないという子は多いですが、勇一君のはそうじゃなくて関心がないんです。テストの時なんかでも、途中で、ふうっとね、なにか考えだすんですよ。なにを考えているのかはわかりませんがね、とても豊かな倖せそうな感じなんです。こういう言葉では言いあらわせませんよ、あの感じは。たとえばこのくらいの大きな蕾（つぼみ）があるとしますとね、その蕾がだんだんひらいて行く感じ、あんな感じなんです。蕾の時よりどんどん大きく丸く豊かにひらいて行きますね、それを見ているような感じなんです。そばへ行って、さあ書けといってやらないと、それきりなにも書かずじまいになるんですよ。成績は中くらいでしたが、答案をちゃんと書かないからです。むしろ優秀ですよ。そんな彼をみていますと、わたしは時々へんな気分になりましたよ。勇一君のほうが、ほんとうの人間で、ほかの生徒のほうが出来そこなっているんじゃないかという、へんな気持ちになるんです。ほかの生徒たちの関心は、社会的存在という人間を目指しているということで、簡単にとらえられるんですよ。もっと極端に言えば、家庭で親たちがこの生徒にどういうことを言っているかがわかるようなんです。自律心の出来かけた年頃ですから、中には好き勝手なことをしたがる子もいますが、それとも違うんです。あきらかにね。そういう子どもの好き勝手というのは、世間の大人の真似を、とくに禁じられたことを真似したがるというようですが、勇一君はそういう世間なり社会の中にあるものを、とりこんで行かない、関係なくなって行くというふうなんです」

「現実からの遊離ということではないんですか、自分の境遇からの観念的な脱出とか」

「そうではないのではないでしょうか。そういう逃避であれば、現実にかかわる世界が必要でしょう。音楽に夢中になるとか、なにかにあこがれるとか、さらにその行為に現実感を盛りこむために、仲間が必要になるというようなことがおこりますね。彼のはそうじゃあなくて、巨大になった社会が人間をその中に埋没させる条件に対して、感応する受信器を持ち合せていないという感じなんです（中略）。そのため勇一君には、歪曲した社会化がおこっていなくて、素朴に人間らしく育っているのではないか。五六年頃からはじまったよく休むということは、社会と彼との摩擦がもたらした行為ではないだろうか」

「つまりその摩擦が、自殺の原因とお考えになっているんですね」

「それ以上の、ぴいんとくる理由がないものですから」

このインタビューはさらに続き、川辺記者は他日、勇一の父親の友人、近所の老人、勇一の母親などにも話を聞いているが、自殺の原因はいっこうに明らかにならない。

渇愛時代の象徴的事件

本作では、勇一少年はある複雑な家庭環境のもとに育ったという設定になっているが、そこを強調すると、かえって類似の環境にある方々への先入観・偏見を助長することにもなりかねないので、そのあたりについては引用も言及もあえて控えることにする。この小説に関心をもたれた方は、ぜひ全文をお読みいただきたい。

自殺というデリケートな問題に対し、一知半解の私が勝手なコメントを付すことは憚(はばか)られるので、新潮文庫版『死にたがる子』（一九八一年刊）に寄せた、文芸評論家で立教大学教授などを歴任した小松伸六（一九一四～二〇〇六）による「解説」（巻末）の一部を以下に引用することにする。なお、語彙に一部、現代では不穏当と考えられるものがあるが、そのままとしている。

大人の自殺にみられる生活苦、病苦、芥川龍之介や太宰治、川端康成などの作家にみられる創造苦からくる自決などと、子どもの死はちがうようだ。

勇一少年の死は、いろいろな条件がかさなり、〃なにかのショックで、死を選択してしまったと考えたい。子供たちには、やはりほっておいても好きなことをして遊んでいられるような能力の機能を育てておかねばならないだろう〞というのが川辺記者の苦しい結論だが、果たしてどうだろうか。自殺には他者をなっとくさせる合理的解釈などあろうはずがない。いわゆる欠損家庭ではなく、あたたかい愛情、ときに過保護の家庭のなかでも死をえらぶ少年があるときく。その少年の死因はわからない。多分、〈いのちの電話〉もむだだろう。また少年期の精神病理として、タナトス（死の本能）の原理を出す学者もいるかもしれない、私には考えられないことだ。私に言えることは勇一少年の自殺は渇愛時代の現在の一つの象徴的事件だといえるだけである。孤独な勇一少年は、渇して水を求めるように、遊びの自由な充実を求め、その相手になってくれるおとなの無償の相互依存——この作品ではそれが〈愛〉というものだが、それを求めていたのではないだろうか。（同書二二七～二二八ページ）

引用・参考文献
・藤原審爾『死にたがる子』新日本出版社、一九七八年（新潮文庫、一九八一年）。
・髙橋聡子『改訂版　教師にできる自殺予防　子どものＳＯＳを見逃さない』教育開発研究所、二〇二三年。

34 一度としてまともに授業ができない――灰谷健次郎『砂場の少年』

キーワード「授業崩壊」

「授業崩壊」がトピックをなす小説

学級がうまく機能しない状況は「学級崩壊」と呼ばれ、一九九〇年代の後半から多くの小学校で問題化されるようになった。授業中の頻繁な私語、児童の学力低下、親や児童からの頻繁な苦情、いじめの蔓延、教室の目立つ汚れや器物損壊、私物の行方不明、多い欠席・遅刻、体調不良によって保健室で過ごす児童の増加などが「学級崩壊」の特徴とされてきた。

小学校が一人の教員によるクラス受持ち制を原則としているのに対して、中学校の場合は教科担任制なので、「学級崩壊」というよりは、むしろ特定の科目や教員にかかわる「授業崩壊」のほうが多い。

詩人・小説家・児童文学者として幅広く活躍した灰谷健次郎（一九三四〜二〇〇六）は、兵庫県に生まれ、大阪学芸大（現・大阪教育大）を卒業して神戸の市立小学校の教員となった。教職を務めるかたわら、さまざまなジャンルの作品を発表してきた。一九七二年に教員を辞め、以後は専業作家として活躍した。

長編小説『砂場の少年』には、ある中学校における「授業崩壊」の様子が一つのトピックとして描かれている。一九九〇年の発表であるから、義務教育現場での「学級崩壊」や「授業崩壊」が広く問題化される数年前のことである。

ある中学校の国語の教員「葛原順（くずはらじゅん）」は三五歳。三年C組の担任を任されているが、実は臨時採用で教員になったばかりである。ある日、葛原は、教員歴三年目の社会科担当の「小川先生」から録音テープを聴くよう促される。三年C組では「いつも授業にならないので、きょうは教科書を横に置いて、彼らの言い分をきいてみようとし」、「反抗ということについて話し合ってみた」が、その様子を録音したテープだという。

授業崩壊の録音より

葛原は、自宅で洗い物を片づけたあと、小川の授業の様子を知ろうとして、テープレコーダーのスイッチをひねる。

井之口霞（いのぐちかすみ）の声がきこえてきた。

「授業がうまくいかないのは、わたしたち生徒のせいだと小川先生は思っているのですか」

「君はどう思うんだ？」

「そんなふうに問い返すのはずるい。先に、わたしの質問にこたえてください」

「……うん……それは両方じゃないのか」

「両方って？」

「ぼくは教師になってまだ三年目だ。そりゃ授業だって、未熟だと思う……」

未熟、未熟と声が飛んだ。

さすがに小川先生は、それにはは相手にならない。

「……そういうふうに反省はしているけれど、君たちの授業を受ける態度だって、ひどい」

「どういうふうに、ひどいのか正確に」

正確にいえということらしい。そんな声が飛ぶ。

「はじめから、ひとの話などきこうとしないじゃないか」

おやっ、と葛原順は思った。

（はじめから、ひとの話をきこうとしなかったかな？　おれの授業の場合は……）

葛原順はちょっと首をひねった。

「ぼくだけがそういってるんじゃないぞ。このクラスの授業中の私語のひどさは、どの先生もいっていることだ」

「それは違うぞォ」

大きな声がテープに入っている。

「どう違うんだ、いってみろ」

小川先生は応じている。

「この学校にも、二、三人くらいはましな教師もおるさけえな……」

別の生徒がそう、答えた。

「そう」

「そう」

あいづちを打つ者がいる。

「その、ましな教師なら、君たちは静かに授業を受けるというわけか」

「そういう先生方とは、静かな授業なんかじゃないです。すごく活発に、意見のやりとりをしています」

立っているらしい井之口霞（いのぐちかすみ）がいった。

「どの先生も真剣なんじゃないのか。それを、あの先生、この先生と差別していいのかい。それはどうなんだ！」

差別じゃなくて区別！　と誰かが野次を飛ばした。

「わたしたちの言い分をきいてみようとなさる先生と、そうじゃなくて、はじめから、一方的にものごとを押しつける先生と、同じようにわたしたちが接していたら、その方がおかしいです」

「………」

「教科書に書いてあることを丸暗記させるだけの先生と、わたしたちの意見や疑問に、まじめに応えながら授業をすすめてくださる先生と、両方いらっしゃるのは、なぜですか」

「後の方の教師はほとんどいないじゃん」

また、声が飛ぶ。

この学校に、少なくとも数人の、生徒たちから信頼を得ている教師がいるらしい。

「同じ先生なのに、それは、どうしてですか」

井之口霞はきびしく小川先生を問い詰めた。

「その考えは、君たちの授業の態度を正当化するということか」

あっと葛原順（くずはらじゅん）は思った。

つづけてテープをきくのが苦痛になった。

あんのじょう、生徒たちの声が入り乱れて騒然となる。

「何いってんの」

「だからセンコは信用できへんのや」

「自分はいちばんえらいと思ってんのがガッコの先生」

怒声やら嘲笑やら飛び交う。

「おまえたちと授業したくないワ」

ひらき直ってしまった小川先生の声がきこえた。

「帰れ、帰れ」

一丁上りィ、などという声がきこえる。

テープはそこで、ぷっつり切れていた。

葛原順（くずはらじゅん）は腕時計を見た。

五十五分の授業にまだ間がある。後の時間を小川先生と生徒たちはどう過ごしたのだろう。


まさに「授業崩壊」と呼ぶべき状況である。むろん、これは小説なので、事実をありのままに記録したものではないであろうが、前掲のように教員養成系の大学を卒業し、教員経験も豊かな灰谷によるものであるから、ここから、個々の「事実」を超えた普遍的な「真実」を読み取ることができるであろう。

現代の崩壊立て直し実践例

昭和から平成を経て令和の現代に至るまで、同じような「授業崩壊」現象は数々の教育現場で展開されてきたことであろう。むろん、関係者は手をこまぬいてきたわけではなく、授業崩壊の立て直しに向けた教育実践もいろいろ報告されてきた。

そのなかに、読者に強い共感を及ぼす、説得力ある記録と思われるとして、木原雅子が著した『あの子どもたちが変わった驚きの授業　授業崩壊を立て直すファシリテーション』（後掲）がある。著者は京都大学教授で、教育・指導方法の開発を専門とする自称「教育実論家・社会疫学者」である。

同書には、教員が授業崩壊に悩んでいる公立中学校に、木原が出向いて問題解決に尽力するさまが描かれている。まず、当該校の生徒たちの一部に、数名（三、四名）ずつフォーカスグループインタビューをして問題の所在を把握する。インタビューする木原は彼らの通う学校の教員でないので、生徒もホンネが言いやすい。

当該生徒たちのプライバシーに配慮しつつ、互いの自己紹介（あるいは、たとえば四人のうち一人をほかの三人が他己紹介）のあと、時間をかけてていねいにインタビューし、彼らに寄り添い、順を追って問題点を把握してゆく。飲み物やおやつも十分に用意されている。

彼らへの質問は、以下のようなものである。

「自分の好きなもの（こと）を教えて」

「自分の得意なこと、長所、弱点を教えて」

「学校は楽しいですか。楽しい（楽しくない）ならどんなことが楽しい（楽しくない）ですか」

「家庭や家族に対して腹が立つことや嫌なことを教えて」

「これまでに受けた授業の中で、一番心に残っている授業を教えて」

「もし私（木原）がこの学校に来るとしたらどんな授業を受けてみたいか」

質問によっては、回答は口頭によらずに、付箋紙に書かせてボードに貼らせている。

こうして、問題点を十分に把握し、さらに周到に準備したうえで、木原自身が当該クラスで特別授業などを展開するが、それ以降のことは原著をぜひお読みいただきたい。

私はこのインタビューを読んで、まるで『砂場の少年』のなかの生徒「井之口霞」たちが、木原の前でインタビューを受けているかのような錯覚に捉われた。「小川先生」の前では決して言わないであろうホンネが、次々に語られているのだ。


『砂場の少年』に話を戻そう。先に引用した文章に続くストーリー展開で、「葛原順」は担任教師としてこのクラスをどのようにまとめていったのか、生徒たちにはどのような変容が見られたのか、ほかの教員たちの反応はどうであったのか、これらに関しても、ぜひ原著をお読みいただきたい。

ちなみに、『砂場の少年』には、教員から体罰を受けた生徒、不登校（登校拒否）を続けている生徒、いわゆる非行少年（少女）、教育現場で神経症を発症してしまった教員なども重層的に登場してくる。

なお、『砂場の少年』というタイトルであるが、これは、自分が担任している生徒たちが「砂場で遊んでいる小さな子どもたちのように嬉々としていた」姿を目撃した葛原の感懐、そして、「みんなが砂場の少年になればいいんだよ」というある生徒の述懐から取られている。

引用・参考文献

・灰谷健次郎『砂場の少年』新潮文庫、一九九〇年。
・木原雅子『あの子どもたちが変わった驚きの授業　授業崩壊を立て直すファシリテーション』ミネルヴァ書房、二〇一九年。

あとがき

本書の第二部は今回書き下ろした完全なオリジナルであるが、第一部のほうは、私が勤務していた大学の「旭川医科大学紀要（一般教育）」第二三号（二〇〇七年三月発行）に寄稿した論文「日本近現代『学校小説』一〇〇選——教養としての『教育人間学』の構想」をもとにして、若干の誤植および事実誤認の個所を訂正するとともに、かなりの加筆を施してできあがったものである。

同論文を執筆したのは、あの当時勤務していた大学の低学年課程（いわゆる教養課程）に、入学してはみたものの医学や看護学にはさほど興味がもてず、将来展望を見いだせずに悩む学生が少なからずいて、当人たちから何度か相談を受けたことがきっかけであった。

そんな状況を当人自身で打開する方策の一つとして、当時の私には以下のようなアイディアがあった。

——自分の「成育歴」や「学習歴」「被教育歴」を振返り、その過程に何らかの手掛かりを見つけることが有効ではないか。そのライフレビューを、読書を介して行うなら、学校を舞台とした小説、教師と生徒との関係を扱った小説などの、いわゆる「学校小説」を読み、その内容を自分の過去の生きざまと引き比べて思索してみるのが最良の策ではないか。

問題は、読むに値する小説をいかに選ぶかである。そのカタログを提示できてこそ、人文系教養教育担当者の本領が発揮されたと言えるであろう。そんなことが動機となって、前掲した拙論は書かれた。

なお、本書第一部に列挙した小説群は、いずれも現物が私の手許にあり、私が読了したものばかりである。文庫本（岩波文庫・新潮文庫・角川文庫等）および単行本以外では、主として、中央公論社「日本の文学」（全八〇巻）、筑摩書房「筑摩現代文学大系」（全九七巻＋別巻五）、同「増補決定版　現代日本文学全集」（全一〇〇巻＋補巻四三）、新潮社「新潮現代文学」（全八〇巻）所収のものとなっている。

なお、作品群の整理にあたっては、『日本近代文学大事典』（講談社、一九八四年）、『日本現代文学大事典』（明治書院、一九九四年）、『新版ポケット日本名作事典』（平凡社、二〇〇〇年）、『現代文学鑑賞辞典』（東京堂出版、二〇〇二年）、『社会文学事典』（冬至書房、二〇〇七年）などを参照したが、整理のアングルおよび内容紹介は決してそれら事典・辞典類からの剽窃ではなく、あくまでも筆者自身のものであることをここに明記しておく。

本書は、教育関係の書籍では定評のある老舗の出版社、株式会社新評論の編集部の方々の並々ならぬご理解と熱意によって刊行が実現した。とくに、同社の武市一幸氏には、趣味の領域の前著『歌が誘（いざな）う北海道の旅』（二〇二三年）のときと同様、内容や表現の不備について随所で鋭いご指摘をいただき、感謝に堪えない。

読者の方々から、忌憚のないご批判やご叱正を頂戴できれば幸いである。

二〇二四年一一月

藤尾　均

【著者紹介】

藤尾　均（ふじお・ひとし）

1954年11月　東京都青梅市に出生。
東京大学文学部卒業、同大学院理学系研究科博士課程満期退学、順天堂大学医学部講師（非常勤）などを経て、
1998年4月　旭川医科大学医学部教授に就任（人文系教養教育担当）。
2020年4月　旭川医科大学名誉教授。

著書：『医療人間学のトリニティー』（太陽出版、2005年）、『歌が誘う北海道の旅』（新評論、2023年）ほか。

嗜好：日本映画（とくに田中絹代・山田五十鈴・高峰秀子出演作品）、流行歌（とくに美空ひばり歌唱曲）、和菓子（とくに羊羹・おはぎ）

「学校小説」の残光と残影
——明治・大正・昭和の34編——

（検印廃止）

2024年11月30日　初版第1刷発行

著　者　藤　尾　　均
発行者　武　市　一　幸

発行所　株式会社 新　評　論

〒169-0051　東京都新宿区西早稲田3-16-28
http://www.shinhyoron.co.jp

TEL　03（3202）7391
FAX　03（3202）5832
振　替　00160-1-113487

定価はカバーに表示してあります
落丁・乱丁本はお取り替えします

DTP　片　岡　力
印　刷　理　想　社
製　本　中永製本所
装　丁　山　田　英　春

ISBN978-4-7948-1278-0
Printed in Japan